仰不愧天

白先勇 著

SPM
南方出版传媒
广东人民出版社
·广州·

图书在版编目（CIP）数据

仰不愧天／白先勇著．—广州：广东人民出版社，2019.1
ISBN 978-7-218-13333-1

Ⅰ．①仰… Ⅱ．①白… Ⅲ．①散文集-中国-当代 Ⅳ．①I267

中国版本图书馆 CIP 数据核字（2018）第 295395 号

YANG BU KUI TIAN
仰不愧天
白先勇 著

出 版 人：肖风华

主 编：李怀宇
责任编辑：李展鹏 张 静
装帧设计：张绮华
责任技编：周 杰 吴彦斌

出版发行：广东人民出版社
地 址：广州市大沙头四马路 10 号（邮政编码：510102）
电 话：(020) 83798714（总编室）
传 真：(020) 83780199
网 址：http://www.gdpph.com
印 刷：广东信源彩色印务有限公司
开 本：889mm×1194mm 1/32
印 张：7.75 字 数：160 千
版 次：2019 年 1 月第 1 版 2019 年 1 月第 1 次印刷
定 价：59.00 元

如发现印装质量问题影响阅读，请与出版社(020-83795749)联系调换。
售书热线：(020) 83793157 83795240 邮购：(020) 83795240

白先勇

目　录

自序：八千里路云和月
——追寻父亲的足迹

　　父亲白崇禧将军半生戎马，十八岁恰逢 1911 年辛亥革命，参加"广西学生军敢死队"北上武汉声援武昌起义，三十五岁率领第四集团军，一马当先，直驱北京城，推倒北洋政府，最后完成北伐。全面抗战八年，父亲出任副参谋总长，重要战争，无役不与：台儿庄大捷、昆仑关大捷、武汉保卫战、桂柳会战。为国为民，父亲奉献了他的一生。然而父亲的历史，长年来在两岸一直未获公平的论述与评价，甚至还时常遭到污蔑、扭曲。自从 1994 年退休以来，我便着手搜集资料，访问有关人士，预备替父亲写传，呈现父亲真实的一生，于是便有 2012 年《父亲与民国》以及 2014 年《止痛疗伤——白崇禧将军与二二八》两部传记的出版。这两部书都由中国大陆、台湾和香港的三家出版社同步发行。《父亲与民国》由广西师范大学出版社抢先于 2012 年 3 月出版。这部书在大陆立刻引起相当大的关注，尤其是其中有关北伐、抗战、国共内战的数百幅照片，在大陆首次露面，使新闻界十分好奇。两年间，我受到各地的邀请，展开了我八千里路巡回演讲，追寻父亲足迹的旅程。2012 年我的行程：北京—南京—武汉—桂林—重庆—广州—上海—杭州。翌年 2013 年，我去了西安。隔一年，更去了东北，沈阳—四平—长春，最后返回北京。这两年，由北到南，由西到东，跑遍了中国大陆几个重要大城，而这几个城市跟父亲的戎马生涯息息相关。我马不停蹄穿梭于这些城市，向热切的听众讲解父亲的生平历史，同时也追踪父亲当年在各个城市留下的身影及事迹。

北 京

2012 年 4 月 21 日，我终于在北京举办了《父亲与民国》的新书发表会。这部书能够在大陆出版是破天荒的一件事，其间曾经过一年多千山万水的波折，幸而到岸。一开始，发表会地点也颇难找，很多合适的地方不愿意接。后来终于找到政协礼堂附设华宝斋书院，这是一间布置古雅的所在，有书香气息。发表会下午两点钟开始，会场早坐满了各种媒体记者，报纸杂志、电视广播、网站，大概有三十多家，一些老朋友也到了场，作家章诒和、社科院文学所黎湘萍教授，还有北大、北师大一些文史教授。会上我讲述了《父亲与民国》成书的来龙去脉，更放映了一段父亲追悼会的纪录片，其中有蒋介石赴殡仪馆行礼献花的镜头，父亲的丧礼按陆军一级上将"国葬"的仪式，文武百官都到齐了，相当隆重，这是大陆媒体记者最感兴趣的影视资料。等到会后记者群访，他们抢着问的一个问题就是：两岸一直传闻白崇禧是蒋介石令特务毒死的，是否真实？我借着这个机会把一直以来流传着的这个谣言严正澄清。缘由是一名被国民党情治机关开除的特务谷正文捏造故事：蒋介石派特务酒中下毒，杀害父亲，并且派遣护士间谍下手云云。情节至为荒谬。第二天好几家大报的标题竟是："白崇禧不是被蒋介石毒死的"。

我的一番澄清，引来大陆媒体强烈反应，后来台湾的媒体也有了同样的回响。出版社计算了一下，登载有关《父亲与民国》的报道的媒体，在大陆超过一百家。于是自新书发表会开始，《父亲与民国》这部书的影响力，从北京开始慢慢辐射出去。

父亲与北京这座城市有几段特殊因缘。1928 年 6 月 8 日，父亲以北伐东路军前敌总指挥名义，率领国民革命军第四集团军长驱直入北京城，6 月 4 日安国军大元帅张作霖撤出北京，在皇姑屯被日本关东军炸死。北京政府群龙无首，国民革命军进城，北京人民夹道欢迎。经过辛亥革命、五四运动后，中国人民，尤其是知识阶层，渴望一个现代国家的诞生，北洋政府的腐败作风，不符合人民的要求，当时北京人民对充满朝气理想的国民革命军是抱有很大期望的。至于父亲领军进北京，则是他戎马生涯中第一座高峰，也可能是最高的一座，完成北伐时，父亲才三十五岁，正是意气风发的一位青年将领，6 月 11 日记者访问：

> "广西军队进北京，乃历史上向所未有之事，公意如何？"
>
> 白君满面笑容，状至愉快，曰"太平天国时，两广军尝一度进抵天津，至于进北京，诚哉其为破天荒也"。

可以想象得到当年父亲马上英姿、顾盼自雄的神态。他在故宫门前拍了一张照片，那座门上的横匾竟刻着"崇禧门"三个大字，暗合了父亲的名字，好像是北京城欢迎这位白马将军的到来。北京这座古城经历金、元、明、清、民国北洋政府，做过八百多年的首都，人文荟萃，民国初年的新式学堂多集中在北京。6月26日，父亲应邀到北平女师大演讲，主题是"国民革命与世界革命"。女师大的学生都是五四时期新女性的精英阶层，父亲的演讲，主旨在鼓励妇女经济独立，进学参政，加入国民革命，父亲这一番鼓励女权运动的话，大概女师大的新女性都听得进去的。接着父亲又到清华大学做了一次演讲，由罗家伦校长邀请。父亲领着国民革命军最后完成北伐，一时成了万人瞻仰的英雄。当时父亲年轻气盛，不懂收敛，锋芒太露，因而功高震主。同时广西军队势力高涨，蒋介石感到威胁，终于发动"蒋桂战争"，国民革命军，兄弟阋墙，国民党失去统一中国的黄金机会，埋下了最后覆亡的恶因。父亲被通缉并革去党籍，连夜仓皇离开平津，坐船潜回广西。北伐父亲立了大功，可是一夕间从巅峰跌到谷底，经历了事业上第一次大起大落。

经过十六年，1945年，抗战胜利，父亲又回到了北京。10月10日，父亲以抗日军事委员会副参谋总长的身份代表中央参加了北京日军受降典礼，在北京太和殿举行，由孙连仲将军主持大典。那是北京城内万众欢腾的一个日子，自从卢沟桥事变，北京城及其人民饱受日军蹂躏的痛苦，八年后终于拨云见日，父亲与北京民众都分享了胜利狂欢的一刻。

父亲最后一次到北京是1947年2月，时任国防部长，到华北视察，国共内战已经开打，北方战云密布，父亲到北京会见北平行辕主任李宗仁，商讨华北防卫问题。

北京是座千年古都，历尽沧桑，看过多少朝代的来来去去，英雄的起起落落。父亲每次到北京，也总在历史大转折的一刻。

南　京

2012 年 4 月 23 日，我们从北京坐五小时高铁到达南京。第二天，在先锋书店有一场大型演讲及签书会。先锋书店在南京大学附近，原为停车场，改建成一家规模庞大的书店。那天演讲，以"父亲与民国"为题，外面下雨还涌进来千多听众，以年轻人为多，大概有不少学生。章诒和替我站台开场介绍，她写了一篇文章评介《父亲与民国》——《将军空老玉门关，读书人一声长叹——白先勇〈父亲与民国〉读后》。诒和对父亲的历史有感而发，所以文章写得深刻苍凉。我在书店演讲了两个小时，放映多张父亲各阶段的照片，父亲的一生可说是民国史的一个缩影，讲父亲的历史也就等于讲民国史。在台上，我感受得到南京听众的热切与好奇。大概因为南京曾为民国政府的首都，南京人民对民国人物、民国历史自然有一份亲切感。演讲完毕开始签书，足足签了三个钟头，近千本，书店里我的书卖得精光，我原也没有想到南京会有我这么多的读者。

第二天 4 月 24 日，才是这次南京行的重头戏，"白崇禧与近代中国"研讨会由南京大学民国史研究中心与南京中国近代史遗址博物馆共同举办。这是突破性的一次研讨会，这是第一次在中国大陆以父亲的历史为主题开研讨会，也是第一次以国民党高级将领为主的正面客观的学术会议。而且主办单位为南大民国史研究中心，这是中国大陆研究民国史最有权威的学术机构，开会的地点就在博物馆，也就是民国政府时期的总统府，一个充满历史意义的所在，再往上溯，南京总统府就是太平天国的天王府。现在博物馆的陈列，大致还原民国时期的面貌，蒋介石办公室的摆设还是保持原样。因为这个研讨会不比寻常，主办单位特别谨慎低调，原则上不欢迎媒体采访，会议在总统府大礼堂召开，由南大民国史研究中心主任张宪文教授主持，南大教授来了不少位，资深教授有申晓云、刘俊、张生，还有江苏省党校李继峰教授、南京师范大学经盛鸿教授等。

我看看大礼堂的环境，感到很眼熟。《父亲与民国》里有一张照片，是 1946 年 7 月 1 日，蒋介石在这个礼堂里授予父亲国防部长印信时所摄，而六十六年后我却在同一个地点，参加"白崇禧与近代中国"研讨会。我突然感到：父亲本人没有机会再回到南京，但他在天之灵却指引我替他完成了这趟南京之旅。

会中学者们发言相当客观中肯，对父亲抗日战争的功劳也做了肯定。会中论到大陆一贯流行称呼民国时期地方军事领袖为"军阀"，父亲也一直被称为"桂系军阀"，我提出严正抗议，我说"军阀"是指拥有地方军队的首领，其势力仅及于地方，其利益目标也限于地方及个人，可是父亲参加武昌起义、完成北伐、抗战八年，都是全国性的，是为保卫全民族而战，而且父亲麾下指挥的不仅是桂军，也包括中央军及其他军队，他绝对不是一个地方"军阀"，他大部分的时间都在中央政府任职。与会者都表示赞同。开会的同时，在博物馆南京总统府做了一次相当规模的照片展，有一百幅，都是从《父亲与民国》上撷取下来的，排列起来，图说了父亲一生。这些照片在大陆都是头一次露面，所以引起民众强烈的好奇，展览室就在总统府一进门的左侧，位置醒目，展期长达三个月，博物馆一天七八百人进出，父亲这个照片展的观众必定不在少数。《父亲与民国》这本书的影响，也从南京逐渐散布出去了。

第二天，我在东南大学做了一次演讲，东南大学前身是中央大学，蒋介石是校长。我在演讲时提到，抗日战争，父亲提出重要战略："积小胜为大胜，以空间换时间"，以游击战辅助正规战，与日军作持久战。讲到这里，台下学生纷纷交头接耳：持久战是毛主席提倡的。我说毛泽东也提出了持久战的理论，可是父亲提出好像早一些，两人大概没有互相影响。

南京城是一座历经十一朝的千年古都，因为国民政府曾在南京建都，父亲与南京的关系当然也就比较密切了。1927年国民革命军进入南京，同时国民党内部发生了"宁汉分裂"的危机，蒋介石被迫下野，孙传芳军队乘机进逼南京，父亲自上海替革命军募款，返回南京路上，发现有孙传芳部队蠢动，父亲当机立断，马上成立临时指挥所，指挥中央第一军在南京近郊龙潭与孙军激战六昼夜，终于彻底击溃孙军，扭转乾坤，"龙潭之役"乃北伐史上最关键的一仗。

1937年抗战军兴，蒋介石号召全国抗日，父亲首先响应，8月4日父亲第一个飞南京，北伐十年后父亲再度到南京，这是中华民族抵抗外族入侵生死存亡的一刻。父亲被任命为副参谋总长，负责规划抗日战略之重任，展开八年烽火连天、肝脑涂地、中国人民死亡三千万人的惨烈战争。父亲抵达南京第二天，日本报纸头条这样写道：

战神莅临南京，中日大战不可避免。

八一三淞沪会战中国军队英勇牺牲十五万，不敌日军优势炮火，终于撤退。日军进逼南京，蒋介石召开南京保卫会议，父亲及国军高级将领如李宗仁等，皆主张放弃南京，宣布为不设防城市，因为国军新败之余，来不及整军补充，南京无险可据，防守困难。蒋介石未采纳，认为南京乃国府首都不能放弃。唐生智自告奋勇守城，父亲陪唐巡视周遭防御工事。那天天气寒冷，下雪，父亲看见唐身体虚弱，满面病容，还代他爬上山察视。日军破城，唐生智弃城而逃，日军屠城，三十万军民惨遭屠戮。南京这座千年古城的人民，遭罹了震惊中外的有史以来最残酷灾难——南京大屠杀。

1945年抗战胜利，父亲带领我们全家飞回南京，第一件事便是去中山陵谒陵，我们都跟着父亲爬上那三百级石阶，穿过"天下为公"的牌楼。父亲是在告慰国父孙中山先生在天之灵：八年苦战，终于把日寇驱走，还都南京。

武 汉

2012年4月27日，我们坐高铁抵武汉。1948年底，母亲率领我们全家从南京坐船沿长江到武汉与父亲会合。那时国共内战已到最后阶段，京沪不稳，我们又开始逃难了。武汉冬天酷寒，我记得父亲汉口"剿总"司令部里，树上的老鹰被冻得坠落地上。我们坐火轮从汉口渡到武昌，滚滚长江，浊浪此起彼伏。武汉从古到今都是兵家必争之地，父亲时任华中"剿总"司令，坐镇武汉，严阵以待，与林彪军队即将有一场生死恶斗。六十四年后，我携带《父亲与民国》再度到武汉，长江大桥已经横跨在武昌与汉口，天旋地转，武汉变成了一座千万人口，到处高楼大厦的现代都市。

我在武汉崇文书城开讲座签书，并到华中农业大学演讲"父亲与民国"，听众上千，反响强烈。武汉是辛亥革命的发祥地，抗战时又当过国民政府的行都，武汉的民众对民国史以及父亲的生平，热切好奇，也是很自然的了。

父亲一生的事业的确与这座有"中国的心脏"之称的战略重镇息息相关。1911年武昌起义拉开了辛亥革命的序幕。父亲那年十八岁，参加了"广西学生军敢死队"，北上武汉，声援革命。参加武昌起义，父亲见证并参与了中华民国的诞生。从此，他的命运与民国的兴亡便紧紧绑在一起了。

1938年，南京陷落后国民政府迁都到武汉，日军大举进攻武汉，父亲代理李宗仁指挥第五战区军队与日军展开近五个月的"武汉保卫战"，这场战役，激烈迂回，双方死伤惨重，但争取了时间，让国民政府得以从容迁往陪都重庆。

十年后，1948年，父亲又回到武汉，蒋介石派遣父亲就任华中"剿总"司令。国共内战已到了对决阶段，最后决定国共胜败的淮海战役，即将登场。本来此役定由父亲指挥，父亲提出战略计划："守江必先守淮"，指挥中心设在蚌埠，五省联防，由华中统一指挥。

蒋介石将战区一分为二，华东归刘峙指挥，在徐州另设立"剿总"。父亲警告："华中指挥权分裂，此役必败无疑。"后淮海战役果然国民党军大败，损失六十万军队。

翌年，林彪四野破关南下，进逼武汉。此时四野已经是百万大军，又刚刚打胜辽沈战役，士气高昂，父亲武汉守军不足三十万，而且国民党军经淮海一役军心濒临崩溃，父亲与林彪再度交手，已居劣势，被迫撤离武汉，转战湖南、广西，与林彪打至最后一兵一卒。

父亲打了一辈子的仗，在武汉见证了民国的诞生，最后也在这个城市目睹了民国的衰落。

桂　林

第二轮巡回演讲，首站是桂林，回到父亲的家乡。2012 年 5 月 22 日在桂林召开了"20 世纪 30 年代的广西建设"研讨会，开会的地点就在榕湖宾馆，那原是我们在桂林的故居，后改成高档宾馆，但老房子还在，那是抗战后新起的，原来那幢洋房，1944 年日军攻打桂林，炸掉了。

与会的人都下榻榕湖宾馆，我每次回桂林，都差不多住在榕湖老家。1949 年国共内战接近尾声，父亲与桂军将领就是在榕湖家中开的紧急会议，李宗仁、黄绍竑、李品仙都到了，会议决定战和，父亲极力主张战到底，后来果然父亲与林彪战到最后，父亲的军队是国民党军队最后撤离大陆的一支。六十三年后，我跟一批历史学者又来到榕湖，开会研讨 20 世纪 30 年代广西建设——那是父亲最得意的政绩，把广西建设成"三民主义模范省"。参加会议的学者有台湾来的杨维真、张力，南京大学的申晓云，北京中国社科院的黎湘萍，还有几位广西当地的学者。研讨会足足开了一整天，在广西，这也是个创举。1993 年广西政协本来要在南宁召开一个讨论父亲历史的会议，学者们的论文都写好了，可是当时的政治氛围还不成熟，会议临时取消，我白跑了一趟广西，不过在桂林倒吃足了日思夜想的桂林米粉。

1944 年是抗战后期极为艰辛的一年，日军攻打广西，父亲负责指挥"桂柳会战"，保卫桂林。广西子弟兵保卫家乡，打得十分英勇惨烈，但军力人数远远不及日军，将士牺牲惨重，师长阚维雍自戕，八百多守军最后退入七星岩作殊死战，日军放毒气并用火烧，八百官兵全体殉国，是广西版的"八百壮士"，桂林陷落。

我们全家以及亲戚八十余口，由母亲率领，搭上最后一班火车逃离桂林，桂林城烽烟四起，一片火海。那是桂林这座古城有史以来最大的一次浩劫，整座城付之一炬。

2012 年 5 月 24 日，我在广西师范大学王城校区做了一场演讲，听众来了千余人，在桂林，在自己的家乡，向广西子弟讲父亲的生平，讲广西的历史，我有一种迫切感，因为现在年轻一辈的广西子弟对 20 世纪 30 年代的广西不一定熟悉，至于对父亲一生的英雄事迹，恐怕也是陌生的了。但我感受得到听众的热情，他们有求知的渴望，很想知道被掩盖的那段历史。

后来我看到广西师范大学的建校史，广西师大本来是广西师专，原来是 20 世纪 30 年代父亲在广西主政时创校的，父亲身为军人，但最注重教育，在他的大力支持下，在广西以及在其他省里，创办过大、中、小各级学校。在他的故乡临桂县，他出资办过一所"东山小学"，现在还存在，是为了乡下孩子读书办的。我在桂林念过中山小学，这所纪念孙中山的小学，校史上记载，创办人赫然是白崇禧，这是我最近才发觉的。我回去参观小学母校，居然校歌都没有改，我跟小学生们一起唱：

我敬中山先生，
我爱中山学校。

重 庆

2012 年 5 月 26 日我们到了重庆。我是在 1944 年头一次到达重庆的，那是抗战时为了逃难。这次回去，中间隔了六十八年，重庆完全变成了一个新城市。抗战时期的陪都重庆是一座山城，到哪里都要爬坡，我们住在李子坝，在半山腰，每次回家好像总有爬不完的阶坡。我的记忆中，重庆是一座泥色的城，长江的支流嘉陵江是泥黄色的，山坡大多是土坡，到处黄尘滚滚，连冬天的雾好像也带有土色。可是新重庆的绿化做得非常好，街道两旁绿树成荫，因为到处铺柏油马路，可以坐车上山，山坡好像也消失了，加上四处矗立的摩天大楼，大重庆变成有三千万人口的直辖市。新旧重庆是两个城市、两个世界、两个世纪。抗战时期的重庆，是个悲情城市，日机不分昼夜轰炸，防空洞里闷死上千人，但重庆亦是当时中国的精神堡垒，是由这个黄泥城发布出去的作战命令，拼死抵挡住日军凶残的侵略。

父亲战时任副参谋总长兼军训部长，为了躲避日机空袭，军训部设在重庆近郊璧山。璧山有一个温泉，叫西温泉，父亲与钱大钧将军共同创办了一间西温泉中小学，给政府公务员子弟就学。父亲公余，常带我们到学校的温泉游泳池游泳，我就是在西温泉学会游泳的，那年我六岁。

在重庆我做了两场演讲，一场在重庆图书馆，另一场在西西弗书店。重庆图书馆设备周详，特别为父亲做了一个资料展览，父亲有关军事方面的著作、父亲的演讲稿等等，不少早已断版的书籍，重庆图书馆保存得相当好，到底重庆抗战时期是国民政府的陪都，还有不少国民政府留下的痕迹。我的演讲，观众踊跃，重庆人并没有忘记抗战，我讲到 1945 年 8 月 15 日那天晚上，我跟家人正在院子里吃西瓜，突然间收音机传来广播员的声音：日本投降了！广播员自己先兴奋得哽咽起来，我永远不会忘记那广播员颤抖的声音，顷刻间，整个重庆城响彻了爆竹声，足足响了一夜，那晚没有人能睡得着。讲到这里，我自己的声音也拉高了，下面的观众跟着激动起来。抗战时期四川人民的贡献很大。

广　州

2012 年 6 月，我从台北再出发到广州，19 及 21 日我在方所书店及中山大学有两场演讲，两场听众都有上千人。1949 年夏天我们全家从武汉乘粤汉铁路火车到达了广州，那时国共内战已近尾声，局势十分紧张，我们暂住在新亚酒店，酒店都塞满了南下的难民，国民党军打败仗的消息一天比一天多，但我居然还在培正小学读了几天书。不久，我们又开始整行李，预备逃难了，我们坐船从广州到香港，我在船上睡了一晚，睁开眼睛，已到了香港油麻地码头。这一离开，要等三十九年后，才能重返大陆。我出生于七七事变那一年，童年与少年，就经过两次天翻地覆的战争。

广州是近代中国的革命基地，辛亥革命后，北洋政府有袁世凯称帝以及一连串北洋军阀夺权动乱，孙中山在广州设立政府，预备北伐。民国十二年（1923 年），父亲在广州晋见孙中山，父亲曾参加辛亥革命武昌起义，深受《三民主义》《建国大纲》等孙中山著作的启发，投身革命，那次在广州会见孙中山先生，父亲精神上受到极大的鼓励，终其一生，一直坚定信仰三民主义，从事民国的建设。

民国十五年（1926年），蒋介石组织国民革命军，力邀父亲担任参谋长，整军北伐，7月誓师，从广州出发。那是父亲军旅生涯中第一个要职，广州可以说是他一生事业的起点。由广州率军一直打到山海关，最后完成北伐，父亲就任国民革命军参谋长，时年三十三岁。

我在中山大学老礼堂演讲"父亲与民国"，当年孙中山曾在那个礼堂演讲。

上　海

2012年6月22日，我们从广州飞上海，在民生美术馆有一场演讲，也有上千听众。我幼年时在上海住过近三年的时间，目睹老上海最后一霎时的繁华。1987年，三十九年后我重返上海，晚上飞机降落，下面一片漆黑，上海还未曾从"文革"的灾难恢复过来，元气大伤，连路灯都是暗淡的。谁也没有料到，在短短的十来年内，上海一个翻身，变成了世界级的大都会，成百上千的高楼大厦，到处五光十色的霓虹灯，把这座城市的历史伤痕都掩盖住了。走在车水马龙的淮海路（老霞飞路）上，绝对不会意识到这个城市曾经受过一·二八、八一三日军的炮火。

民国二十六年（1937年）7月7日卢沟桥事变，全面抗战开始。八一三，淞沪会战更是全面抗战的序幕，此役父亲以副参谋总长身份担重任往上海视察，冒着猛烈的炮火，父亲衔命穿梭上海各个战区，协调各指挥官。八一三战况惨烈，六十万中国军队牺牲巨大，三个月十五万官兵英烈阵亡。父亲曾向蒋介石建议，日军军备占压倒性优势，中国军队正面迎敌，牺牲太大，应该见好就收，撤离上海，保存实力，作持久战。父亲指挥部署战役，一向以战略取胜，往往能以少击众，以弱抵强，但父亲建议未被蒋介石采纳，头一仗，国军便损失了大量精英部队。

抗战胜利后，父亲出任国防部长，在南京就职，我们兄弟姐妹多在上海读书。父亲很少到上海，可是1948年4月，父亲突然从南京到上海，而且还待了几个星期。他带我们上国际饭店吃西餐，到虹桥疗养院去检查身体，又受黄绍竑之邀，到他的上海公馆赴宴，席间还有上海的名伶李蔷华两姊妹唱京戏，娱乐嘉宾，李蔷华是有名的程派青衣。父亲一向忙于公事，很少有闲情消遣，那次在上海完全不理公务，相当反常。后来我研究他的历史，才发觉他那次逗留上海，原来是因为在国共内战关键时刻，他与蒋介石之间发生战略意见的冲突，而避走上海。1948年年初，国府行宪，选正副总统，李宗仁违反蒋介石的意思，竞选副总统，胜出后，中央与桂系嫌隙再起，父亲被调离，出任华中"剿总"司令，驻扎武汉。解放军大军南下，局势紧张，本来父亲以为保卫首都南京一战当由华中"剿总"负责指挥，乃向蒋介石提出"守江必守淮"的大战略，将指挥部设在蚌埠据淮河而守，华中"剿总"统一指挥，五省联防。可是蒋介石在宣布父亲出任华中"剿总"司令时，突然下令将华中一分为二，华东由刘峙指挥，在徐州另设一"剿总"。父亲大为震惊，向蒋直言"华中指挥权不统一，此役必败"。同时父亲避走上海，托病不肯就任，因为他知道如此安排，将招大败。父亲以避不就任进谏，希望蒋能改变心意，后来果然被父亲言中，淮海战役，国民党军大败，六十万大军毁于一旦，国民党失去政权。

我们当时看不出其实父亲为了国事忧心忡忡，那时在上海，他内心一定十分沉重而复杂。蒋介石最后派了黄绍竑到上海，把父亲劝回南京就职。那晚黄绍竑设宴，是在劝说父亲。

杭 州

2012 年 12 月 19 日我们赴杭州，20 日在《钱江晚报》报告厅做了一场演讲，听众也来了六七百人。杭州是我最喜欢的城市之一，1987 年，我第一次重返大陆，便与大导演谢晋同游杭州，在烟雨蒙蒙的西湖游艇上，我跟谢晋达成协议，拍摄改自我的小说《谪仙记》的电影《最后的贵族》。

1927 年，国民革命军北伐正进行得如火如荼。1 月，父亲被任命为东路军前敌总指挥，挥戈攻打浙江。2 月，父亲指挥中央第一军几个师直取杭州，2 月 18 日，第一军第一师薛岳占领杭州，孙传芳军队败退，19 日，父亲进入杭州城。北伐下一站便是上海。

抗战胜利第二年，1946 年春，应杭州市长周象贤之邀，父亲携母亲到杭州一游，此时干戈暂歇，父亲难得游山玩水，在西湖上与母亲两人留下多幅照片，那恐怕是常年来，父亲感到最轻松的一刻，不旋踵，国共内战，从东北开打，父亲又得匆匆上阵去了。

2012 年自从《父亲与民国》出版以来，一年间我从北京开始，巡回七座大城，演讲、座谈、受访、研讨会议，将一段被掩盖的历史还原其真相。在各个大学或者书店演讲的时候，我发觉年轻的观众，对父亲的生平、民国的历史，都有一股强烈的好奇心，他们对民国史的来龙去脉未必有很清楚的概念，但他们渴望了解当年到底发生过什么事情，父亲在民国史的地位到底如何评价。

西　安

次年，2013 年 3 月 27 日，我跟广西师范大学出版社的人员一齐飞到西安，这是我向往已久的文化古都，周、秦、汉、隋、唐等十三朝建都于此。28 日，除了秦墓、碑林这些必看的古迹外，我特别想参观西安的古寺。黄昏，我们车子经过城南的兴教寺，本来兴教寺并未排在当天的行程上，因为听闻兴教寺内有唐玄奘的灵骨塔，所以我们停车拜访。我们一行，还有跟随拍摄我的纪录片的目宿摄制组。

寺内一位法师来接待我们，大概看见我们大队人马，还有摄影机，不知我们动机如何，满面狐疑。我向他打听兴教寺的历史，他也支吾以对，好像心事重重，完全没有一般知客僧对访客的亲切。

玄奘墓塔兴建于唐高宗总章二年（669 年），是一座五层的灵骨塔，旁边还有玄奘两位弟子窥基和圆测的墓塔，合称慈恩三塔，兴教寺因玄奘塔而成为佛教名胜。法师引导我们看完玄奘灵骨塔后，带领我们参观大雄宝殿，殿前有一块功德碑，石碑上有几处裂痕，"文革""破四旧"把这块碑打裂成数截，当时住持常明法师偷偷将碎块埋藏起来，"文革"后才挖出重新拼凑。原来兴教寺在民国时重建，碑上记叙此事，并刻上捐款人姓名，有蒋介石、于右任、马鸿逵等人，我凑近仔细一看，上面赫然有"白崇禧二千元"的字样，我惊奇得叫出了声。父亲是虔诚的伊斯兰教信徒，没想到他会捐款修佛教寺庙。但父亲非常重视文化古迹，大概因为兴教寺是唐三藏灵骨塔所在，他珍惜文物，觉得应该保护。

法师知道我的背景后，脸上愁容顿失，接着向我们诉说。原来兴教寺正陷入空前的危机中，有被拆庙的危险，西安市政府为把玄奘塔申报世界遗产，要将周围民国时代的建筑拆除，将僧团迁走，据说背后还有旅游集团涉入，预备将兴教寺开发成文化旅游区，赚取商业利益，而且 5 月 30 日便要开始迁拆，住持宽池法师抗议无效，老禅师急得住进了医院。法师讲得十分激动，这种骇人听闻的举动，我们听后大为愤慨。兴教寺是佛教高僧唐三藏灵骨的归宿，是自唐朝以来千余年，虽然历经劫难，仍然屹立不坠的佛教圣地，怎容得因商业考虑便径自"驱僧夺庙"。法师向我们求救，我们商量后，决定将这件事公诸媒体。4 月 10 日，《南方都市报》率先暴露迁拆兴教寺的消息，其他媒体即刻跟进，引起了宗教界、学界以及民间的高度关注，纷纷声援兴教寺僧团"护庙"的决心，境外佛教界如台湾佛光山星云大师亦发表文章，感性呼吁："中国土地之大，不能连一个玄奘的兴教寺都不能容。"在舆论的压力下，迁拆兴教寺的计划终于取消了。兴教寺的僧团能够继续他们守护玄奘塔的任务。

回想起来，那天参访兴教寺纯属偶然，在兴教寺最危急面临毁庙的一刻，冥冥中好像是父亲引导我去那间他曾经捐款重建的寺庙，为保存那块佛教净土，尽了一份心力。

西安的回族人口有七八万之多，有一条"回民街"，全国著名的大清真寺便在化觉巷里。大清真寺建于唐天宝年间，其间经历各代修葺，现存的建筑是明清时期的风格，中国楼式的建筑群，宏大壮丽。清真寺接待我的教友兴奋地告诉我，抗战时期，父亲到西安，来到大清真寺参观，当时接待父亲的，就是他的爷爷。父亲为大清真寺所题的匾额，现在还保存着。1938年，父亲在汉口成立"中国回教协会"，号召全国回民抗日，提出"十万回民十万兵"的口号。当年父亲到西安就是要鼓励西安的回民参加抗日。迄今西安的回民提到父亲，还充满敬意。

3月29日，我在西北大学做了一场演讲，讲"父亲与民国"。

东 北

又隔一年，2014年6月11日，我终于到了东北，头一站是沈阳。从前在地理书上看到东北——一望无际的原始森林，水丰、小丰满水力发电站，"东北三宝"人参、貂皮、乌拉草，对这个号称"中国生命线"的地区产生无限憧憬。当然还有痛心的回忆，九一八事变，1931年日军侵略中国，东北沦陷。但这次去东北主要的原因，是我的宿愿：要在从沈阳到长春这段中长路上走一遭，因为1946年，第一次"四平会战"，父亲奉命到东北督战，走的就是这条路线。

抗战甫胜利，国共两党的军队便开始争夺沦陷区了，东北首当其冲，共产党方面由林彪率军，罗荣桓、黄克诚等各部水陆兼程向东北挺进，同时彭真、陈云、张闻天等亦一一进入东北。东北因战略位置、经济物资等，其重要性全国首屈一指，向来为兵家必争之地。国民党军队亦精锐尽出，尽属蒋介石的

"天子门生"的王牌军由杜聿明统领：新一军（孙立人）、新六军（廖耀湘）、七十一军（陈明仁），全是美式配备机械化的部队。两军对东北都有必得之心，因为国共双方都知道谁先拿下东北，便会赢得了这场战争。

解放军先抵东北，并有苏联暗助，开头占有优势，并占领东北的北部，长春、永吉这些大城尽掌握在解放军手中。五六月间，两军在中长路上重镇四平街，展开国共内战第一次大规模阵地战，双方各十万军队，一个月间战况拉锯胶着，蒋介石在南京，受美国派遣特使马歇尔催迫停战的压力，派遣父亲以国防部长身份出使东北督战。5 月 17 日，父亲飞沈阳，国民党军士气大振，三天一举拿下四平，林彪军队大败，父亲拍板命杜聿明下令直取长春，同时飞南京向蒋介石报告经过，蒋介石携父亲同飞沈阳，届时国民党军已攻入长春。林彪率领残军，继续往北边撤退。在此历史关键时刻，父亲在长春机场向蒋介石请命，要留在东北继续督战，将林彪部彻底驱出东北，收复哈尔滨、齐齐哈尔、佳木斯等大城，并提出计划，训练三百万民团，安定东北地方，然后再调五个美式装备之师，到华北打聂荣臻。蒋介石不准，硬把父亲调回南京就任国防部长。时孙立人部已越过松花江，预备攻打哈尔滨。6 月 6 日，蒋介石因马歇尔的压力，以及对林彪部队的错误判断，突然下令停战，从 6 月 6 日起，停战二十一日，林彪部队败部喘过气来，转败为胜，终于控制整个东北，影响了内战的胜败。

父亲对"四平会战"未能歼灭林彪部队，功亏一篑，引为终身憾恨，每述及此，不禁扼腕顿足。蒋介石后来检讨失去大陆的原因，也把自己 6 月 6 日下的停战令，列为首要军事错误。

2014 年 6 月 12 日，我在沈阳东北大学做了一场演讲。东北大学是 20 世纪 20 年代建立的，张学良还当过校长，因为经费充足，校区环境幽美，设备精良，是一所以工科为主的重点大学。那天演讲，学生踊跃，我提到我的四嫂赵守侁博士是张学良的外甥女，下面学生兴奋得鼓掌起来。学生们大概对他们的老校长还有仰慕之情，东北人对少帅张学良还相当怀念。

6 月 13 日，我们便驱车沿中长路开往长春，中途在四平市停留了整个下午，参观了四平纪念馆。四平街当年是辽北省的省会，是中长路上的军事交通重镇，位于沈阳与长春之间，是兵家必争之地。从 1946 年 3 月至 1948 年 3 月，四平街一地发生四次国共军队争夺战，当时只有十万人口的城市，却经过四十万军队的拉锯战，全城几乎夷为平地，现在的四平市是在战争废址上重建的一座新城。四平纪念馆建得颇具规模，而且是完全采用现代声光设备，重现当年战役实况的立体博物馆。我仔细参观了纪念馆的资料陈列，也经纪念馆研究员详细讲解，我发觉整个馆的陈列，偏重林彪部队攻夺四平的英勇事迹以及第四次四平战役最后胜利的光荣，至于 1946 年五六月间，第一次四平战役，林彪的东北民主联军大败的史实，却一字不提。至于台湾这方面，因为是蒋介石下错了停战令，误了大局，所以国民党官方历史也从来不提这一段痛史。于是，1946 年第一次四平战役的历史真相就如此被掩盖了几十年。我在 1999 年 11 月至 2000 年 1 月，在台湾《当代》杂志上发表了一篇长达五万字的论文，把这场关键性战役的来龙去脉详细叙述分析了一遍。很可能这是第一篇研究第一次四平战役的中文论文。我之所以花了几年时间四处搜查资料，完成这篇论文，是因为父亲生前一再跟我提起这场战役，讲到蒋介石下令停战，贻误大局，其憾恨之情，形之于色。我认为这段历史不应任其沉埋，应揭露出来，让后世有所评断。

我们离开，已近黄昏，回首四平纪念馆，夕阳影里，深深感到历史的沧桑，历史的无情。

长春是东北第一大城，是东北的政治文化中心。这次我到东北，主要是去追寻当年国共内战东北一些战役，如四平战役、辽沈战役留下来的历史遗迹。中国人民银行长春中心支行位于长春市中心人民大街上，是一栋俄国式大理石外表的建筑，国民党时代原为中央银行，看起来相当巍峨结实。1948年10月，辽沈战役已臻最后阶段，23日，林彪东北人民解放军破城攻进长春，当时国民党军东北"剿总"副司令兼第一兵团司令郑洞国便是以中央银行建筑为掩体，指挥部队作战，最后被迫放下武器投降，手下第七军、第六十军十万余人被俘。辽沈战役，是国民党军溃败，失去大陆的第一块被推倒的骨牌，是役，国民党军损失四十七万人。

郑洞国是黄埔第一期生，与杜聿明同期同学，皆属蒋介石中央军嫡系，抗战期间，屡建军功，参加过台儿庄战役，又赴缅甸，率领远征军，是蒋介石的"天子门生"，手下爱将。郑洞国被俘后，还算受到礼遇，曾任职水利部，但他拒绝重返东北，大概内心愧疚，不愿再面对长春这座伤心城吧。

中国人民银行那天照样开张营业，长春人民也照样进进出出，真难以想象六十六年前10月23日那天，郑洞国放下武器，从那座巍峨建筑，一个人踽踽步行出来的凄凉场景。

1946年5月30日，父亲与蒋介石从沈阳飞到长春，其时国民党军战车刚开进长春城，林彪军队大败，急速往北边哈尔滨撤退。就在长春飞机场，父亲向蒋介石提出了东北"剿共"

的大计划，这可能是他作为蒋介石最高军事幕僚长最关键的一次建议，他力主国军应该乘胜追击，将林彪在东北的部队彻底肃清，当时林彪部队只剩下几万人，而孙立人的新一军也越过松花江，预备攻打哈尔滨了。父亲向蒋介石请命，愿意留在东北，继续督战，蒋介石不准，亦没有采纳父亲的计划。台北"中央研究院"替父亲做的口述历史，有这段记载：

> 当时我即建议继续追击，并表示说，若东北"剿赤"完毕，可以少数部队布防，而先抽回五美械装备师于华北助北平行营"剿匪"，待事毕再调回。蒋先生说："6月1日国防部成立，你回去接事。你的意思，我交杜聿明去做。"我说："委座在此，我也在此！"他当即说："你在此，若马歇尔问你是否要继续追击，你不好说话；你回去，我在这里，可以推到我身上，所以你还是回去。"如此一来，我只得返京就任国防部长。

其后，马歇尔八上庐山，压迫政府下停战命令。杜聿明于哈尔滨停顿攻势整编军队，予林彪军队以喘息与反攻机会，大局逐渐于国民党军不利。如果当年在长春机场蒋介石听信采纳了父亲的建议，那么长春中央银行门口郑洞国缴械投降的那一幕也许就不会发生了。

吉林大学是东北最大的高校，由六所高等院校合并而成，有学生六万人，是中国的重点名校。2014年6月14日，我在吉林大学做了演讲，因为在东北，我的演讲侧重1946年第一次四平战役，那是父亲与林彪第一次交手。学生都不清楚这一仗的来龙去脉，因此上千的学生都听得全神贯注，大多数的学生恐怕从来不知道林彪在东北也曾吃过败仗。

北　京

最后，我们又回到了北京，2014 年 6 月 18 日，在单向街书店做了一次讲座，之前在中国人民大学也举行过一次公开演讲。

自从 2012 年在北京举行《父亲与民国》新书发布会，启动我八千里路巡回演讲，两年间，从华北到华南，从西北到东北，乘飞机、坐火车，一连走过十二个城市，向千万个听众（多为一些热切的青年学子），叙说、讲解民国那一段被淹没、被掩盖的历史，有时讲到激昂处，往往忘我，为了追求历史真相，忘掉了顾忌，忘掉了身在何处，该讲的都讲了。

当年父亲戎马生涯，在这十二座城市，都曾留下他的身影、事迹，特别是北京、武汉、长春，在历史兴衰的关键时刻，父亲都扮演了举足轻重的角色。我追随父亲的足迹，经过这些史迹斑斑的古城，遥想父亲当年，为了保卫民国，东征西讨、铁马冰河的辛苦生涯，不禁肃然起敬，为他感到无限骄傲。

《父亲与民国》的出版，的确卷起了不小的浪涛，余波荡漾，从台湾传到大陆，然后到达北美。那两年，北美各大城市的华人团体，也纷纷邀请我去演讲，讲父亲，讲民国，从西岸一直讲到东岸，一共去了十个城市，展开我在北美的八千里路云和月：温哥华、西雅图、旧金山、圣芭芭拉、洛杉矶、圣地亚哥、休斯敦、奥斯汀、纽约、波士顿。

这几十年来，我一直有一个愿望：要为父亲——一位为国为民身经百战，曾经叱咤风云的老将军——的历史作一个比较公平的评价。《父亲与民国》的出版，总算是尽了我为人子的一份心意。

1950 年 12 月，台南郑成功祠原址重修天坛，父亲在匾额上题下"仰不愧天"，这四个字用在父亲身上，也十分允当。

2017 年 3 月 8 日完稿

第一辑　父亲的足迹

父亲与民国

父亲白崇禧将军于公元 1893 年出生在桂林六塘山尾村一个回民家庭。祖父志书公早逝，家道中落，父亲幼年在艰苦的环境中奋发勤学，努力向上，很小年纪，便展露了他过人的毅力与机智。1907 年，父亲考入桂林陆军小学，这是他一生事业奠基的起点。父亲生长在一个革命思潮高涨的狂飙时代，大清帝国全面崩溃的前夕。桂林陆军小学正是革命志士集结的中心。1905 年孙中山成立同盟会，次年便派黄兴至桂林发展革命组织，陆小总办蔡锷等人鼓吹"推翻满清，建立民国"，父亲深受影响，与同学们纷纷剪去长辫，表示支持。

公元 1911 辛亥年，10 月 10 日晚，武昌新军工程营的成员发出了第一枪，武昌起义，展开了辛亥革命的序幕。那一枪改变了中国几千年的君主专制历史，亚洲第一个共和国中华民国诞生了。武昌起义那一枪也改变了父亲一生的命运。

武昌起义的消息传来，广西人士反应热烈，组军北上支持。父亲参加了陆军小学同学组织的"广西学生军敢死队"，共一百二十人随军北伐。家中祖母知道父亲参加敢死队的消息，便命父亲的两位哥哥到桂林城北门去守候，预备拦截父亲，强制其回家。谁知父亲暗暗将武器装备托付同学，自己轻装从西门溜了出去，翻山越岭与大队会合。那年父亲十八岁，踏出桂林西门，走出了广西，投身于洪流滚滚的中华民国历史长河中。

学生军敢死队水陆兼程经湖南北上，父亲肩上荷"七九"步枪一支，腰间绑着一百五十发子弹的弹带，背着羊毡、水壶、饭盒、杂囊，身负重载，长途行军，抵达汉阳时，父亲与许多敢死队同学脚跟早已被草鞋磨破，身上都生了虱子，痒不可当。时清军据守汉口、汉阳，与武昌方面的革命军隔江对峙，广西北伐军和学生敢死队，奉命在汉阳蔡甸到梅花山一带，配合南军作战，威胁敌方侧后。一夜，父亲被派担任步哨，时适大雪纷飞，顷刻间父亲变成了一个雪人。那是父亲第一次上前线，而且参加了一场惊天动地的革命行动，内心热情沸腾，刺骨寒风竟浑然不觉。那是父亲一段刻骨铭心的回忆。亲身参加武昌起义，对父亲来说具有重大意义。他见证了中华民国的诞生，由此，对民国始终持有一份牢不可破的"革命感情"。

辛亥革命成功后，父亲考入保定军校三期，接受完整的军事教育。父亲在保定前后期的同学，日后在军中皆任要职。保定毕业，父亲与二十多位同学，自愿分发到新疆屯边，效法张骞、班超，立功异域。他曾经下功夫研究左宗棠治疆的功绩，中国边防一直是他战略思想的要点之一。治疆的抱负后因俄国革命交通阻断，未能实现。民国六年（1917年），父亲返回广西，结识李宗仁、黄绍竑，共同从事统一广西的大业，三人时称"广西三杰"。

民国十五年（1926年），北伐军兴，总司令蒋中正力邀父亲出任国民革命军参谋长，这是父亲军事事业第一个要职。当时北洋军阀各据一方，中国四分五裂，其中以孙传芳、吴佩孚势力最大。中国人民经过辛亥革命、五四运动，革命新思潮高涨，对国民革命军有高度期望，革命军遂能以少击众，从广州一路摧枯拉朽打到山海关。那是国民革命军士气最旺盛的时刻。北伐是民国史上头一等大事。

北伐时期，父亲立下大功，重要战役，几乎无役不与，充分展示他战略指挥的军事才能，尤其是民国十六年（1927年）"龙潭战役"，关系北伐成败。时因"宁汉分裂"，蒋中正下野，国民革命军内部动荡不稳，孙传芳大军反扑，威胁南京，形势险峻。父亲临危受命，指挥蒋中正嫡系第一军，与孙传芳部决战于南京城郊龙潭，经过六昼夜激战，不眠不休，终于将孙军彻底击溃。行政院长谭延闿在南京设宴招待龙潭战役有功将领，特书一联赠予父亲：

指挥能事回天地；
学语小儿知姓名。

北伐后期，父亲任东路军前敌总指挥，率领第四集团军，挥戈北上。民国十七年（1928年）6月1日，父亲领军长驱直入北京，受到北京各界盛大欢迎，成为历史上由华南领兵攻入北京的第一人。天津《大公报》主笔、名记者张季鸾在6月14日发表社论："广西军队之打到北京，乃中国历史上破天荒之事。"想当年，太平天国的两广军队只进到天津。父亲时年三十五岁，雄姿英发，登上他戎马生涯的第一座高峰。

父亲继续率部至滦河，收拾张宗昌、褚玉璞残部，东北张学良易帜，最后完成北伐。

北伐期间，广西军屡建奇功，桂系势力高涨，功高震主，蒋中正决意"削藩"。民国十八年（1929年），发生"蒋桂战争"，掀起"中原大战"序幕，中国再度分裂。北伐成功，原为国民党统一南北，建设中国最佳良机。北伐甫毕，南京开编遣会议，计划裁军，父亲由北京拍千言长电致国民党中央，请缨率领第四集团军至新疆实边，可惜未获采纳。中央派军攻打广西，父亲等人一度流亡安南，后再潜返广西，展开两广联盟，与中央对峙。其间父亲致力建设广西，不到七年，广西由一个贫穷落后的省份一跃而成为全国"三民主义模范省"。民国十二年（1923年），父亲曾在广州晋见孙中山先生，受到极大鼓励。父亲对孙中山创作的《三民主义》、《建国大纲》、《实业计划》中的建国理想及方针心向往之。建设广西，如土地改革、"三自"、"三寓"地方自治等计划，可以说都在实践《三民主义》的精神。胡适等人参观广西，大加赞扬。建设广西，展现了父亲的政治抱负及行政才能。

民国二十六年（1937年）七七事变，地方将领中，父亲第一个飞南京响应蒋中正抗日号召。日本各大报以头条新闻报道"战神莅临南京，中日大战不可避免"，广西与中央的对峙，因一致对外而暂时化解。

父亲出任军事委员会副参谋总长兼军训部长。对日抗战，父亲的贡献不小。

民国二十七年（1938年），军事委员会在行都武汉开"最高军事会议"，父亲提出对日抗战大战略——积小胜为大胜，以空间换时间，以游击战辅助正规战，消耗敌人实力，作持久战。日军军备远优于中国军队，与日军正面作战，难以制胜，淞沪会战，中国军队伤亡十五万精兵，牺牲惨重。父亲认为应该同时发动敌后游击战，困扰敌人，不必重视一城一镇的得失，使敌人局限于点线的占领，将敌军拖往内地，拉长其补给线，使其陷滞于中国广大空间，从而由军事战发展为政治战、经济战，向敌发动长期总体战，以求得最后胜利。父亲自承抗日战略思想，是受到俄法战争，俄国人拖垮拿破仑军队策略的启发。父亲的提议得到委员长蒋中正的采纳，并定为抗日战争最高指导原则，对抗战的战略方向，有指标性的作用。父亲有"小诸葛"之称，被誉为中国近代杰出军事战略家。他的抗日战略，显露出他高瞻远瞩的智慧。

抗日期间，父亲奔驰沙场，指挥过诸多著名战役：徐州会战——台儿庄大捷，武汉保卫战，桂南会战——昆仑关之役，长沙第一、二、三次会战等。其中尤其以民国二十七年（1938年）台儿庄大捷至为关键。

时首都南京陷落，日军屠城，国军节节败退，全国悲观气氛弥漫。台儿庄一役给予日军迎头痛击，被国际媒体称为日军近代史上最惨重的一次败仗。全国人民士气大振，遂奠下八年全面抗战之根基。父亲与李宗仁等将领，登时被全国民众尊为"抗日英雄"。

民国命运，自始多乖，内忧外患，从未停息。抗战刚胜利，国共内战又起，而且不到四年间，国民党失去了政权。国民党的失败固然原因多重，然父亲在他的回忆录中却认定军事失利是导致国民政府全面崩溃的主因。抗战后父亲出任首届国防部长，其后又调任华中"剿总"司令，虽然身居要职，但职权受限，并未能充分发挥其战略长才。国共战争，国民党军队在战略战术上犯下一连串严重错误，终至一败涂地。

首先父亲极力反对战后贸然裁军，内战正在进行，处置不当，动摇军心。本来国民党部队有五百万人，解放军只有一百多万。裁军后，大批官兵，尤其是游杂部队，这些抗战曾为国家卖命的士卒，流离失所，众多倒向解放军，解放军军力因此大增。裁军计划由参谋总长陈诚主导，父亲的反对意见，未获高层支持。

民国三十五年（1946年）5、6月第一次东北"四平街会战"，那是国共战后首度对阵，双方精英尽出，蒋中正派父亲往东北督战，旋即国民党军攻进长春，林彪军队大败，往北急速撤退，孙立人率新一军追过松花江，哈尔滨遥遥在望。在此关键时刻，父亲向蒋中正极谏，自愿留在东北继续指挥，彻底肃清林彪部队。蒋中正由于受到马歇尔调停内战的压力，以及对解放军情况的误判，没有采纳父亲的建议，竟片面下停战令。林彪败部恢复元气，整军反攻，最后控制整个东北。事后多年，国民党检讨内战失败原因，蒋中正本人以及国军将领咸认为那次片面停战，不仅影响东北战争，而且关系全盘内战。

1948年年底1949年年初之淮海战役，乃国共最后决胜负的一仗。原本蒋中正属意父亲指挥此次战役。父亲时任华中"剿总"司令，北伐抗战父亲在淮北平原这一带多次交战，熟悉战略地形。他向蒋提出战略方针"守江必先守淮"，应将军队集结于蚌埠，五省联防，由华中"剿总"统一指挥。未料蒋中正却临时将指挥权一分为二，华东归刘峙指挥，而指挥中心却设在徐州。徐州四战之地，易攻难守。父亲曾如此警告："指挥权不统一，战事必败。"淮海战役开战前夕，国共两军各六十万，严阵对峙，国府高层深感势态严峻，刘峙不足担当指挥大任，国防部长何应钦、参谋总长顾祝同联名向蒋中正建议由父亲替代刘峙统一指挥。父亲飞抵南京开军事会议，发觉国民党军战略部署全盘错误，大军分布津浦、陇海铁路两侧，形成"死十字"阵形。父亲判断大战略错误，败局难以挽回，况且开战在即，已无时间重新布置六十万大军，断然做了一项恐怕是他一生中最艰难的决定——拒绝指挥淮海战役。后淮海战役国民党军果然大败，蒋中正下野，李宗仁出任代总统。蒋与父亲之间，嫌隙又生。

内战末期，林彪百万大军南下，父亲率领二十万部队与其盘桓周旋，激战数月，但当时大局已濒土崩瓦解，国民党军队士气几近崩溃。父亲军队一路抵挡，由武汉入湖南，退至广西，战至最后一兵一卒，但孤军终难回天，父亲于 1949 年 12 月 3 日离开大陆，由南宁飞海口。

父亲十八岁参加辛亥革命武昌起义，见证了民国的诞生。北伐军兴，父亲率部由广州打到山海关，最后完成北伐统一中国。抗日战争，父亲运筹帷幄，决战疆场，抵抗异族入侵，立下汗马功劳。为民为国，父亲奉献了他的一生。

广西精神
——白崇禧的"新斯巴达"

建设广西模范省（1931—1937）

北伐军兴，李宗仁、白崇禧等人率领之广西军屡建奇功，有"钢军"之称，势力因之大涨，功高震主。蒋中正遂有"削藩"之举，1929年发生"蒋桂战争"，拉开"中原大战"序幕。中央军攻打广西，李、白等人遭革除国民党党籍，流亡安南（今越南）河内。后李、白重返广西，两广联盟，与中央形成对峙局面，直至1937年七七事变抗日战争全面爆发，广西军乃参加抗战。

自1931年九一八事变至1937年全面抗战前夕，六年间，白崇禧率领干部建设广西，政治、军事、经济、教育，数管齐下，标榜"三民主义广西化"，创导"三自"、"三寓"基层组织，建立民团，推广"全省皆兵"，为抗战作出贡献。广西一时气象一新，胡适等人南下参观，称誉广西为全国三民主义模范省。

父亲虽以军事见长，但一向也有他的政治抱负。父亲身处于国家内忧外患，危急存亡的时代，他们那一代的爱国分子莫不以救亡图存为第一要务。中国久困于西方列强的巧取豪夺，而日本帝国主义又谋华日亟。如何振兴国家，抵御外侮，是当时有志之士苦苦思索的课题。父亲默察近世西方列强兴盛之道，他最佩服的是19世纪普鲁士的"铁血宰相"俾斯麦，德国本为软弱散漫的邦联，而俾斯麦在执政期间，以他的强人作风、铁腕政策一举而将德意志擢升为统一强大的帝国，称雄欧洲。俾斯麦治德首要在强兵，所以德国才能成为一等军事强国，慑服邻邦。中国积弱已久，一直处在挨打的地位，父亲认为要振兴中国首在强兵，有了强大军事力量，中国才能免于亡国之危。1931—1937年，父亲领导建设广西，也就以广西一省为示范，实践了他的强兵之道。

事实上父亲的政治抱负远不止局限于整饬广西一省，辛亥革命成功以及北伐完成，父亲曾二度请愿，到新疆去屯田实边，替国家巩固边防，可惜父亲拓边的壮志始终未能实现，而历史的转折迂回，却让父亲返回广西，把自己的家乡建设成20世纪30年代全国刮目相看的"模范省"，这倒是他始料未及的。

广州开府，为了表示两广合作，李宗仁以国府委员及参军处参军名义，居留广州，所以这个时期，广西事务，一概由父亲掌管。如果说父亲是建设广西蓝图的总设计师，那么广西省主席黄旭初便是执行者。自从黄绍竑离开广西后，他的位置便为黄旭初取代，而成了新的李、白、黄体制。

建设广西，有其内在的需要及外在的条件。"蒋桂战争"，广西势力数十万大军一夕间土崩瓦解，而且中央军穷追不舍，粤、滇、湘各军入侵广西，在广西境内作拉锯战。虽然最后都被李、白等率部驱逐出境，但连年战乱，用李宗仁的话，此时广西真是"疮痍满目，残破不堪"了。整顿广西，乃燃眉之急。广州开府，两广重修旧好，九一八事变，日军入侵东北，南京政府一面穷于应付日本人，一面"剿共"频频失利，已现捉襟见肘之势，两广独立，中央无可如何，广西乃暂时解除后顾之忧。

广西地处边陲，自古远离中原政治文化中心。境内多山脉丘陵，耕地有限，当时人口约一千四百万，汉人占百分之六十，少数民族成分复杂。这样一个地瘠人贫，偏远落后的地区，如何将它治理成中国一个有示范性的省份，这是当时广西领袖们卧薪尝胆，全力以赴的一个理想目标。从 1931 年九一八事变起，至 1937 年七七全面抗战，六年间，在李、白、黄等人全力以赴的推动下，广西从一个组织散漫，民智蔽塞的边陲地区，一跃而成为组织严密，全省皆兵，有"新斯巴达"之誉的"模范省"。抗战军兴，李、白离开广西参加抗日，广西重归中央管辖，虽然黄旭初仍然坐镇广西，继续建设，但后来日军入侵广西，外省难民大批涌入，广西已非 20 世纪 30 年代初的面貌。

建设广西，当时已受到国内外的注意，不少中外人士亲赴广西参观，并留下评语。近年来，30 年代的广西又颇引起欧美及大陆学者的研究兴趣，几本研究广西建设的专书皆颇可观。剑桥大学出版的英国历史教授黛安娜·拉瑞所著的《地方与国家：中国政治中的桂系——1925—1937》[1]，分析桂系的政治定性，结论是桂系远超出当时中国的所谓"地方势力"，实达

---

[1] Diana Lary: *Region and Nation: The Kwangsi Clique in Chinese Politics 1925 – 1937*, Cambridge University Press, 1974.

到全国性的地位。美国学者、芝加哥大学历史博士尤金·赖维奇所撰的《国民党中国的广西模式：1931—1939》①，对30年代的广西建设深入研究，并以"李、白、黄"领导的广西与同时代毛泽东的延安政府以及蒋中正的南京政府作了一个相当发人深省的比较。大陆学者群编撰、广西师范大学出版社出版的《20世纪30年代的广西》②，厚达九百二十四页，对于30年代的广西建设，有详尽的记载，这本书数据丰富，颇有参考价值，立论颇中肯，其"前言"对30年代广西建设有如此总评：

> 为了实现所谓"建设广西，复兴中国"的主张，新桂系提出了"三自"（自卫、自治、自给）、"三寓"（寓兵于团、寓将于学、寓征于募）的政策，在全省范围内开展了政治、经济、军事和文教等方面的建设。在政治上，从省以至乡村推行政、军、学的"三位一体"制，使各项政令的贯彻执行直接通达村甲阶层。在军事上，除加强正规军外，还大搞民团建设，实行所谓"全省皆兵"。在经济上，农业、工业、矿业、交通等都有了较大的发展。文教事业的进步也比较明显。特别是雷沛鸿从广西的实际出发，推行以"救亡"、"救贫"、"救愚"为目的，各种类型的国民教育，尤具特色。这些在广西史上前所未有的成就，使它取得了"模范省"的美名，为新桂系投入30年

---

① Eugene William Levich, M. E. Sharpe: *The Kwangsi Way in Kuomingtang China*, *1931 – 1939*, In P. 1993.

② 钟文典主编：《20世纪30年代的广西》，广西师范大学出版社，1993年。

代后期开始的抗日战争，在组织上和人力、物力上奠定了基础，做出了贡献，受到国内外舆论的好评。

建设广西的主导思想——三民主义广西化

作为广西建设的总设计师，父亲为了动员全省民众参加建设工作，曾经马不停蹄各处演讲，倡导建设广西的原则与目标，因此 30 年代，父亲留下的演讲稿特别多，其中辑成集的以《三自政策与广西建设》①为最重要，这本演讲论集，可说把建设广西的蓝图，具体而微地勾绘了出来，尤其是其中父亲倡导的"三自"（自卫、自治、自给）、"三寓"（寓兵于团、寓将于学、寓征于募），遂成为建设广西的政策核心。

《广西建设纲领》（俗称"广西宪法"）开宗明义地提出"建设广西，复兴中国"的宗旨。李、白等人此时的言论，一再重复此一目标："建设广西"是为了"复兴中国"。李、白虽然发迹于广西，但两人曾参加北伐大业，父亲更曾效命辛亥革命，所以他们的眼光与抱负是全国性的，建设广西是建设中华民国的一部分。但南京中央政府刻意矮化李、白等人，把李、白局限于"地方势力"，定性为"地方军阀"。因此，李、白建设广西为全国"模范省"也有跟南京政府竞赛的意思。1931 年九一八事变，国难当前，广西领袖深知中日大战终不可免，建设广西，厉兵秣马，也就是为全国抗日作准备。七七抗

---

① 《白健生先生论三自政策与广西建设》，南宁建设书店，1938年。

战，广西动员最迅速。

《建设纲领》另一要旨是：建设广西是以总理孙中山的三民主义为最高指导原则，把国父《建国大纲》的理想以广西作为实验场，也就是把三民主义结合到广西省的现实基础上，换言之，就是三民主义广西化。父亲于1915年谒见总理孙中山，由是服膺其三民主义的建国理想。父亲曾对三民主义深入研究，他认为总理提倡三民主义，号召国人推翻清朝，建立民国，三民主义当年有如此强大的号召力，可见是合乎中国国情的。后来有人逐渐对三民主义产生怀疑，是因为从辛亥革命到北伐完成，国民党内一直纷争未休，国父三民主义的建国理想始终未能实践，没有一套实践的方法以及强而有力推动政策的领导群，纵有良法美意，也是徒然。因此，父亲倡导"三自"政策，以实行三民主义，所以他说："三民主义是三自政策的理想，三自政策是三民主义的实行。"这就是三民主义广西化。"蒋桂战争"，李、白等人被蒋中正领导的国民党中央开除党籍，而李、白在广西推行总理的三民主义，也就含有继承国父遗志，继续国民党道统的意义。这与台湾新党脱离国民党后，仍旧尊奉三民主义，以孙中山的信仰者自居，异曲同工。

在《三自政策与广西建设》中，父亲把三自政策与三民主义的关系作了详尽的说明。自卫、自治、自给乃是实践民族主义、民权主义、民生主义的三个策略。建设广西，即是要建设一个三民主义模范省。

三自政策　首重自卫

孙中山提倡民族主义，旨在唤醒中国人的民族意识，推翻清朝，进一步联合世界各弱小民族抵抗西方列强及日本帝国主义的侵略，要旨还是在于富国强兵，使中国达到自卫的目的。广西建设的自卫政策，其时代背景在于九一八事变日本谋华日亟，广西整军，首要目的在于为抵抗日本侵略做准备工作，这是父亲等人一再重复的主题。当时全国人民救亡热潮高涨，广西抗日整军，名正言顺。其次，广西连年受中央军的威胁，武化广西，全省皆兵，当然也有自保的意义。但是如何唤起广西民众敌忾同仇呢？抗日的爱国热情当然是最大的推动力。再次，父亲提倡尚武精神，他认为中国古代原本是兵农不分、文武合一的，他批评宋朝重文轻武，积弱不振，遂亡于金元。他纠正中国人"好铁不打钉，好男不当兵"的错误观念。他尊崇太平天国的革命精神，替洪杨翻案。太平天国杨秀清、石达开、李秀成等多为广西豪杰，父亲常以太平天国的悲壮激励广西人民，唤醒广西人民对自己历史传统引以为傲。

自卫政策还基于广西的另一现实。广西素有"多匪"之恶名，固有"无处无山，无山无洞，无洞无匪"之说。陆荣廷时代，土匪与官兵更是互相勾结，鱼肉人民。"匪患"是广西一大灾祸。父亲的自卫政策中，最重要的措施是组织民团。1931年冬开始，父亲将广西分为若干清乡区，派遣军队配合民团，彻底肃清匪患，广西全省从此平靖。所以自卫政策是既攘外又安内的。

三自政策，首重自卫，"自卫有成，自给与自治才得巩固"。在广西建设中，"三自"演进的程序是从"自卫"达到"自治"，最后达到"自给"，因此，"自卫"被规定为"广西一切建设之起点"。然而达成自卫的具体办法为何，这就是父亲提出的"三寓政策"。"寓兵于团是要达到兵民合一，寓将于学是要达到文武不分，寓征于募是要达到实现国民义务兵役制。"①

寓兵于团

广西民团是广西建设中最重要的基本组织，建设民团，旨在通过民团组织而达到全省皆兵的整军目的。民团又同时负有军事、政治、经济、文化的多种功能，而且是一个全民组织（男子十八岁至四十五岁皆须入团），"广西人口一千二百万，除了老年和妇孺外，约有团兵三百万"②，广西建设是靠民团组织来推动的。

父亲对于民团最为重视，并亲自担任广西民团总指挥。20世纪30年代的广西民团，可以说是父亲一手训练成功的。父亲一方面观察近世列强富国强兵之道，如日、法、德等都是通国皆兵，实行征兵制，另一方面，他也寻找中国历史上由组织民众而达强兵之道的成功范例。管仲治齐，给了父亲最大的启示，广西民团，可以说是管仲"轨、里、连、乡"的现代版本。管仲把全国分为二十一乡，商工之乡六，士之乡十五。工商足财，士足兵。它的编制：五家为轨，轨设轨长，十轨为里，里设有司，四里为连，连为之长，十连为乡，乡有良人，即以此寄军令。五家为轨，故五人为伍，轨长率之。十轨为

---

① 白崇禧：《三寓政策在广西的检讨——二十六年四月二十五日对干部训练班第五期学员讲话》。

② 虞世熙：《新桂系的民团组织》，《广西文史资料》第十三辑，1982年。

里，故五十人为小戎，里有司率之。四里为连，故二百人为卒，连长率之。十连为乡，故二千人为旅，乡良人率之。五乡立一师，故万人为军，五乡之师率之。十五乡出三万人，以为三军。轨、里、连、乡是政治组织，伍、小戎、卒、旅、军是军事组织。齐国凭借这种军政合一的严密基本组织，在管仲尊王攘夷的领导之下，一跃而成为春秋霸业的盟主。管仲名言："仓廪实而知礼节，衣食足而知荣辱。"管仲治齐这种完全务实的作风，全国兵农合一的制度，既无儒家陈义过高的理想色彩，亦免于法家过分苛刻的严刑峻法，父亲最为心仪。

广西的民团，本有其历史渊源，太平天国时期，地方人士为了自保，组织民团，但这种旧民团并无严密组织系统和严格的军事训练，且多为地方豪绅所把持，是为了少数人的利益而设立的。广西新民团成立于 1930 年 9 月。当时"中原大战"结束，李、白败退广西，中央部队之滇、粤军入侵广西，当时粤军控制桂东南，滇军控制了桂西南，包围南宁，湘军又威胁桂北，一时广西四面楚歌，桂军只有十六个团的兵力，不足与中央军抗衡。同月，父亲率领第四、第七两军，由柳州南进，解南宁之危，为了防范驻宾阳一带粤军支持南宁滇军，父亲乃令第一师师长梁瀚嵩返宾阳组民团，在贵宾公路伏击敌人，结果粤军果然不敢越过昆仑关，与滇军建立联系，父亲因而顺利击败滇军，解了南宁之围，扭转广西覆灭的颓势。

由于这次经验，父亲感到民团大有可为，如善加运用，不仅可以御匪卫乡，且可有效动员民众协助军队打仗。于是向李宗仁建议在广西省普遍建立民团，在南宁设立民团总指挥部，由父亲担任总指挥，梁瀚嵩任副总指挥。将全省划为十二个民团区，各区置指挥部，设正副指挥各一人，各县置民团司令部，设正副司令各一人，并派人到各县督率整理民团。从此，广西民团遍布全省。

广西的民团编制是以十户为甲，十甲为村，十村为乡作标准。甲有甲长；村有村长，且兼民团后备队长，总率壮丁百人；乡有乡长，兼民团大队长，总率一千人；有些大县有区的，区有区长，兼民团联队长。假定一区有十乡，每乡有后备队一千，一区就有一万人了。这种组织类似管仲作内政以寄军令，是一种军政合一的组织。军事方面由总部到区指挥部、县民团司令部、联队、大队、中队。政治方面由省府到县政府、区、乡、村、甲。民团组织，首重基层干部训练。干部人才不但在民团训练上负责，而且负担国民基础教育的责任。这就是广西当局提出的"三位一体"的口号，就是村长兼任民团后备队中队长和团民基础学校校长，乡长兼任民团后备队大队长和中等学校校长，实行"一人三长"制，使军事领袖与行政主管、学校校长合而为一。如此，既节省人员、机构的开销，又消除了政、军、教三者之间的不协调。这种从省到县，以至基层村、街，层层贯彻命令的严密组织，正是 20 世纪 30 年代广西建设成功的要素。这种"斯巴达式"的民团精神，由其团歌可见一斑：

> 谁能捍卫我国家，惟我广西民团！
> 谁能复兴我国家，惟我广西民团！
> 我们有强壮的身体，我们有热烈的肝胆。
> 我们要保护民族四万万，我们要巩固国防守边关。
> 我们不曾咬文嚼字，我们只会流血流汗。
> 我们不会哀求讨好，我们只会苦干硬干。

流血流汗才是英雄，苦干硬干才是好汉！

快奋起，同志们，莫长吁短叹，救亡救难，任重如山。

快努力，同志们，莫偷闲苟安，强国强种，惟我民团！

　　民团成员，不管是城市的，还是乡村的，是当官的（公务员自厅长以下），还是老百姓，都要普遍接受军训，每晨五点，均须集合参加早操。据当时一些到广西参观的人记述：

　　每晨五点钟，天明炮一声，全城市的人民皆起，学校教员、学生以及公务员、商人、工人无不起床，五点半上操场，分授军事训练，人民精神之振作真不可及也。①

　　民团组织对广西建设的贡献，《20世纪30年代的广西》一书中有如此评论：

　　30年代的广西民团，几经李、白、黄的改造与训练，在新桂系推行的政治、经济、军事、文化建设中发挥了一定的效力。在政治上，严密了新桂系的基层组织，巩固了其政权的基础，在推行清查户口、修筑道路，开垦荒地、建立国民基础学校、培养自治人才、推动地方自治方面发挥了一定作用。在经济建设方面，实行公耕、建造公林、

────────────

　　①　五五旅行团：《桂游半月记》，中华书局，1932年，第34页，转引自申晓云、李静之：《李宗仁的一生》，河南人民出版社，1992年，第188—189页。

开挖公共池塘、奖励畜牧等方面，也有所效益。在文化上，开展成人教育，减少文盲，也比清代有所进步。在军事上，经过民团训练，一般壮丁都具备了一定的军事常识和作战技能，一有战事，拿起武器可以打仗。这些都为新桂系统治打下基础。而在抗日战争期间，广西民团也为抗击日本侵略者，为保卫国家民族的生存，做了有益的事："在卢沟桥事变之前，广西常备军仅有步兵二十个团。至淞沪战起后，三个月之内，即能出兵四十余团，赴前参加作战，且能在临淮关、台儿庄诸役，予倭寇以歼灭之打击。"①

寓将于学

"寓兵于团"如果是培养兵源，那么"寓将于学"便是培养军事干部，目的是"恢复古代文武不分的风气，使社会上的知识分子，有文事兼有武备，以应付现代剧烈斗争的环境"②。父亲好学，熟读古籍，对现代的新知识，也有极大的兴趣，他仰慕的古代名将是孙武、吴起、诸葛亮、岳飞这种不但武略过人，并且通达文事的"儒将"。兵书上说，不知《六韬》、《三略》，不可以为将，不知天文地利，不可以用兵。可见中国古代是文武并重的。父亲批评中国宋朝以后，有文武分途，文人不习武事，武人不识翰墨的弊病，所以国家积弱不振。"寓将

---

① 《桂系纪实·军》，第36—38页。

② 白崇禧：《三寓政策在广西的检讨——二十六年四月二十五日对干部训练班第五期学员讲话》。

于学”便是要恢复文武不分的风尚。

"寓将于学"的实施政策便是各级学校的学生一律实施军事训练：国民中心基础学校（即高小）一律受童军训练；初中一律受青年军事训练，初中结业，更集中军训总队受严格的军训半年；高中生，第一学期也受严格军训，其余各学期，仍有军事学术科，不过所占时间减少；大学规定有两年军训，专门学校一年半军训。因此，在初中结业的，可受三年半军训，高中六年，大专八年半或八年。受过这样军事教育的学生，遇到国家有事，便可充当中下级军事干部。女学生也受看护训练，广西总动员，妇女也积极参加了的。

广西学生及民团军事训练，在父亲等人大力推动下，可谓雷厉风行，收到"武化广西，全省皆兵"的功效。外省入桂的人，到广西第一感受便是"到处都可听到喊口令，看到军事操演，进了广西就像进了一所大兵营"①，于是当时便有"斯巴达化的广西"之说。

寓征于募

中国近千年来都实行募兵制，"寓征于募"便是渐进式地，由征、募混合制而最后达到全省义务兵役制。

广西之所以如此积极武化整军，当然是由于当时国内外情势发展使然，父亲在全面抗战爆发前夕，如此警惕：

---

① 五五旅行团：《桂游半月记》，转引自申晓云、李静之：《李宗仁的一生》，河南人民出版社，1992年，第190页。

22

我们认定在国难严重的今日，必须如此，才能争求整个国家民族的生存，在这第二次世界大战将临的前夜，必须如此，才能应付国际战争。①

抗日战争，广西军队的卓越表现，也就是多年来广西军事准备的结果，那是一支受过爱国思想的政治教育、严格的军事训练，有团体纪律的军队。北伐时期广西军第七军的"钢军"传统，在抗日期间，再度发扬。

自治政策

广西建设中的"自治政策"相当于"民权主义"中的地方自治，其首要目的在澄清吏治，培养干部，也就是进入《建国大纲》中的"训政时期"。动员全省，需赖大批有热情、有理想、有干劲的干部去推动政策。于是建设广西，又以培训干部为首要。父亲特别提到宋朝王安石变法有"治法"而无"治人"，新政终归失败的教训，于是又特别创导"行新策用新人"②的口号，号召本省热血知识青年投入基层建设，招徕外省高级知识分子参加广西经济文化建设。

由于广西民团干部"三位一体"担负军、政、教育经济等多功能的责任，工作繁重，没有献身的热情，难以胜任，"苦

---

① 白崇禧：《三寓政策在广西的检讨——二十六年四月二十五日对干部政治训练班第五期学员讲话》。

② 广西绥靖主任公署政治部编：《白崇禧言论集》（四），全面战争周刊社，1936 年。

干、硬干、实干"，便是全省党政军务部门提出的工作方针，甄选大批初、高中毕业的优秀生，进一步集训后，分发到民团以及各级政权机构中任职。这些知识青年就是"新人"，他们的特点是"丰富的活力、坚定的意志、勇敢的精神、明白的认识和健全的体魄"，这批青年干部干劲大，有抱负，又肯吃苦牺牲，是建设广西的中坚分子。据广西统计局在 1932 至 1933 年间的调查，桂省所用人才均极年轻，各机关人员年龄在二十至四十岁之内的，占百分之八十以上。这批年轻干部，取代了以往的旧式官僚。1934 年 8 月，广西省一下子免除了二十余县县长职，代之以受过高等教育，肯负责任的"新人"。对于把持地方势力的"土豪劣绅"，李、白等人毫不留情，一律清除。当时广西实行"灰布化"，"公务人员也是一律着制服、制帽，以灰布为主，惟所着布鞋则白底黑面，而于足背加一横带以系之，颇似女装鞋"①。这些新干部，朝气蓬勃，俭朴勤苦，他们也就代表了广西的新形象，令人感到气象一新。

高级干部方面，"楚材晋用"是广西建设一大特色。广西将领除了李、白、黄外，唐生智部下的李品仙、叶琪、廖磊等人也临时返回广西，归队参加建设工作。但广西文化教育落后，经济、文化建设，需借重外省人才，而且"行新政，用新人"正是要打破以往乡党观念，以"行天下事，用天下人"为号召，一时也有不少外省高级知识分子，不在乎广西待遇的清苦，远来投入广西建设行列。例如参加起草《广西建设纲领》这一重要文件的，便有号称"广西六君子"的胡纳生、刘士

---

① 五五旅行团：《桂游半月记》，转引自申晓云、李静之：《李宗仁的一生》，河南人民出版社，1992 年，第 189 页。

衡、万民一、万伸文、徐梗生、朱五健——是张定璠（编按：时任上海市市长，系小说家张系国的祖父）特别从上海延聘来桂的。父亲虽然出身行伍，但本身好学，因此尊重知识。尤其是受过西方现代教育的人才，父亲特别重视。当时留学欧美，又被延揽来桂，担任要职的外省人士，有下列几位：

邱昌渭，湖南芷江人，留美，哥伦比亚大学政治学博士。出任广西省政府秘书长、教育厅长、民政厅长等重要职位。对于普及广西国民教育、强化"三位一体"基层政治建设，有重大贡献。邱为人刚正不阿，实事求是，而且一丝不苟，十分清廉，选拔人才一律采用考选，考取者要受过训再看成绩，好的签呈主席任用，杜绝八行书私荐。他这种不买账的作风难免招怨，在党、政、军联席会上有人攻击他专擅，父亲极力维护："我们要奖励这种人，不能动他，人家认真办事，我们要人办事便应给他用人行政权，分层负责，否则他不能放手去干了。"[1] 父亲一生最欣赏这种有学问而又做事负责认真的人才。

黄季陆，四川叙永人，先后留学日、美、加，返国后曾追随总理孙中山，后应邀到广西担任民团干部学校政治部部长，父亲自充当校长，这所学校是广西培养基层干部的大本营。黄季陆对总理遗教有深刻研究，擅长组织民众。全面抗战爆发后，父亲推荐黄转任中央。迁台后，黄还担任"内政部长"、"教育部长"等职。

黄荣华，墨西哥华侨，留美，哥伦比亚大学毕业，学矿冶，任广西建设厅长，对广西经济建设，如采矿、植桐、电

---

① 贾廷诗、马天纲、陈三井、陈存恭访问：《白崇禧先生访问纪录》（下册），"中央研究院"，1989年，第668页。

讯、筑路等贡献极大。

徐悲鸿，江苏宜兴人，留法，名艺术家。这时期徐游学广西，广西省主席黄旭初特设"桂林美术学院"，请徐当院长。

李四光，湖北黄冈人，留学英国伯明翰大学，学地质，到广西任地质研究所所长，后接马君武出任广西大学校长。

此外还有汪士成（留德，学医），任广西医学院院长，王仍之（留法，学兵工），任广西兵工厂厂长，等等。而广西空军重要成员如广西航空学校校长林伟成等多为广东人，空军教官则聘请英国人及日本人。抗战时，广西空军多归中央指挥，立了许多战功，而牺牲者，十之七八。

因此，20世纪30年代的广西建设，主要干部虽都是广西人，但也有不少外省人士参与，而且贡献颇大。广西建设成功，领导人物的精诚合作以及以身作则也是重要因素。《大公报》名报人胡政之参观广西建设后对广西领导如此评论：

> 广西是李（宗仁）、白（崇禧）、黄（旭初）三人合作。李以宽仁胜，涵量最大；白以精干胜，办事能力最强；黄则绵密而果毅，处分政务事务极有条理。要拿军事地位来比，李当然是总司令，白可称前敌总指挥，黄则坐镇后方，保持着能进能退的坚实地位，这是广西最大的特色。因为他们三个领袖皆能用各人所长，来以身作则，把勤俭朴质、刻苦耐劳的风气，树立起来，传播到全省。①

广西因为全省实施军训，所以男子不准留长发，那时李宗

---

① 胡政之：《粤桂写影》，《大公报》1935年2月20日。

仁大部分时间在广东，留了个西装头，返桂前接到父亲电报："全省实施军训，皆不留发，钧座返桂，当必为民表率。"李返广西，果然将头发剪去。①

自给政策

"自给政策"便是广西经济建设的指导原则，有"民生主义"中社会主义的色彩，"节制资本，平均地权"，也是广西农村建设的基本精神，并且借鉴了河北定县晏阳初的实验以及山东邹县梁漱溟主持的"村治派"经验，结合广西当地农村的特点，父亲在论"三自政策与广西建设"中，对农村建设，提出下列几项重要措施：

（一）设立村仓。每村设立村仓一所，累积农产品，一方面可以用低微的利率，放贷给贫苦农民，一方面可以救济灾荒。每年新谷登场，政府征收实物，各地建仓库，存储征来稻谷，作为公产。来自私田的，自耕农缴百分之一，地主缴百分之五十。到了来年三四月，谷价上涨，便开仓出借干谷给其他农人、工人。俟九月收获时，再加二成归还。

（二）公耕。对于公有土地，则实施公耕，利用民团力量，征调团丁，在闲暇时，进行耕作。在冬天，利用农民的休息时间，利用抛空的田地，集合民团后备队去共同耕作，收获的农产品，完全存入村仓，准备做公益之用。"村仓"、"公耕"增加的粮产，还大量输出到广东，以平衡广西的贸易。

（三）种桐。桐油用于油漆防腐，中国在世界上有独占的

---

① 《广西文献》创刊号，第42页。

市场。广西土壤多石灰质，适于遍地种桐。黄绍竑主政广西时，曾通令全省每人每年种植桐木十株。此后广西桐油年产量倍增，至1937年，已占全省出口总值23.5%，凌驾牲畜、稻米，而跃居出口首位。

（四）垦荒造林。提倡植树造林，也是广西经济建设的一大项目。20世纪30年代，广西多乡镇、村街皆设立苗圃，为植树造林提供苗种，当时广西有众多公共林产：村有村林，乡有乡林，区有区林，还有所谓"民团林"、"民团农场"，都是借民团后备队的雄厚人力，以"造产"为号召，垦殖而成。木材，亦是广西重要输出品之一。

（五）畜牧。广西荒地多，宜于牧畜，牲畜一向是广西出口货的大宗，因此牧畜业特受重视。广西当局于1933年在南宁设立兽医药液制造所和畜牧兽医养成所，由美国专家罗铎（E. A. Rodier）和菲律宾籍兽医孟高文主持，以推进现代牧畜方法。

除了农村建设外，30年代广西的交通建设颇为省内外人士所乐道，特别是公路建设，1930年时，广西公路为2197公里，至1935年就增至6445公里，铁路交通也有发展，筑有湘桂、黔桂两铁路。电讯（主要是电话）、河流疏通皆有引人注目发展。这些大规模建设，主要赖民团劳力的动员，所以民团，也是广西经济建设的生力军。

广西教育，20世纪20年代远远落后于经济发达的省份。30年代广西建设，便大力提倡国民义务教育以及成人教育，以扫除文盲。因为广西财政拮据，教育经费有限，因而广征庙产，改为学校。推行"一所三用"，即校舍与村卫乡镇公所、民团后备队部合用，"一人三长"，即校长由乡村长、民团后备队长兼任。采取强迫入学，儿童、成人合校分班的办法。据统计，在校学生，1933 年的入学儿童为 658182 人，1938 年增至 1638046 人，即增加 149%。同期，成人入学人数则从 47671 人猛增到 1337604 人，即增加 2706%。

因广西建设需要建设人才，所以广西中等高等教育多以实用为主。中等学校教育除兴办普通中学外，1936 年又开始实行国民中学体制，修业期限为四年，比普通中学短两年，校址设于农村，注重生产技术与谋生技能的训练，高等学校教育，亦多以工、农、医、师范等实用内容为主。普及国民教育，在短期内训练大批有初等中等教育的知识青年，以参加广西建设，这便是广西的主要教育目的。

1929 年"蒋桂战争"，李、白等人几乎全军覆没，流亡海外，1931 年，开始建设广西，是李、白等人卧薪尝胆，重振声威。如果说北伐诸役父亲展示了他的军事才能，那么建设广西便发挥了他的政治潜能。广西建设，父亲是主要推动力，许多重要理念与实践，如"三自"、"三寓"、"民团组织"，都是父亲创导的。当时广西地瘠民穷，遍地盗匪，又经连年战乱，残破不堪，在短短数年内，动员全省民众把这样贫穷落后的地区建设成为一个朝气蓬勃、井然有序的"模范省"，无疑是一项艰巨无比的工程。一般说来，20 世纪 30 年代的广西治绩是成功的，我们进一步研究这个"广西模式"，可以发现一些值得注意的特点：

一是"三民主义广西化"。广西建设是打着三民主义的旗帜为号召的，在当时当然有其政治背景，李、白等人建设广西，无疑是证明给南京政府以及全国人民看，三民主义，如果领导得力，实践有法，在像广西这样贫穷落后的地方，一样会实施成功。当然，建设广西，只是在精神上追随三民主义的原则，在种种措施上，则无一不是扣准广西的现实而设计的，所以是三民主义广西化，是一项非常务实而又极具草根性的政治、军事、经济、文化的改革，事实上，是进入20世纪以来，广西全省首次经历的"现代化运动"。30年代广西建设的最大意义在此：给20世纪中国现代化运动，提出一个雏形模式，这个模式，是在三民主义的原则指导下，实施成功的。

广西财力物力贫乏，建设广西，最大的资源就是民众的力量。有效地组织民众，就是广西建设的成功之道。广西是当时最先发动全省总动员，进行整军建设的一个省份。广西民团，便是组织民众的利器。值得注意的是成千上万的知识青年，下乡投入了农村基层建设，把广西农民组织了起来。当时广西人口一千二百万，除了老年和妇孺外，约有团兵三百万。① 所以七七事变抗战一起，广西能在两个月内便装备了四个军，共四十八个团，开上前线，其动员之迅速，全国之冠。论者认为中国共产党夺取政权，最重要的原因之一便是能够把中国农民有效地组织起来，成为一支庞大的解放军，卒将国民党军队击败。如果当时中国其他省份也能像广西一样武化，全省皆兵，中国则有一支莫之能御的强大军队，足以应付日本人了。

20世纪30年代的广西建设，引起了国内外人士的注意。一时中外人士，个人及团体，络绎不绝到广西参观。不少人并撰文评述，抒发观感，多持肯定之词，如胡适、徐悲鸿、胡政之、张君劢、晏阳初等以及欧美各界，如美国《纽约时报》记

---

① 虞世熙：《新桂系的民团组织》，《广西文史资料》第十三辑，1982年。

者亚奔特和安林汉，在访问广西之后，曾以"中国的模范省——广西"① 为题撰文，一时广西声名大噪。

胡适于 1935 年 1 月到广西游历了两个星期，他参观了不少地方，他的《南游杂忆》中，"广西的印象"记录这些评论：

这一年中，游历广西的人发表的记载和评论很多，都赞美广西的建设成绩。例如美国传教家艾迪（Sherwood Eddy）博士用英文发表短文说："中国各省之中，只有广西一省可称为近乎模范省；凡爱国而具有国家的眼光的中国人，必然感觉广西是他们的光荣。"这是很倾倒的赞语。艾迪是一个见闻颇广的人，他虽是传教家，颇能欣赏苏俄的建设成绩，可见他的公道。他说话也很不客气，他在广州作公开演讲时，就很明白的赞美广西，而大骂广东政治的贪污，所以他对于广西的赞语是很诚心的。

广西给我的第一个好印象，是全省没有迷信恋古的反动空气。我们在广西各地旅行，没有看见什么地方有人烧香拜神的。人民都忙于做工，教育也比较普遍。

广西给我的第二个印象是俭朴的风气。一进了广西，到处都是所谓的"灰布化"，一律穿灰制服，提倡俭朴，提倡土货，都是积极救国的大事。

广西给我的第三个印象是治安。广西全省现在只有十

<hr>

① 《中国的模范省——广西》（《纽约时报》远东特约访员专著《中国的命运》节译），转引自申晓云、李静之：《李宗仁的一生》，河南人民出版社，1992 年，第 195 页。

七团兵，连兵官共有两万人，可算是真能裁兵的了。但全省无盗匪，人民真能享治安的幸福。近年盗匪肃清，最大的原因在于政治清明，民团的组织又能达到农村，保甲制度可以实行。

广西给我的第四个印象是武化的精神。我用"武化"一个名词，不是讥讽广西，实是颂扬广西。我在广西旅行，感到广西人民武化的精神确是比别省人民高得多，普遍得多。这不仅是全省"灰布制服"和"民团制度"给我们的印象。我想其中原因，一部分是历史的，一部分是人为的。

胡适接着解释：第一，广西民族中有苗、瑶、侗、僮（壮）诸原种，富有强悍的生活力，而受汉族柔弱文化的恶影响较少。第二，太平天国的威风至今还存在广西人的传统里。第三，广西在近世史上有受民族崇拜的武将，如刘永福、冯子材之流，民间没有重文轻武的风气。第四，在最近的革命战史上，广西军队和他们的领袖，曾立大功，得大名，这种荣誉至今还存在民间。第五，最近十年中，全省虽屡经战乱，而收拾整顿的工作都是几个很有能力的军事领袖主持的。在全省人民的心目中，他们是很受崇敬的。第六，广西学校中的军事训练，施行比别省早，成绩也比别省好。中央颁布的兵役法，至今未能实行，广西却已在实行了。

最后胡适感慨道："我们真不胜感叹国家民族争生存的一线希望是在这一辈武化青年的身上了。"

胡适是当时自由派知识分子的领袖，而对于有"新斯巴达"之称的武化的广西却寄予这样大的希望，当然是由于当时国难当前，中日大战迫在眉睫，而胡适看到广西上下一心，朝气蓬勃，广西青年，士气高昂，对于抗日救国的大业，胡适于是乃寄予厚望。其他不少外省知识领袖，也有同感。

名画家徐悲鸿这样说：

> 广西治安良好，建设猛进，风景优美，实为最合美术家修养之环境，治安一点，尤为难得！故本人到桂之动机实不自今始。
>
> 此次来桂，踏入桂境，已深觉广西民众学生、民团军训之朝气蓬勃，精神振奋，对于复兴民族，实有把握。①

天津南开大学教授，后来成为"民盟"领袖的罗隆基到广西演讲：

> 兄弟从未到过南宁，但从各方面得知广西之政治建设都好，因此希望广西弄好之后，仍要推及去把全中国弄好，以至使外国人称誉广西好，而推至称誉中国好。②

一些外国人士对于广西建设也给予了高度的评价。

"国联"远东调查团团长李顿（Sir Robert Lytton）九一八事变后到中国调查日本侵华事件，对于广西的民团组织，他如

---

① 节录自 1935 年 11 月 4 日在南宁广西省党部扩大纪念周演讲，《广西一览》，1935 年。

② 节录自 1935 年 6 月 10 日南宁《民国日报》，《广西一览》，1935 年。

此称赞：

> 假如中国有两省像这样干去，日本就不敢侵略满洲了。①

美国石油大王洛克斐洛基金会代表耿士凯（Selskar M. Gunn）：

> 今天来到广西，非常喜欢！因为罗先生基金在中国协助者，今天将注重中国之农村建设事业，而广西政府正注重农村建设，且有优良的进行计划，广西比欧洲前途实为远大，因为欧洲方面，正准备战争，做着各种破坏工作，广西则在进行建设，照广西政府的理想与计划，已见诸实行。这不但是广西的幸福，亦即中国的幸福。②

日本《日日新闻》社特派记者：

> 广西现政府与全省人民，都努力实行精神的革命，组织民团军，向改善全省人民生活、提高向上精神、肃正纲纪、巩固国防等等的目标勇猛前进。广西除了有二三万正式军队之外，又加以过去二三年间被组织训练过的民团，

---

① 1932年过港时听顾维钧翻译"广西民专政策"后言，《广西一览》，1935年。

② 节录自1935年10月13日对梧州公务员之演讲"广西的建设与中国"，《广西一览》，1935年。

约有三十万人，所以广西比之他省之复兴精神，可夸中华民国全国之冠。①

外国人中对广西建设说得最恳切的，还是胡适文中所提到的美国人艾迪博士（Dr. Sherwood Eddy）：

在余所经历各省中，四川最富于天然物产，而政治最为腐败，广西最贫而政治最为优良。予在离别中国时，得见一新中国之曙光，心可安然而无憾矣！

广西在十年内，不难成为中国之丹麦也。若杂处民间而随处可闻人民讴歌官吏之德政者，我惟于广西一省见之。予觉广西有许多政治与苏俄现正次第实行者同，惟广西之实行此种政治，并不假手于苛暴之独裁耳。

在中国各省中，在新人物领导之下，有完备与健全之制度而可称为近乎模范省者，唯广西一省而已！凡中国人之爱国具有全国眼光者，必引广西以为荣！②

1931 年九一八事变后，两广修好，广州开府，南京中央政府对广西虽然没有再用兵，但压力并未稍减，一直到 1937 年抗战前夕，并无真正私解之意。在政治上，广西一直被视为地方势力的"异端"。但广西在李、白、黄等人的领导下，励精

---

① 节录自 1934 年 11 月 25 日南宁《民国日报》转载日本《日本新闻》报《中国模范省视察记》，《广西一览》，1935 年。

② 节录自 1935 年 2 月 27 日上海英文《大美晚报》之《中国有一模范省乎》，《广西一览》，1935 年。

图治，在短短几年间，从一个落后的边陲地区，一跃而成为中外众口交誉的"模范省"，尤其是当时自由派知识分子领袖如胡适等人，更把新广西视为中国未来的希望，这不能不说是李、白等人突破南京政府政治上打压的一个胜利。他们叫出的口号"建设广西，复兴中国"是得到广大回响的。

20 世纪 30 年代广西在中国近代史上的历史意义，芝加哥大学学者赖维奇教授所著《国民党中国的广西模式：1931—1939》一书中，有十分精辟的研究，他在结论中对 30 年代的广西下了如此断语：

> 　　30 年代的广西政府，在多数方面，可称为一个贤明政府。广西政府平靖匪乱，其动员群众、村仓、水利、筑路、减租减息等政策，稳定并改善了农村经济，全面实施儿童及成人团民教育，付出代价颇低，发展省内工业，并设立政府管辖之销售及收购机构，平衡了贸易赤字。广西政府创立一个廉洁勤勉的行政系统，组成了一支纪律严明、训练有素、具有爱国思想的军队，参加抗日战争，并成立地方自治机构，广布地方自治思想。毋庸怀疑，广西比当时中国其他多数地区治理得要好。

赖维奇教授在他的书中，把 30 年代广西当作一个建设中国的政治模式来研究，并与当时同时存在的蒋中正领导的南京政府、毛泽东领导的延安政府做了一个比较，他认为南京中央政府最后崩溃其中几个主要原因，一是未能将政府组织深入农村，二是未能有效创立民众组织，再则未能铲除贪污腐败。而当时广西及延安政府成功的要素之一即是应用政府机构及民众组织有效地动员了人民，他结论道：

> 最后，我想广西及延安政府的成功有赖于各自领导人的素质。桂系领袖及延安时期的中共领导人都表现了高度的爱国热情、行政效率及清廉作风。而两者的领导人都坚持他们的部属以及他们领导的政府与他们有同样的美德。蒋介石也一样爱国，但他却无法根除中央政府效率低能、不清廉的弊病。……共产主义的思想吸引来一批爱国家，肯牺牲、同情穷人的人。李宗仁的三民主义亦有同一功效。而蒋介石的三民主义却被一群趋炎附势、无能渎职的贪官污吏腐化了，蒋本人的个性作风妨碍他消除这些败类。虽然有不少优秀人士任职于中央政府及其军队，但也有为数不少的优良人员却离开政治或另投新主了。蒋介石领导下的那一类型政府具有受到碍压则易于崩溃的本质。只要拿广西与延安的征兵制度与中央政府征兵拉夫的恐怖行为作一比较，便明白为什么蒋的政府会失败了。在广西与延安，不管出于自愿与否，领导与民众打成一片。而蒋介石在南京或在重庆的政府却一直停留于孙中山所说的"一盘散沙"的状态。蒋介石最终在台湾把这个错误改正了，虽然在那里起头也不很顺利。①

赖维奇在书中多处比较广西与延安，两个政府的有些措施的确有相像的地方：深入农村、土地改革、动员民众、训练民

---

① ［美］赖维奇：《国民党中国的广西模式：1931—1939》，第257—258页。

兵、培养廉俭的干部，两个政府所处都是偏僻落后的地区，而且常常受到南京中央政府"剿灭"的威胁。但两处政府也有基本上的差异。广西政府信仰孙中山的三民主义，因此在《广西省建设大纲》中明文规定反对阶级斗争，广西的农村改革是一种减租减税村仓公耕等的温和改革，有打击"土豪劣绅"抑制地方恶势力的措施，但没有斗争地主的手段。其经济建设是沿民生主义中的社会主义公私混合制。桂系宣称他们创建了一个模范省，一个理论及实践都颇为成功的建设模式，如果其他省份甚或中央政府也效法广西，那么中国便可能免于外侮，并且会跻身于现代工业化、社会主义化、觉醒的民主国家之列了。桂系把广西视为中国的缩影，如果广西能够改革成功，那么中国也有可能成功。

国民党政府崩溃了，为什么桂系也跟着一起失败了呢？赖维奇认为最简单的答案就是，抗日期间，桂系在广西的统辖权逐渐让渡予中央政府，而战后，中央政府受到共产党猛烈攻击时，李宗仁的政治地位逐渐上升，由副总统而到代总统，但李的悲剧辄为他任代总统时，国民党政府已经被决定性地打败了，已经无法用三民主义来解决中国问题了。桂系失败，因为他们还是受制于蒋中正手下的中央政府，他们没有一展身手的自由。

桂系在北伐、抗日期间虽然在战场上曾立大功，但作为国民党的一个支流旁系，事实上一直未能真正进入国民党权力核心，国民党中央政府在蒋中正领导下，渐由黄埔军系、江浙财团、军统中统、CC、政学各派系根结盘固，形成了南京政府的特殊政治文化，桂系李、白等人治理广西那种"实干、硬干、苦干"、"斯巴达式"的勤俭作风，与南京政府的政治文化一直方枘圆凿，格格不入。虽然1949国民党在大陆最后一年，蒋氏下野，李宗仁以代总统入主南京政府，但为时已晚，一切改革都已太迟。何况蒋氏退而不休，李宗仁处处受掣肘，一筹莫展。最后桂系随着整个国民党崩溃，也就烟消云散了。1938年抗战期间，父亲代李宗仁统率第五战区，指挥武汉会战达五个月，武汉撤退时，父亲经沙市、常德拟返长沙，途中座车机件故障，恰巧周恩来乘汽车随后赶至，乃坚邀父亲同车至长沙，周时任政治部副部长，与父亲相谈颇多，从他早年在南开念书、留法经过，以至国共合作、抗战等。父亲听其谈吐，知其常识丰富，乃笑对周恩来道："你们（指共产党）未到我们广西，我很感激！"周回答："你们广西做法，像民众组织，苦干穷干精神，都是我们同意的，所以我们用不着去。"① 可见中国共产党对广西建设，也有所认识的。

正如赖维奇教授所指出，30年代的广西建设，有其重要的历史意义。因为广西建设提出了一个政治、军事、社会、经济、文化建设的成功模式，而这个模式又是以三民主义为号召的，如果这个模式有机会推广全国各省，30年代的中国也许有可能一跃而成为军事强国而朝着现代化方向迈进。广西建设最令人瞩目的当是短期内能够武化建军，全省皆兵，但广西尚武并没有轻文，广西政府招徕为数不少的外省留学欧、美、日的高级知识分子参加经济文教建设，而且训练出大批知识青年充当初级干部，同时又大力加强国民教育，这种注重知识，信赖知识分子的政策对广西现代化起决定性作用。台湾20世纪50

____

① 贾廷诗、马天纲、陈三井、陈存恭访问：《白崇禧先生访问纪录》（上册），"中央研究院"，1989年，第202页。

年代开始的"三七五减租"、"耕者有其田"、国民义务教育、学生实施军训、国民服义务兵役等等措施，广西在 30 年代早已实行。可见只要领导得方，有决心，有计划，三民主义的理想是可以付诸实现的。国民党在大陆失败而在台湾建设成功就是个极富戏剧性的例证。

广西建设成为当时的"模范省"，父亲是颇引以为傲的，那六七年间，父亲全省奔驰，旰食宵衣，推行他的"三自"、"三寓"政策，论者形容他的行事作风"雷厉风行，不容阻扰"，"剑及履及，言出必行"。父亲这种坚决果敢的领导及贯彻始终的执行是广西建设成功的要素之一。参加广西建设的中高级干部，多年后在台湾谈到他们当年胼手胝足，开发八桂的盛事，犹感与有荣焉。

广西成为模范省，赋予广西子弟一种历史性的荣誉感。

白崇禧将军与八年抗战

我选择"白崇禧将军与八年抗战"作为这次演讲的题目，有几个原因：第一，我不是历史学家，我对于整个抗战的了解是有限的。可是我这几年来，因为写父亲的传记，对父亲个人，他在抗战中个人所扮演的角色，尚有一定程度的了解。所以我今天以父亲为一个个案，对父亲个人对于抗战的贡献与角色，做一个讲解。因为他从抗战全面爆发八年来，全程都有深入的参与，而且很多重要的战争，他也参与，一些重要的战略也是他提出来的。所以，他牵涉甚深，我在讲他个人的个案时，讲他个人八年军事生涯时，可能也反映出抗战的军事史上的一个方面。

今天在座的听众，当然有些是历史学家，可能已经很熟悉民国史还有我父亲的生涯。可是我看还有很多年轻朋友、年轻同学，可能对于白崇禧将军不是那么熟悉，所以在我进入主题之前，非常简单地介绍一下父亲。

他是 1893 年出生，1966 年过世。他是陆军一级上将。我从北伐开始，简单介绍父亲的戎马生涯。

我父亲跟民国的关系相当深，他十八岁就参加了辛亥革命，而且是参加武昌起义，当时他参加广西学生军敢死队到武昌，所以他见证了中华民国的诞生。他这一生，可以说都是为

41

了保卫民国而战，一生都为此奉献；因为他见证了民国的诞生，跟民国等于有革命感情。其次，北伐是民国史上的一个重要事件，北伐时他是国民革命军的参谋长，是蒋总司令力邀他来组军、担任参谋长。他不光是蒋中正的最高幕僚长，也在战场上带兵作战，是个指挥官。在北伐后期，他是东路军前敌总指挥，带了第四集团军，还有其他一、二、三集团军的各一部分，一直打上去。进北京，是他第一个带领军队，跟北洋政府的军阀如吴佩孚、孙传芳、张宗昌、褚玉璞等人打仗。我父亲是北伐时期第一个打进北京的，他那时领了第四集团军，到河北唐山驻军。

张宗昌被打走了，他的坐骑被俘虏过来了，这匹马叫"回头望月"，就成了我父亲的坐骑了。这马是关外第一名驹，跑得非常快，据说是千里驹，一天跑八百里，据说是我父亲最喜欢的。

最后打滦州，河北这边北伐完成。完成北伐，回到唐山，各界张挂布条："欢迎最后完成北伐的白总指挥。"

进了北京，各界夹道欢迎，经过辛亥革命，经过五四运动，那时候的一般民众对于国民革命军有非常大的期望，所以国民革命军打进北京的时候，各界热烈欢迎。

完成北伐，是父亲一生中的第一个高峰。我父亲三十五岁的时候，已经完成北伐，他在故宫崇禧门拍照，刚好暗合他的名字。七十年以后，我到北京的时候，也去找了这座门，拍了一张照片。

完成北伐以后，父亲本来是白马将军，非常得意，却怎么有这么一张照片出来，看起来好像是一副通缉犯的样子？的确，他那时候是通缉犯，北伐结束以后，非常不幸地爆发"蒋桂战争"，国民党内部分裂。因为那时候，所谓李宗仁、白崇禧率领的桂系军队——桂军（也就是广西军队）在北伐后膨胀得非常厉害，功高震主，所以跟中央起了冲突，于是发生"蒋桂战争"。父亲与李宗仁打败了，逃亡到安南（今越南）河内去，这时候父亲被通缉，而且遭到中央开除党籍，定性为叛将。

那时从河内再回到广西，中央军已经打进广西去了，后来父亲他们回去再把中央军赶出去以后，就开始整理内部，治理广西。这段之所以特别提出来，是因为讲到父亲抗日的事业，就是从这里开始。

1931年发生九一八事变，东北沦陷。此时我父亲回到广西，已知道中日大战终将不可避免，这时候就应该开始准备这一战了。所以他在治理广西时，提出很重要的一点是"武化广西，全省皆兵"。那时在广西练兵，很重要的动机一方面当然是自保，因为中央与广西是对峙的局面；第二方面是为了准备在中日战争全面爆发的时候，广西马上能出兵抗日。我看了我父亲很多演讲稿，那时他到处去演讲，都在阐述这个道理。当时父亲在广西推动很重要的措施——"三自"、"三寓"，在广西组织民团，非常要紧。十八岁到四十五岁的男丁都要参加广西的民团，民团是一种武化的民兵组织。我父亲自己是民团大队长，当时广西人口不过一千二百万人，民团就有三百万人。为什么要"武化"？为什么要组织全省民团呢？当时需要有个动机，这样才会激励士气。我父亲曾有一段话："我们认定在国难严重的今日，必须如此，才能争求整个国家民族的生存，在这第二次世界大战将临的前夜，必须如此，才能应付国际战争。"可见，那时候他老早就已经准备，后来抗战全面爆发，广西出兵非常快，而且广西军队在抗战时也牺牲很大，贡献很多。

治理广西时期，父亲到处去组织民团，当时很艰苦，广西本就很贫穷落后。广西虽然那么穷，那时候还组织空军——广西航校，聘请德国的顾问训练指导。所以后来广西空军到中央去参加抗日，所以空军中有不少广西籍的飞行员。正在准备的时候，七七抗战就爆发了。虽然北伐完后，先是"蒋桂战争"，后发生"中原大战"，中国当时四分五裂，可是到了抗战的时候，蒋中正在庐山号召全国抗日的时候，我觉得这是相当动人的一件事情：当他号召全国抗日的时候，很多前几年还在互斗的地方军阀势力，一一响应。我父亲在地方势力中是第一个响应蒋中正号召到南京去的。1937 年 8 月 4 日，蒋中正就派飞机来接父亲到南京去，一起抗日。父亲到南京时，日本报纸头条说："战神莅临南京，中日大战不可避免！"他在北伐时候有"小诸葛"之名，大概日本人也知道。

刚才说广西抗战出兵的情况，全广西也不过一千二百多万人，广西后来出兵百万，在比例上，全国最高。在人数上当然是四川最多，因为四川人口多，可是比例上，以广西为最高，而且出得很快，打仗也打得很勇敢，牺牲很大，约有四十多万将士殉身沙场。

我父亲到了南京以后，他的职务是副参谋总长兼军训部长。他在北伐时期已担任过蒋中正的最高军事幕僚长，抗战军兴，他再次担任蒋的军事幕僚长，所以他和蒋的关系，有时非常复杂，四十年分分合合，抗战一致对外，是两人关系最好的时候。

那时的大画家，也是知识分子徐悲鸿，在父亲主政广西

44

时，特地为李宗仁、白崇禧、黄旭初画了一幅油画，叫做《广西三杰》。这幅油画，现在还在北京的徐悲鸿纪念馆里面。

父亲于1937年8月4日到南京时，徐悲鸿写了一副对联，上书："雷霆走精锐；行止关兴衰。"时值九一八之后，中国人民心中非常悲愤，很希望能够抗日，但那时中国军队还是四分五裂，还没有准备好，一年又一年地，总是在准备中。大家已经等了很久，等到这个时候，七七全面抗战，一声令下，大家非常兴奋，所以徐悲鸿写了这个对联，向父亲致敬；他在底下题词说：

> 健生上将于二十六年八月飞宁（健生是我父亲的字，民国二十六年八月飞到南京去），遂定攻倭之局，举国振奋，争先效死，国之懦夫，倭之顽夫，突然失色，国魂既张，复兴有望，喜跃忭舞，聊抒豪情，抑天下之公言也。

徐悲鸿这种兴奋的感觉，也是全中国人民兴奋的感觉。我们不要忘了，这场抗战是全民族的抗战，是全民的抗战。不光是国民党，那时所有民众，各党派，包括共产党在内，都参加了抗日。

这个时候，父亲帮助蒋中正打仗，我想我父亲参与了不少很重要的战略，他打了八年仗，参加了重要的战役。第一，有些是他参加的，有些是他指挥的，或者是与别人共同指挥的。因为他8月4日就去了南京，刚好赶上了1937年的八一三淞沪会战。他当然也到上海参加了，因为他是副参谋总长，他到每个战区去四处巡察，协调各战区。第二个很重要的战役，是1938年的徐州会战（台儿庄大捷）。第三，武汉保卫战，这也是很重要的一场战役，武汉当时是行都，保卫战也进行了好几个月。

后来当桂林行营主任的时候，发生第一次长沙会战，这场战役是薛岳将军指挥的。父亲也参加这场战役的指挥，因为当时他是桂林行营主任，指挥几个战区，薛岳的第九战区是归他指挥的。后来是1939年的桂南会战、昆仑关大捷，最后是1944年的桂柳会战、桂林保卫战。所以他参加很多重要会战，也筹划、谋划其他战役的战略，可以说重要战争，无役不与。他或者在前方，或者是在中枢，贡献谋略。

大家都知道，八一三上海保卫战是七七抗战以来的第一个大型会战。中国军队与日本军队简直无法比。那时日本军备比中国军队要优良多了，他们的飞机有二千多架，中国军队飞机才三百架，远远不及日军，所以完全没有制空权，只有挨炸的份。而且日本的陆军训练非常精良，日本连同现役军人和后备军人算起来，有四百多万，国军整个也不过一百八十万，还没有后备军队，强弱悬殊。它们还有重炮、坦克等这些重武器，在军备上国军完全处于劣势。在军事训练上，也处于劣势。这种以劣势对优势，靠什么？就是靠着"士气"，靠着"民心"，真是所谓"血肉长城"，拿血肉之躯去抵挡的。

淞沪会战就是如此，一开始时国军将精锐的军队都放进去了，一下子打掉了十五万，伤亡非常大。因为上海不好守，父亲那时候几次跟蒋中正提议过，因为上海都是平原，纵深狭窄，而且近在海滨，日本的海军、空军一下子就能攻上来，没办法守。我父亲提议应该只打一下子，就保存实力撤退，但是蒋中正因为要引起国际的注意，还是硬撑下去，撑了三个月，是伤亡很重的一场战役。

接着来的是更可怕的南京大屠杀。上海已经溃败了，军队到南京去时还来不及集结，我父亲当时又有一个建议，跟蒋中正建议说，把南京设为不设防城市，从南京撤退，因为来不及布置。上海的军队打败了溃退之后，根本还没办法集结，很多还来不及补充，完全没有办法准备。但因为南京那时候是首都，要是死守，当然有它的政治上的意义，可是在军事上，我父亲觉得无法守，如果宣布它是个不设防城市，可能还可以避免后来的屠城惨剧。然而，蒋还是决定守卫南京，但是果然惨败，而且日本人在南京屠城，结果有几十万人被屠杀，这个是中国近代史上非常让人心痛的一件事情。

我去南京的时候，参观江东门的"侵华日军南京大屠杀纪念馆"，我看完后整个心情之沉重，难以形容。我看到了一个个堆积如山的骷髅头，上面全都是枪洞，每个骷髅头的后面都有一段悲惨的故事。南京屠杀之时，全国士气非常低沉。日本人从北边打进来，九一八事变后马上便一步步侵略华北，没有多久北平、天津都陆续陷落，沪、宁又接着陷落，中国的精华区域，这么重要的地方，通通都被攻陷，而且日军打进来，简直势如破竹，看起来中国军队完全无法抵挡，那时实在没有办法，两边实力相差太远。据我父亲说，白天根本没法正面跟日本交战，因为日本空军炸得太厉害。

这个时候，悲观气息弥漫全国，大家非常消沉，所幸此时有一场很重要的战役，可以说是关键性的。中国军队第一次打了个大胜仗，扭转了整个颓势，那就是徐州会战中的台儿庄大捷。台儿庄，大家都知道其实是在山东南部的一个小村庄；徐州是属于第五战区，第五战区的司令长官是李宗仁。第五战区相当辽阔，除了山东，还有苏北——都包含在这战区里。日本人打下沪、宁以后，下一个目标就是武汉，武汉那时是中国的行都（中国的陪都），也可以说是中国的心脏。接下来一定要打武汉，先要打通东边的津浦线，南北战场联合起来，从东边打通之后，才往武汉进攻。那时日本的战略是如此，所以才有徐州会战。

徐州，是铁路津浦线跟陇海线交叉的地方，是四方交通重镇，也是古来兵家必争之地。徐州会战开始之初，李宗仁指挥的一些军队，都是些所谓的"杂牌军"，基本上军备最好的，大部分属于中央军，地方军队像东北军、西北军、川军、桂军这些，配备都比较差。会战要开始的时候，配属李宗仁指挥的这几支部队，也就是西北军、东北军、桂军这几个"杂牌军"，战斗力不够强。父亲在军委会赞襄中枢，就替李宗仁调兵遣将。这是我父亲在这场仗中扮演的第一个角色，父亲替李宗仁想办法，调动很多军队前来支持徐州会战。那时，蒋中正也很重视这场战争，所以像中央军，战斗力很强的汤恩伯军队（下有关麟征、王仲廉等将领），也奉命调往第五战区。

这个时候第五战区的李宗仁，下面统率的军队，来源不一，有西北军的孙连仲，桂军的李品仙，川军，中央军汤恩伯军团，西北军张自忠、庞炳勋等部队。日本打徐州会战的两个师团非常之强，一个是第五师团，师团长板垣征四郎；另一个是矶谷廉介率领的第十师团。这两个师团来头都不小，战斗力最强，它们在日俄战争时曾经打败过俄国人，也参加过八国联军，名声其来有自，有很辉煌的历史，而且它们被誉为日本的"钢军"，"皇军无敌"，非常骄傲，气焰非常高。

日军意图南北夹击徐州，想要打通从台儿庄到徐州一线。中国军队看起来相当危急，这一战，事后看起来是不可以输的，如果在徐州再垮下去，整个垮掉，日军可以马上攻打武汉，武汉保卫战来不及准备。因此，如果徐州会战失败，中国抗战的前途将非常危险，所以在徐州这个地方给日本人迎头痛击，具有非常关键的意义。在这时候，父亲替李宗仁调兵遣将，安排好了，在本战区参战的部队，有的是"杂牌军"，有的是中央军，中间也有川军。当时川军的军誉不太好，从山西打过来的时候，打开晋军仓库，"自行补给"，拿了枪械就走，所以阎锡山很生气，看到川军，就想把他们赶走，不要他们。后来调到第一战区程潜（司令长官）那边去，程潜也不要。这时，父亲看到川军没有人要，赶快打电话给李宗仁说，有这么个川军部队，正是到处都不接受他们的时候。李宗仁说："快点调过来给我，我这边正缺人！"父亲对李宗仁说，但他们战斗力不太强。李宗仁满有趣，我看他的回忆录，他回答说："诸葛亮还草人借箭，川军总比草人好吧！"赶快把他们调过来。川军后来也去了第五战区，没想到，他们表现得非常英勇。

东北军、西北军、川军、桂军、中央军都参加了台儿庄战役。我觉得最有意义的是，这几支军队在前几年中原大战时，还互相打得你死我活，居然在几年后，在桂系将领的统合下，集合在一起敌忾同仇，打了一场非常漂亮的大胜仗。也就是说，中国人到了那时候，不管是什么军队都有一个认识：国家已经到了最后关头，非团结不可。这时候，调兵遣将完毕，3月24日之前，在山东临沂等地，已经打过几仗。有几个因素促成台儿庄大胜：

在津浦线的南段，像第十二集团军的李品仙等部，将一部分日军牵制住，不让他们北上；在北部的临沂，张自忠和庞炳勋的西北军又牵制了南下的板垣师团，已经打过一次仗，而且打胜了。张自忠后来自杀殉国，台湾还拍过关于他事迹的电影《英烈千秋》，由柯俊雄饰演张自忠。

这里有一个有意思的故事，表明当时大家同仇敌忾的意识。本来，张自忠跟庞炳勋同属西北军冯玉祥的部队，两人曾有过节，为什么呢？庞炳勋那支部队在"中原大战"时投靠中央，还倒戈突袭张自忠，所以两人存有心结，但这时候却携手一起打日本人了。张自忠在当北平市长的时候，受到一些冤屈，当时舆论误以为他跟日本人有勾结，全国人声讨他，他回到南京去时相当狼狈——其实他非常爱国。李宗仁非常重视这件事，在蒋中正面前保荐他回来带兵。这时，李宗仁特别劝他说，不要再跟庞炳勋记仇，快点去援救他，后来张自忠就和庞炳勋合兵一处，把板垣师团围起来，打了一场胜仗。

南北边都牵制住日军，不让这两军结合起来，这是很重要的一点。正因如此，矶谷师团才冒险孤军深入攻打台儿庄，后来被围剿。在开始说台儿庄战役之前，我先讲一个动人的故事。之前说到川军，以军纪很坏著称，大概也是因为自己被讲得这么难听、不堪，所以在作战时表现得特别英勇。因此在山东滕县这地方，川军的第一二二师王铭章师长死守滕县，和日本人打到最后，他不肯退，把日本人挡住，最后全师殉城，一个都不剩，三千多人全部被打死，师长自己殉国。那也是非常动人的事情。川军本来是被人耻笑的，现在却表现得非常英勇。

日本人打进来了，守台儿庄的是孙连仲的部下，孙连仲原来是西北军出身，他麾下有个师长叫池峰城，负责守台儿庄。蒋介石在3月24日这一天，带着父亲飞徐州，要父亲留下来帮助李宗仁指挥。所以我父亲从这时起，就跟着李宗仁一起指挥台儿庄这一战。池峰城守着台儿庄，但日本人攻势猛烈，打进城区，池峰城部牺牲很大，几乎守不住了，只剩下三分之一的地方，还掌握在中国军队的手里。我看父亲的口述历史（回忆录），战事最剧烈的时候，父亲到前线去，到第二集团军的指挥所，亲耳听到孙连仲指挥池峰城说："你一定要死守到底，打到最后，没有兵的时候，你自己填上去，你填过了，我就来填上去。"以必死之心守着台儿庄，因为池峰城据力守城，因为李宗仁下令要死守台儿庄，终于等到中央军汤恩伯军团。汤恩伯的军队有六七万人，收紧"口袋"，把日本人包围起来，里外夹攻，这才把日本人打得大败。据李宗仁说，死了近两万，日本人自己的说法，打死的日本人也有一万多人，而且俘获多辆战车，还有器械、火炮等。

日本的两支最负盛名的"钢军"，居然被一群"杂牌军"混在一起的中国军队痛击，打了个大败仗。这是明治维新建立现代陆军以来头一场大败仗，这下子打破了"皇军无敌"的神话，也打破了日本三个月就要解决中国战事的说法。不光如此，原本南京屠城后全国士气一片低沉，台儿庄大捷后，全国士气大振；原本国际根本不看好中国，以为中国挡不住日军猛烈攻势，像后来担任中国战区参谋长的美军将领史迪威（Joseph W. Stilwell），原本不看好中国，经此一役后也说中国抗战可能胜利。我看到当时美国《纽约时报》（*New York Times*）写道："中国军队也会开枪了。"（The Nationalist troops shoot straight.）居然把这么一个号称无敌的皇军打败，而且还是大败，兴奋之情不可言喻。尤其是对士气，更加鼓舞，因为中国军队也能打败日本皇军了。很多人还有回忆、记忆的，例如齐邦媛先生在她的书里面提到，那时她在南开念初中，听到台儿庄胜利后，全校学生跑到操场上又蹦、又跳、又叫。武汉大游行，有十万人以上的游行，高举李宗仁、白崇禧的放大照片庆祝。这一仗有很多的效果，虽然只是局限于一个村，只是会战中的一个战役，但效果是全国性、世界性的，而且是长远的，中国非常需要在这时候打一场胜仗。

《良友》（*Life*）杂志当时是一个流行很广的画报杂志，4月7日左右获得台儿庄大捷，4月号的《良友》有一个台儿庄的专辑，封面人物是李宗仁，5月是白崇禧。台儿庄大捷的两位主帅，都上了《良友》画报的封面。

台儿庄大捷的效果非常重要，共产党领导人周恩来也发来贺电：这次胜利虽然在一个地方，但它的意义却影响战斗全部，影响全国，影响敌人，影响世界。蒋中正对此比较保守，希望不要太过骄傲，他说："此乃初步的胜利，不过聊慰八月来全国之期望，稍弭我民族所受之忧患与痛苦，不足以言庆祝。"我想，蒋一方面当然也为这高兴，不过刚巧这场胜利也是两位桂系将领打出来的，其实对于李、白，对桂军他们而言，这场胜仗有另外一个意义：北伐之后，李、白一度被中央定性为"叛将"，开除国民党党籍的，在抗战的时候等于恢复了名誉。所以对桂军，对李、白他们来说，这一仗也有非常重要的意义了。台儿庄可以说在各方面都是具有关键性的意义。

虽然中国军队在台儿庄打了胜仗，但日本人又加派军队来，所以徐州会战最后还是顶不住，撤退了；不过，撤退得很漂亮，没有很大的损伤，不像淞沪抗战，这次撤退得很有秩序。下一场大型会战就是武汉保卫战，也打了五个多月，父亲代替生病的李宗仁，负责指挥第五战区。打了这些仗下来，以这么弱势的军队如何对抗强势的日本军队,必须要有一套战略。这就是1938年,在武汉开最高军事会议时,父亲向蒋中正提出的一个很重要,大家也都耳熟能详的战略:"积小胜为大胜,以空间换时间,以游击战辅助正规战,与日本人打持久战。"后来这个战略被蒋采用,成为抗日战争的最高原则。

父亲那时候认为,没法跟日本人打硬仗,不能打正常的阵地战,因为军备不如日本,也完全没有制空权。中国的优点在我们的空间之大。以"空间换时间"这个原则,我自己听父亲亲口说,因为他研究世界战史,借鉴俄法战争:当时拿破仑侵略俄国,俄军将法军拖向俄国的内陆,拖长法军的补给线,消耗法国的军队。后来冬天一来,法国人冻死无数,加上俄国打游击战,最后使拿破仑与法军大败而归。现在和日本人打仗,也是打消耗战,要把日军往中国内陆的西南方拖进去,把日本人的补给线拖长,而且中国内陆交通原始,少有铁路、公路,日本现代化的武器、战车派不上用场,所以要以空间换时间,把日本人拖进去,让日军占领区域只局限在点和线上面。广大的空间、广大的面还是在中国军队的手里。"积小胜为大胜,以游击战辅助正规战",我父亲提出游击战,后来被蒋中正采用,而且在南岳军事会议上,将游击战定为很重要的部分,甚至比正规战还来得重要。

所以那时候已经规定,三分之一军队把敌后转为前方,让三分之一的军队留在敌后打游击战,所以游击战是"积小胜为大胜",不跟日本人正面冲突,从侧面、后面骚扰日军,并且跟日本人作持久战。日本人想打闪电战,要很快解决中国战事,中方不让它速战速决。但是"空间换时间"到后来,等于是"焦土抗战"。中国军队常常在撤退时自己焚烧整个城,破坏铁路、公路，破坏很大，这也是没有办法的事情，这就是所谓的"焦土抗战"，一种对日本人的全面战，牺牲非常大。因为没有办法抵抗日本这种强敌，所以把日本人拖下来、拖进去、陷住他，经常有一百几十万的日军陷在中国战场的泥淖内。父亲打持久战的战略构想，被军委会采用，这是很重要的一个战略。

有意思的是，我在中国大陆做了几次演讲，因为我有一本书《父亲与民国》，后来也在大陆出版了，他们邀我去演讲。我在南京东南大学演讲时，讲到这段父亲提出"以游击战辅助正规战，跟日本人打持久战"的时候，东南大学同学们哗然，都说："这是毛主席讲的！"毛泽东也讲持久战，但我想两者是不同的，我父亲不是参照毛泽东的《论持久战》，这是不同的方向。不过，现在讲起来，蒋中正也经常提"积小胜为大胜，以空间换时间"，在台湾，很多人以为这是蒋中正讲的战略。我现在要正本清源：这是白崇禧在武汉军事会议上提出的，后来成为很重要的对日战略。

1939 年，父亲被委任为桂林行营主任。桂林行营主任下辖四个战区：第三战区，司令长官顾祝同；第四战区，司令长官张发奎；第七战区，司令长官余汉谋；第九战区，司令长官薛岳。几乎半壁江山，西南大片国土，都在他管辖之下，所以他的责任很重。可见当时蒋很倚重父亲，才给他这么一个位置。

在父亲行营主任任内，发生两次很重要的战役。首先是非常有名的长沙会战。薛岳将军指挥的第一、二、三次长沙会战都在抗战史上非常有名，我父亲参加第一次长沙会战，他到那边视察，商量战略。更重要的是父亲自己指挥的昆仑关战役，这次战役是桂南会战的一部分。桂南会战是大型会战，日本将中国的海口尽行封锁，中国唯一对外的物资运输，是从越南通往广西，所以要切断中国这段补给线，因而发动桂南战争。这个时候，父亲指挥这一仗，昆仑关是南宁附近进南宁的一个非常重要的关口，古来就是兵家必争之地。当时日本人已经攻陷昆仑关，关隘在山上，非常险要，中国军队这时要把它反攻夺回来，用攻坚战术打上去，要用几倍且最精锐的军队才能完成任务。为此，父亲就向蒋要求调兵，那时候设备最好的军队，是杜聿明担任军长的第五军，完全是俄式战车等机械化的配备，所以就调了第五军和桂军等其他军队一起打昆仑关。

大军出发之前，举行校阅，许多高级将领一起合影。那时很多有名将领都出现，如夏威是桂军的，郑洞国、邱清泉，大家都耳熟能详的这些人，都是第五军的师长。因为是攻坚的战法，来回拉锯，非常惨烈，后来昆仑关被打下来了。打死日本人五千多人，旅团长中村正雄阵亡。第五军牺牲也很惨重，牺牲一万多人。

台儿庄与昆仑关这两仗，在抗战史上都非常有名。而这两仗还拍摄成电影：一部是《血战台儿庄》，另一部是《铁血昆仑关》。台湾这边没有作品，反而由大陆拍成电影。1987年台儿庄大捷拍成电影，我在上海时看到这部电影，片中拍出国民党军的旗帜，基本上还保持客观。有意思的是，片中那些电影演员，李宗仁像得不得了，完全像李宗仁，孙连仲也像得不得了，最大的遗憾是饰演白崇禧的演员一点都不像父亲。昆仑关这个，电影也突出杜聿明，突出李宗仁。可见大陆也很重视这两场战役，拍成两部电影。

蒋在昆仑关战役后召开桂柳会议，桂南会战后续的发展还很复杂，昆仑关现在还有纪念碑，还有我父亲写的碑文，我拍了下来，收录在《父亲与民国》里。这篇碑文，现在还在那个地方。第五军非常英勇，死了一万多人，杜聿明后来当然得了奖章，父亲非常看重他。

艰苦全面抗战八年过去，胜利来临了。我还记得1945年8月15日那天晚上，我们在重庆家里吃西瓜，突然间广播说日本投降了，广播员说着自己先哭起来，哽咽，泣不成声，接着整个重庆全是炮仗声，那天晚上没有人睡觉。八年全面抗战过去了，这八年全面抗战极不容易，多少的牺牲，几千万人的死亡，多少家庭的破碎、迁徙，多少壮烈的牺牲，总算等到这天来临。等了八年，虽然最直接的原因是珍珠港事件后美国参战，投下原子弹。可是别忘了，八年撑下来，中国没有投降，没有屈服。那时，我还记得蒋中正的广播，带有宁波腔，宣示"抗战到底！"抗战的时候，他的确是精神上的号召，我想即使敌人兵锋逼近重庆，几乎有意识要迁到西北，可能到兰州或者到西安去了，即使抗战到最后一兵一卒，中国人也不会投降。二战的时候，法国的马奇诺防线一垮，法国人就投降了；在缅甸，英军被围起来时，英国人投降了；中国八年全面抗战，打的胜仗不多，败仗很多，可是拖下去，拖了八年，把日本人拖垮了，牺牲非常之大。抗战胜利这一天，在南京的时候，大家很沉重，面无喜色，文武百官在一起，大家都晓得抗战非常艰苦，可以说是惨胜。国库打得空虚，可以说整个中国全部疲惫掉了，打光了，打空了。

政府还都南京后，蒋中正带了高级将领到中山陵谒陵，告慰孙中山先生的在天之灵，又回到南京。南京曾经遭受屠城之祸，抗战胜利再回首都，大家都感慨万千。

中山陵谒陵我觉得很有意义。总算是胜利了，虽然是惨胜，虽然牺牲这么大，中国人没有投降，中国人抗战到底。

完了以后，我父亲得了一枚青天白日勋章，讲他抗战时候运筹帷幄，指挥决胜，抵御外侮，捍卫国家，贡献最高战略，指挥长沙、昆仑关诸役，屡建殊勋，奉颁此最高勋章。这是政府颁给父亲的最高勋章。

美国政府颁给父亲一个奖章，是美国罗斯福总统颁的美国嘉猷勋章。

英国也颁给父亲一个奖章，这是英国巴士武士奖章，这个奖章相当不平常，是英王乔治一世时开始有的，二战时颁给美国艾森豪威尔将军和马歇尔将军，亚洲只颁给我父亲白崇禧一个人。

父亲在八年全面抗战中，无论在战略、指挥方面都有一定贡献，抗战胜利之后，他也成为国际知名的抗日将领。

徐州会战：台儿庄大捷

——先父白崇禧将军参加是役之经过始末

1937 年冬，南京陷落后，日军气焰万丈，骄狂无比。欲夺中原，日军下一个目标自然是中国心脏武汉这一重镇。但敌欲进攻武汉，必当先控制长江下游两岸重要地方，始可保其后方之安全。打通津浦线，将南北战场沟通一气，便为日军下一步的部署。津浦线上的徐州古来是兵家必争之地，于是抗战史上著名的"徐州会战"便展开了。徐州会战中之"台儿庄大捷"是抗战中关键性的一役，是役，第五战区司令官李宗仁指挥全盘作战，功居首位。台儿庄战况吃紧之际，蒋中正偕父亲至徐州视察，并令父亲停留徐州助李宗仁指挥大战。李、白二人自北伐"龙潭之役"后，台儿庄大捷再度合作，在国家民族存亡的关键时刻，发挥了广西将领作战的优良传统，扭转了抗战初期一路兵败的颓势，奠定八年持久战最后胜利的根基。

日军气焰万丈，我军哀兵迎敌

抗战军兴，南京中央统帅部命李宗仁担任第五战区司令长官，驻节徐州，职务是指挥保卫津浦线的防卫战。第五战区地域辽阔，战略地位重要，北至济南黄河南岸，南达浦口长江北岸，东自长江吴淞口向北延至黄河口的海岸线。直辖地区：山东全省和长江以北江苏、安徽的大部。

当时敌我两军之比较：敌军用在徐州会战之兵力共有八个半师团，约二十万人。敌军自侵华以来，无往不利，其攻势之凌厉，以淞沪会战六十万中国军队精锐尚未能阻挡，攻陷中国首都后，其气焰益盛。日本陆军本来训练优良，作战能力强盛，而其军火优势，更非我军所能比拟。我军参加徐州会战之兵力虽有六十个师，然而战斗单位之火力远不如敌，而且我军新败之余，有些师的兵力还来不及补足。第五战区的军队多属非中央嫡系的所谓"杂牌军"，配备原本就差，训练更是不足。敌军是骄兵乘胜而来，而我军则是哀兵迎敌，背水一战了。难怪大战之前，第五战区司令官李宗仁忧心忡忡，深感责任重大：

> 此时我虽深知情势危迫，然自思抗战至此，已是千钧一发的关头，我如能在津浦线上将敌人拖住数月，使武汉后方有充分时间重行部署，则我们抗战还可继续，与敌人作长期的纠缠，以待国际局势的转变。如我军在津浦线上的抵抗迅速瓦解，则敌人一举可下武汉，囊括中原，使我方无喘息机会，则抗战前途便不堪设想。①

----

① 李宗仁口述，唐德刚撰写：《李宗仁回忆录》，南粤出版社，1986年，第463页。

敌人企图打通津浦线，我方调兵遣将布防

当时敌我之战斗序列如下：

1. 敌人之战斗序列

（1）华北派遣军

● 津浦北段指挥官：西尾寿造

● 第五师团：板垣征四郎

● 第十师团：矶谷廉介

● 第一一〇师团：健川美次

● 第一一一师团之一旅团：山本旅团

● 第一一三师团一〇五旅团：木川省三

● 第十六师团之一旅团：坂田旅团

● 山下兵团主力

● 酒井兵团一部

● 第一二〇师团一部

以上共计七个师团，炮兵空军在外。

（2）华中派遣军

● 津浦路南段指挥官：畑俊六

● 近卫师团：饭田贞固

● 第三师团一部

● 第十一师团一部

● 第九师团主力：吉住良辅

● 第一一六师团之一旅：佐藤

● 第一〇一师团之一部

●第一〇六师团之柳次旅团

以上共计五个师团。

2. 我军之战斗序列

●第五战区司令长官：李宗仁；副司令长官：李品

仙、韩复榘

●参谋长：徐祖诒；副参谋长：黎行恕

●第二集团军：孙连仲

第三十军：田镇南

第三十一师：池峰城

第四十二军：冯安邦

●第三集团军：孙桐萱

第十二军：孙桐萱（兼）

●第十一集团军：李品仙（兼）

第三十一军：韦云淞

●第二十一集团军：廖磊

第七军：周祖晃

●第二十二集团军：孙震

第四十一军：孙震（兼）

第一二二师：王铭章

第四十五军：陈鼎勋

●第二十四集团军：韩德勤

第五十七军：缪澄流

第八十九军：韩德勤（兼）

●第二十六军团：徐源泉

第十军：徐源泉（兼）

●第二十七集团军：杨森

●第三军团：庞炳勋

●第十九军团：冯治安

第七十七军：冯治安（兼）

●第二十军团：汤恩伯

第五十二军：关麟征

第八十五军：王仲廉

●第二十七军团：张自忠

第五十九军：张自忠（兼）

第二军：李延年

第二十二军：谭道源

第四十六军：樊崧甫

第五十一军：于学忠

第六十军：卢汉

第六十八军：刘汝明

第六十九军：石友三

第七十五军：周磐

第九十二军：李仙洲

●以外炮兵五团，飞机四五十架

　　徐州会战前，父亲衔命视察各战区，协调部署计划。1938年元旦，父亲从南昌到金华与第三战区司令长官顾祝同商讨军事，决定钱塘江南岸防务由第十集团军总司令刘建绪负责，北岸由第二十一集团军总司令廖磊负责。白、顾两人并到钱塘江北岸视察一周，父亲便往皖南，由合肥去徐州看第五战区司令长官李宗仁，商量津浦线作战事宜。父亲告之李宗仁，廖磊所指挥的第七军和第四十八军，他已征得委员长蒋中正同意，从第三战区调来第五战区。李、白估计敌自占领南京后，即向江北推进，企图打通津浦线，廖磊是广西军中有名的悍将，骁勇善战，甚得李、白推许，廖磊集团的广西子弟兵前来参加徐州会战，对第五战区的士气，有所提升。但李宗仁仍感防守兵力薄弱，父亲便代为设法，调兵遣将。

韩复榘不战而退，以违抗军令正法

邓锡侯部的川军，便是由父亲推荐参加徐州会战的。邓部原驻于四川成都。抗战时奉统帅部编为第二十二集团军，以邓锡侯为总司令，孙震为副总司令。川军军纪不张，在山西参战，被日军击溃，狼狈后退，沿途遇有晋军的军械库，便破门而入，擅自补给。第二战区司令官阎锡山闻悉后大怒，认为川军是"抗日不足，扰民有余"的土匪军，乃电请统帅部将川军他调。统帅部拟将川军调往第一战区，孰料第一战区司令官程潜对川军作风早有所闻，回绝道："不要这种烂部队。"蒋中正闻报，勃然大怒，说道："把他们调回去，让他们回到四川去称王称帝吧！"

父亲见机建议，将川军调往第五战区，并自武汉打长途电话给李宗仁，叙述经过，李宗仁正嫌兵少，即刻欣然同意："好得很啊！好得很啊！我现在正需要兵，请赶快把他们调来徐州。"

"他们的作战能力当然要差一点。"父亲说。

"诸葛亮扎草人做疑兵，他们总比草人好些吧？请你快调来！"

父亲闻言一笑，川军自此调入徐州。①

川军由是感激，后在徐州会战表现分外英勇。日军矶谷师团沿津浦线南下时，川军四十一军由孙震率领赶来增援一二二师（师长王铭章）固守滕县。敌军以重炮及坦克猛攻县城，王铭章师长亲自督战死守，血战三昼夜，为敌攻破，王师长以下，全师殉城，乃成为徐州会战中我军牺牲最惨烈的一役。

津浦线北段的保卫战，原由副司令长官兼第三集团军总司令韩复榘指挥。韩氏与中央素有隔阂，对抗战亦无信心，所以自始至终都想保存实力。日军攻下南京后，于1937年12月27日侵入济南，韩复榘不战而退。31日日军攻陷泰安。1938年1月2日韩部放弃大汶口。敌军乃于1月5日攻入济宁，沿津浦线长驱直入。李宗仁于徐州得报后，即严令韩复榘循津浦线后撤，设险防守。韩氏竟不听命令，径自率所部两军，舍弃津浦路，向鲁西撤退，以致我方津浦路正面，大门洞开，大批敌军乘虚而下，威胁徐州。父亲由徐州返武汉，便把韩复榘的抗命事件向蒋中正报告。蒋氏接此报告甚为重视，即召参谋总长何应钦、政治部长陈诚及父亲（时任副参谋总长）等开军委会高级幕僚会议。众皆认为若让韩部自由进退而不加以制裁，则军纪荡然，民心丧失，全面战争无法指挥，故一致主张严办，以振纪纲。蒋中正于是召开开封军事会议，第一、第五战区高级将领共八十余人与会。军事会议于1938年1月11日举行，蒋中正偕父亲先一日抵达。开封会议首先由蒋训话，鼓励大家奋勇作战，随即面嘱第一战区司令官程潜及第五战区司令官李宗

---

① 李宗仁口述、唐德刚撰写：《李宗仁回忆录》，南粤出版社，1986年，第476—477页。

仁分别报告战况，报告毕，蒋遂宣布散会，而韩复榘则被押送往武汉。同日下午，蒋召集一小规模谈话会，出席者仅程潜、李宗仁及父亲。蒋声色俱厉宣布道："韩复榘这次不听命，擅自行动，我要严办他！"

未几，韩复榘已在武昌被处死刑，这是抗战期间，被正法的国民党最高级别将领。韩既正法，纲纪树立，各战区官兵为之振奋，全国舆论一致支持。惩办韩复榘是抗战期间整顿纪纲之一大事。

开封放警报清道，炮队误以为敌机临空

父亲赴开封开军事会议，遭遇一段有惊无险的插曲。1938年1月10日，蒋中正由武汉飞开封主持军事会议，父亲与侍从室主任钱大钧奉命随行。至武汉机场，蒋对父亲说道："最好二人各乘一机。"父亲知道蒋考虑敌机来袭，故有此议。父亲乘机先行，当日蒋之座机为"美龄号"，父亲则坐 C-46 之运输机，当日下午三四时抵达开封机场。当时第二集团军刘峙因蒋将至开封主持军事会议，特坐镇开封指挥布置。为了保护蒋中正安全，刘峙竟想出奇招，通知防空司令部发警报，城内外居民闻警报纷纷躲避，道路自然清除。然而事前却忘了通知机场高射炮部队，致闻警不知为戒严而发，以为出现紧急情况，预备射击。待父亲座机飞临机场上空，高射炮队以为敌机临空，纷纷发炮射击。父亲在机中犹懵然不知，待飞机徐徐下降，高炮部队见机身国徽乃停止射击。父亲下机，刘峙趋前迎接，惊惶万状，道歉不已，一直请求父亲不要报告蒋委员长。父亲倒没有介意，幽了刘峙一默："幸而你们的高射炮兵训练

不精，不然早已命中机身了！如果命中，我不能再向委员长报告，既未命中，我也没有报告的必要了。"父亲果然遵守诺言，数十年未轻对人言。笔者倒听父亲提过一次，他说刘峙来机场迎接他，急得满头大汗，生怕他向蒋提起。刘峙在北伐期间是第一集团军第二师师长，是中央黄埔嫡系将官，甚得蒋中正信任。刘峙在北伐时尚稍有表现，然抗战期间刘峙任第一战区副司令长官时，每每不战而溃，颇受时论指摘。李宗仁认为刘峙其人"身为大将，胆小如鼠"，其才"最大不过一位师长"。这次开封放警报清道，事先竟没有周密布置，几乎闯下大祸，而且此人行事糊涂，事后亦无担当。1948 年国共内战，关键性的一役淮海战役，蒋中正竟把这决定国民党存亡一战之重任交在这样一个庸才手里，让刘峙出任华东"剿匪"总司令，指挥淮海战役。关键时刻，蒋氏用人如此不当，令人费解。

王铭章师长死守滕县，全师将士壮烈殉城

日军的企图既然是打通津浦线，沟通南北战场，我方战略便是阻止日军南北会合的企图。津浦线战事分南北两段进行。

津浦线南段之战争：敌自攻陷南京之后，即向江北推进。津浦路南段的敌军指挥官为畑俊六。1937 年 12 月中旬，敌军约有八师之众，先后自镇江、南京、芜湖三地渡江北进。李宗仁调遣原驻海州的三十一军（军长韦云淞）至津浦线路南段滁州、明光一带，作纵深配备，据险防守。三十一军为广西子弟兵，军长韦云淞北伐有功，以善守闻名。在津浦路正面的敌军即有三师，总兵额当为三十一军数倍。敌军本意直驱蚌埠，但在明光以南，即为我军堵截。血战月余，敌军竟无所进展，于

是从南京调重兵增援，夹坦克、野炮，倾巢而出。李宗仁乃令三十一军自明光急速西撤，并南调于学忠第五十一军，布防淮河以北，据险拒敌越河北进。敌军猛扑明光，但是扑了一个空，没有捉住我军主力，虽然敌军随后直下定远、怀远，至蚌埠，但为我军阻于淮河南岸。此时西撤的三十一军忽自敌军左侧背出现，向东出击，一举将津浦路截成数段，与敌展开拉锯战，同时廖磊的二十一集团军已北调到合肥，参加津浦路南段战役，我军实力大增，终于将敌军牵制于淮河以南，形成对峙局面，使敌未克北上参加台儿庄战事。敌人原定沿津浦线北上，会合由津浦线南下部队，沿胶济路西进会攻徐州之计划，一时受阻。这对台儿庄大捷乃属关键。

津浦线北段之战争：津浦线北段的保卫战，原由副司令长官兼第三集团军总司令韩复榘指挥，韩氏不战而退，敌军第十师团矶谷廉介沿津浦线南下，长驱直入，攻陷泰安。3月上旬，矶谷师团获得大量增援后，向我第五战区界河阵地发起新攻势。15日攻滕县，滕县守军为川军第二十二集团军（总司令孙震）之第一二二师，师长王铭章与众将士俱抱与城共存亡之心，与敌激战两日，城破，王铭章师长以下，全师将士壮烈殉城。矶谷师团得滕县后，相继攻下峄县、枣庄，气焰日益骄狂，以为沿台枣支线可轻取台儿庄，一举而下徐州。

当敌军矶谷师团移师台枣支线时，敌军第五师团板垣征四郎亦沿胶济路东进，猛扑鲁南重镇临沂，准备攻下临沂后，与第十师矶谷师团会师台儿庄，而后合攻徐州。板垣、矶谷两师团同为日军中最强悍之部队，其中军官士卒受日本军国侵略主义之毒害最深，发动二二六政变的日军少壮派，几乎全在这两个师团内。今番竟协力并进，与北上的敌军相呼应，大有一举而围歼第五战区我军部队之野心。临沂为鲁南军事必争之地，北伐时父亲曾在此地率部进攻张宗昌鲁军的方永昌部队。临沂城高而且坚固，虽野炮亦未能穿城壁。临沂告急，李宗仁就近抽调庞炳勋军团，驰往临沂，固守县城，堵截敌军前进。庞炳勋所指挥之军队，其实只有五个步兵团，实力尚不及一个军。庞氏原属冯玉祥系的西北军，其部队乃所谓"杂牌部队"，配备不良，但庞氏本人能征惯战，体恤士卒，视下属如子弟，故深得部属拥戴，且练兵严肃，部队所至之处，秋毫无犯。

板垣师团受挫于我不见经传的"杂牌军"

2月下旬，敌我两军遂在临沂县发生激烈攻防战。敌军以一师团优势兵力，并附属山炮一团、骑兵一旅，向庞部猛攻。我庞军团长率领其五团子弟兵据城死守。敌军数日夜反复冲杀，伤亡甚众，竟不能越雷池一步。这支号称"大日本皇军中最优秀的板垣师团"竟受挫于中国一支名不见经传的"杂牌军"，当时徐州中外记者数十名，一时哄传中外，彩声四起。庞军凭城与敌相峙，军委会恐有失陷，令五十九军张自忠由滕县增援临沂，张自忠亦为西北军猛将一员。此时庞、张二人里应外合，如虎添翼。临城守军见援军已到，遂开城出击，两军内外夹攻，血战五昼夜，击溃板垣一旅，敌死伤过半，仓皇撤退，庞、张两部合力穷追一昼夜，沿途斩获不少。这是台儿庄大战前之一场辉煌的序幕战。

临沂一役的最大功效在于粉碎了板垣、矶谷两师团在台儿庄会师的计划，以致日后矶谷师团孤军深入，被我军在台儿庄痛剿歼灭，为台儿庄大捷创造了先决条件。

台儿庄位于徐州东北三十公里处，是通往运河南岸的咽喉，乃徐州的北边门户，战略地位重要。敌军欲南下侵徐州，必先攻打台儿庄。在临沂和滕县于 3 月中同时告急之时，军委会令第二十军团汤恩伯自归德向徐州增援，另自晋南调孙连仲之第二集团军至徐州归第五战区指挥。汤军团辖两个军（第五十二军关麟征及第八十一军王仲廉）共计五个师（第二师郑洞国、第二十五师张耀明、第四师陈大庆、第八十九师张雪中及一一〇师张淦）。该军团装备齐全，为国军中之精华，是所谓中央嫡系部队。而孙集团军名义上虽辖两军，但曾参加山西娘子关保卫战，损失颇大，可参加战斗部队，只有三师（第二十七师黄樵松、第三十师张金照、第三十一师池峰城）。孙连仲部队原属冯玉祥的西北军，最善于防守。因此孙部一到徐州，李宗仁便命其到台儿庄部署防御工事。当时李宗仁的作战腹案，是相机着汤军团让开津浦路正面，诱敌深入，然后扣敌之背，包围而歼灭之。李判断以敌军之骄狂，矶谷师团长一定不待蚌埠方面援军北进呼应，便直扑台儿庄，以期一举下徐州，夺取打通津浦线的首功。部署既定，敌军果然大举南下，敌军总数约有四万，拥有大小坦克军七八十辆，山野炮和重炮共百余尊，更有大批飞机助威。徐州城和铁路沿线桥梁车站被敌机炸得稀烂。

3 月 23 日，敌军发动攻势，冲到台儿庄北泥沟车站，徐州城内已闻炮声。

"长官，我绝对服从，整个集团军打完为止！"

3 月 24 日，蒋中正抵徐州、台儿庄一带视察。父亲奉命随行，事后蒋便令父亲留台儿庄，协助李宗仁指挥军事。自3月24日至4月6日，敌人主力逐次加入台儿庄阵地。敌人借飞机、重炮、战车之支持，向孙连仲部猛烈围攻，战斗激烈期间，我第二集团军阵地，每日落炮弹至六七千发之多。敌军一度攻入台儿庄，我守军之三十一师（师长池峰城）有与台儿庄共存亡之心，奋勇抵抗，反复肉搏，台儿庄虽被敌占去四分之三，守军屹然未动。敌我激战之间，父亲常乘车直到前线与各军各师之高级将领联络，听取战情，鼓舞士气，并代表武汉大本营蒋中正面致慰问。

第二集团军至此已伤亡过半，渐有不支之势，李宗仁严令孙连仲死守待援。同时李也严令汤恩伯军团迅速南下，夹击敌军。三令五申之后，汤军团仍彷徨于峄、枣之间。李乃严厉警告汤恩伯："如再不听军令，致误戎机，当照韩复榘前例严办。"① 李并向武汉蒋委员长（另发汤恩伯）发电，着令汤"亲率主力前进，协同孙军肃清台儿庄方面之敌，限三十日拂晓前到达，勿得延误为要"②。至此，汤军团才全师南下。

关于第二集团军死守台儿庄的壮烈事迹，李宗仁的回忆录有相当生动的描写。此时，台儿庄全庄几遭敌军占领，我方守庄指挥官第三十一师师长池峰城，深觉如此下去，必当全军覆没，乃向孙连仲请示可否转移阵地。李宗仁因汤部援兵将到，严令死守，决不许后退：

---

① 李宗仁口述，唐德刚撰写：《李宗仁回忆录》，南粤出版社，1986年，第479页。

② "李宗仁致蒋密电"1938年6月30日，中国第二历史档案馆编《抗日战争正面战场》（上），第601页，转引自申晓云、李静之：《李宗仁的一生》，河南人民出版社，1992年，第232页。

最后，孙总司令要求与我直接通电话。连仲说："报告长官，第二集团军已伤亡十分之七，敌人火力太强，攻势过猛，但是我们把敌人也消耗得差不多了。可否请长官答应暂时撤退到运河南岸，好让第二集团军留点种子，也是长官的大恩大德！"

孙总司令说得如此哀婉。但我预算汤恩伯军团，明日中午可进至台儿庄北部。第二集团军如于此时放弃台儿庄，岂不功亏一篑？我因此对孙连仲说："敌我在台儿庄已血战一周，胜负之数决定于最后五分钟。援军明日中午可到，我本人也将于明晨来台儿庄督战。你务必守至天明拂晓。这是我的命令，如违抗命令，当军法从事。"

孙知我态度坚决，便说："好吧，长官，我绝对服从，整个集团军打完为止！"

孙总司令和我通话之后，在台儿庄内亲自督战，死守最后一点的池师长峰城，又来电话向他请求准予撤退。连仲命令他说："士兵打完了你就自己上前填进去，有谁敢退过运河者，杀无赦！"

池师长奉命后，知军令不可违，乃以必死之心，逐屋抵抗，任凭敌人如何冲杀，也死守不退。

3月31日拂晓，李宗仁与父亲亲自到台儿庄郊外，指挥对入侵台儿庄日军的歼灭战。此时汤军团已从峄、枣南下，以主力向台儿庄之敌猛攻，敌在台儿庄之部队已完全陷入包围内。4月2日，李宗仁正式下令对台儿庄之敌发起总攻，我军全线出击，一时杀声震天。李宗仁回忆当时战况道：

敌军血战经旬，已成强弩之末，弹药汽油用完，机动车辆多被击毁，其余也因缺乏汽油而陷于瘫痪。全军胆落，狼狈突围逃窜，溃不成军。我军骤获全胜，士气极旺，全军向敌猛追，如疾风之扫落叶，锐不可当。敌军遗尸遍野，被击毁的各种车辆，弹药、马匹遍地皆是。矶谷师团长率残敌万余人突围往峄县，闭城死守，已无丝毫反攻能力了，台儿庄之战至此乃完成我军全胜之局。①

捷报传出，举国若狂。悲观气氛，一扫而空

台儿庄之役自 3 月 23 日日军发动攻势起，至 4 月 7 日晚，庄内日军残余被扫清止，历时半月。据李宗仁估计，"敌军总死伤当在二万人以上"，日方统计数字是一万一千九百八十四人②。是役重创了日军两个最精良强悍之师团——板垣师团及矶谷师团，是七七抗战以来，我军对抗日军首次获得重大胜利。我军自 1937 年 7 月抗战军兴至 1938 年 1 月，半年期间在华北、华东、华中等地区大小数十战，或败或溃，平津失陷，淞沪失守，南京陷落，淮海战役军损失重大。民心惶惑，士气消沉，幸而台儿庄、临沂二役大捷，民心士气才为之一振，捷

---

① 李宗仁口述，唐德刚撰写：《李宗仁回忆录》，南粤出版社，1986 年，第 481 页。

② 《中国事变陆军作战史》第二卷第一分册，转引自申晓云、李静之：《李宗仁的一生》，河南人民出版社，1992 年，第 233 页。

报传出，举国若狂，笼罩全国的悲观气氛，一扫而空。台儿庄大捷，实是扭转抗战初期我军一泻千里颓势之关键一役，对长期抗战前途关系至巨。是役给予军备远占优势的日军迎头重创，大大地打击了日军攻陷南京以来骄狂已极的气焰，粉碎了"皇军无敌"的神话，破坏了日军速战速决的美梦。一时全国各界，海外华侨，乃至世界各国同情我国抗战的人士，拍至我军的贺电如雪片飞来。前到台儿庄参观战绩的中外记者和慰劳团也大批涌到。各地举行祝捷会，武汉行都狂热庆祝，报载游行人数超过十万以上，并用卡车载李宗仁及父亲之巨幅照片为先导。当时在国民政府军事委员会任政治部副主任的周恩来，也代表中国共产党对台儿庄大捷做了如此的高度评价：

这次胜利虽然在一个地方，但它的意义却在影响战斗全部，影响全国，影响敌人，影响世界。①

徐州顺利撤退

徐州乃四战之地，易攻难守。日军在台儿庄受重创后，其统帅都知道徐州未可轻取。4 月间，敌方遂自华北、华中两区增调十三个师团，共三十余万人，分六路向徐州大包围，企图歼灭我第五战区的野战军。

① 周恩来：《争取更大的胜利》，《解放》第三十八期，1938 年 5 月 15 日，转引自申晓云、李静之：《李宗仁的一生》，河南人民出版社，1992 年，第 234 页。

与此同时，父亲回到武汉向蒋中正报告台儿庄作战经过，并要求增援徐州。蒋乃将下列部队在 4 月 20 日以后调到第五战区：李延年的第二军、樊崧甫的第四十六军、卢汉的第六十军、刘汝明的第六十八军、李仙洲的第九十二军。增援部队达二十万人，加上第五战区原有军队，合计不下六十万人。武汉军委会亦深知此役关系重大，于是 4 月 22 日，父亲以副参谋总长身份率领军委会参谋团的高级参谋人员刘斐、林蔚等又到徐州筹划防御战。

日军此次其精华倾巢而出，势在必得，对我军猛烈进攻，战况激烈。以下乃作战经过：

津浦线南段：敌除以一部犯合肥，牵制我军这方兵力外，复以其第九兵团及井关机械化部队，沿涡河出蒙城抢渡淮河，向北急进。

津浦线北段：4 月中旬以来，津浦路北段之敌在土肥原等指挥之下，开始自濮阳、张寿分两路强渡黄河，进入鲁西，分别陷我郓城、菏泽、金乡、鱼台，自西北方面向徐州推进。东北方面之敌，则由海道，自连云港登陆，占海州、郯城，自东北方向徐州进逼。

此时父亲与李宗仁揆诸当前情势：我方集数十万大军于徐州一带平原，正有利于敌方机械化部队及空军的攻击。我军装备处于劣势，又无制空权，只能利用地形有利条件，与敌人作运动战，若与敌作正面大规模的阵地消耗战，恐怕重蹈沪宁战场的覆辙。为保存实力，作持久战之准备，只有把我徐州大军，迅速西移，放弃徐州，作战略上之撤退。李、白奉武汉军委会之准可后，5 月 13 日开始行动，5 月 19 日，宣布放弃徐州。六十万大军的安全撤退当然不是一件易事，何况有近四十万强势敌军紧追其后。幸亏这次徐州会战未待溃败，于适合时机先行撤退，故部队相当完整。而李、白等对徐州会战之撤退有完整周密之部署，故部队能从容撤退，避免敌机之轰炸。敌军于 19 日攻入徐州时，扑了一个空，数十万大军没有重大损失，竟突破了敌人的包围圈，成功撤退，与沪宁失陷时的狼狈溃败、损失惨重，形成强烈对比。自 1937 年 12 月 13 日南京失守起，到 1938 年 5 月 19 日自动放弃徐州止，我军南北两路进逼的日军精锐竟周旋了五个月零六天，使其无法打通津浦线，充分地实现了"以空间换时间"的战略计划。这使下一阶段的武汉保卫战有了充分的准备时间。

日筑工事夜行军，将军盹睡坠马

父亲与李宗仁等突围徐州时，还有一段小插曲：

徐州撤退，我军没有空军掩护，为了避免敌机之轰炸，战车、骑兵之追击，白日不敢活动，只有晚间才开始行军。但是白日仍须占领阵地，构筑工事，以防敌人来袭，所以每当晚间行军，部队早已疲惫不堪。一晚，父亲与李宗仁、林蔚等骑马同行，因过分疲劳，在马上盹睡而自马背坠入麦田中，幸无损伤。父亲精于马术，而常以能驾驭烈马而自豪。记得幼时在桂林曾目睹父亲降服其爱驹"乌云盖雪"，此驹性烈，全身亮黑，而四蹄雪白，故名。父亲登上马背，黑驹长嘶一声，前蹄跃起，欲将父亲抛下马背，而父亲紧勒缰绳，任其腾跃，不为所动，终将烈马制伏。但徐州撤退，父亲实已筋疲力尽，故有将军坠马之事。

对于徐州会战，父亲事后有下列检讨及评论①，关于我军有下列几点：

一、军委会有滞阻敌军主力于徐州之计划，令第五战区采取攻势防御，以得时间之余裕，随令汤恩伯、孙连仲、张自忠、廖磊、李品仙、庞炳勋等有战斗能力之部队赶运徐州准备会战。此是最高当局明智之决策，为台儿庄胜利之基础。

二、徐州会战前最高统帅曾借开封会议逮捕韩复榘，使战时纪律得以树立，士气为之振奋，中央命令因可贯彻于各区之间，此为台儿庄胜利之基本条件。

三、各战区调至徐州参战之部队，均能协同一致，在李宗仁长官指挥之下奋勇杀敌，战斗精神极为旺盛。

四、孙连仲部队恪尽职守，沉着应战，固守台儿庄，尤以池峰城师伤亡过半，仍能占据台儿庄三分之一之阵地与敌浴血苦斗，吸引敌之主力，使汤恩伯攻击军团易于奏效。

五、汤恩伯司令用兵适宜，当敌攻击台儿庄之际，迅速抽调进攻峄县而还处胶着状态之兵力，反包围台儿庄之敌人与孙连仲部相呼应。同时，并调关麟征、周嵒二部击破敌人由临沂派来解围台儿庄之沂州支队，于完成任务后，仍回师台儿庄，此为其用兵灵活、合宜之处。②

---

① 贾廷诗、马天纲、陈三井、陈存恭访问：《白崇禧先生访问纪录》（上册），"中央研究院"，1989 年，第 174—177 页。

② 父亲对汤恩伯军团在台儿庄一役之评价与李宗仁颇有出入。李宗仁认为汤恩伯援军趑趄不前，有误戎机。（见李宗仁口述，唐德刚撰写：《李宗仁回忆录》，南粤出版社，1986 年，第 479 页）

我军缺飞机缺大炮，全凭精神力量

以上诸点父亲认为乃台儿庄大捷之条件。但他也认为我军因战车与大炮均太少，故每次攻坚难收预期效果。如峄县之敌人凭险固守，汤恩伯军团便久攻不下。我军又缺少飞机，失却制空权，故每每发动攻击不能收步、炮、空联合作战之效果，因而于有形无形间，力量大逊于敌人。此次会战我军之攻、防两方主力计有孙连仲指挥之三个半师、汤恩伯指挥之七个师与孙震指挥之四个师，共计十四个师强。敌人之兵力用于台儿庄者为第五、第十师团之支队。我军番号虽十余倍于敌，实力则差之甚远。因为我军于参加徐州会战前，多数曾参加淞沪会战或北方之战役，损失众多而未能补充，我军参加会战十余师，不过三万人左右而已，然而敌人一个师团即有战斗兵二万三千，且其一师团之火力比我十个师之火力犹大，故我军番号虽多而火力不足，尤其于无制空权情形下，倍感作战艰困。我军虽属劣势，然而庞炳勋与张自忠能各以二师之力量击破敌人进攻临沂之一旅团。汤、孙二部亦于台儿庄击败敌一师团及一支队。父亲结论是："我军以精神力量胜敌也。"父亲总结台儿庄的胜利，认为乃是阵地战、运动战与游击战紧密配合的战果。在津浦线南段，我以游击战困扰敌军，使其无法渡淮北上参加台儿庄大战，又在台儿庄内外，以阵地战与运动战结合对敌。台儿庄大捷，的确是我军将士上下齐心，奋勇抗敌，赢来的一场艰辛的胜利。

至于日军在临沂及台儿庄两役的失败，父亲与李宗仁的看法相同，都认为日军骄狂太甚，矶谷廉介第十师团轻敌，不待援兵，孤军深入，我出哀兵，敌出骄兵，合乎兵法上的原则："二兵相交哀兵胜也。"是役若敌军待部队集中后方进攻，我军是否能取胜，未可逆料。

父亲对日军战斗力的评估，却是十分客观的：

> 敌人第五师团被击溃后，稍事整理又反攻临沂，第十师团于台儿庄击溃后，退至峄、枣犹能稳定阵势，凭险待援，我军屡攻不下，待敌人援军至，我方更是无能为力，这是敌军实施征兵制度，战斗力坚强，训练有素之故。

> 敌人虽两次大败于台儿庄与临沂，伤亡过万，然而甚少被俘，可见其精神教育成功，战斗训练良好。其能征惯战之精神为世界各国陆军首屈一指，可惜为穷兵黩武之军阀所驱使，用于侵略，结果一败涂地。[1]

父亲在徐州会战中，可以说是从开始参与到会战结束，都担负了重要任务。父亲身为副参谋总长，在抗战军事委员会中占有举足轻重的地位，事实上是蒋中正的最高军事幕僚长，蒋、白之间又恢复了北伐时期的亲密关系，蒋对白的倚重，远超过名义上是参谋总长的何应钦。父亲在会战前替第五战区调兵遣将，台儿庄大战进入激烈情况时，父亲奉命留徐州协助李宗仁指挥作战，徐州会战，父亲再度赴徐州襄助李宗仁通盘筹划。父亲在第五战区司令长官李宗仁与蒋中正之间扮演了重要的沟通与调和的角色，有父亲在蒋氏面前进言，李宗仁在战场

---

① 贾廷诗、马天纲、陈三井、陈存恭访问：《白崇禧先生访问纪录》（下册），"中央研究院"，1989 年，第 176—177 页。

上才这样顺利地获得军委会的援助。

以十分之一的人口计算，广西可以出兵一百三十万

台儿庄大捷后，大批中外记者奔赴徐州采访，当时是战地女记者，后来成为名作家的《女兵自传》的作者谢冰莹女士，到第五战区采访，并写下了一篇《白崇禧将军印象记》，很生动地记载了台儿庄大捷后，父亲与第五战区其他将领忙于筹划徐州会战的实况，值得将全文录下：

这是多么高兴的事，在同一天里，我所要会见的第五战区三位抗战将领，都达到目的了，白将军的记忆力真好，当记者走进司令部的会议室脱帽致敬时，他突然微笑地问："你不是有病的吗？怎么也到前线来了？"

"是的，我常常害病，所以要到前线来休养。"在欢乐的笑声中，我们都坐下了。

我和白将军第一次见面，是在南宁的乐群社，记不清是1936年1月的哪一天了，马哲民、陈望道等四先生，约我去龙州安南一带游览，白将军就借了他的小汽车给我们坐，还希望我们多搜集些文章材料归来，时间已过了两年多，而白将军的丰采，除了头上的白发更脱掉了一些外，精神比起以前来，更要健康兴奋了。

白将军很忙，从早到晚没有片刻的休息。我是知道他的个性不喜欢接见新闻记者的；但是为了有许多问题需要请教，所以只好很抱歉地，耽搁了他半点钟宝贵的时光。

也许大家都没有想到这位埋头苦干，在桂主办广西民

团，精于战术，善于指挥，全国人称为今之诸葛，举世赞为军事家的白崇禧将军，是这样和蔼可亲的，虽然从表面上看来，他是寡言笑，非常严肃，不像李德邻将军那么和蔼；但说起话来，他却除了使你感到亲切外，一点也不威严可怕，在那间贴满了军用地图的房子里，我提出了下面几个问题：

"这次贵省出发抗战的队伍，实数有多少？"

"已经参加之战区和五战区的有四十多万，如果再需要的话，立刻可以再调四十万出来，万一这八十万都牺牲完了，还可以调四十万来，因为广西的人口共有一千三百多万，以十分之一的人数来计算，是可以出来一百三十万的。"

听到这里，我的血液都沸腾了，以广西一省能出兵四十万，已经骇人听闻，何况还有第二个第三个四十万出来。记者除了深深钦佩广西的将领和民众这种为国家民族奋斗牺牲精神之伟大，希望全国的队伍和民众，都为争取祖国的生存而奋斗。

"听说在淞沪火线，五路军牺牲很大，但报纸杂志上很少看到关于这方面的登载，这是什么原因？"

"八一三抗战开始后，各部队的伤亡都很大，本路军自然也不能够例外，其所没有宣布死伤多少的原因，一来为国牺牲是应当的，没有宣传的必要，再则本省现正在征兵，如果将大量的伤亡消息发表，多少有点妨碍。"

刚谈到这里，有电话来了。

"对不起，请等一下。"

白将军讲完电话，我又开始发问：

"副总长这次指挥鲁南作战的经过，可以简单地告诉我一点吗？"

"这在我与国内外新闻记者的谈话会上，已经说过了，想必你看到了吧？"

"副总长对于民众运动应当怎样开展，可以指示一些宝贵的高见吗？"

我又换了一个问题。

"过去的民运工作，可以说是完全失败了！其所以失败的缘故，是因为负责民运工作的人，并不是在那里唤起民众，而是相反的，做着压抑民众运动的工作。抗战已经进到第二期，而政治的力量，还不能与军事力量配合起来，这的确是民运工作的一个大失败！我们要救济这个失败，首先就是开放民众运动，加紧民众组织与训练，务使民众在抗战期间内，充分地表现出他们的力量来帮忙政府，帮助军队……"

"开会的时间到了！"

白将军的话还没说完，副司令长官（李品仙）走进来了，李司令长官和黎副总参谋长（黎行恕）也从里面房间里走出来，准备开会。我连忙拿起照相机，要求他们几位将领拍个照留作纪念。

"好的，好的，就到后面花园里去照吧。"

李司令长官赶快把武装带挂上，白副总长笑着说："这样严重，还要全副武装吗？"

他们快乐地笑着向花园的假山走去，合照拍完了，还每人来一个单相。

"今天充分地表现出我们广西特色来了，你看，四个人都是穿的布鞋，哈哈……"

李司令长官说着，大家都低下头来望望那双广西布鞋。在一阵快乐的笑声中，我很高兴的告别了这几位辛劳地指挥抗战的将领。①

当年北伐名将，如今抗日英雄

谢冰莹同时还写了李宗仁及李品仙的专访，在在都流露出几位广西将领在指挥台儿庄大战，获得空前胜利后的一份自信与乐观。而几位将领足上所穿的广西布鞋，正是广西军队吃苦耐劳的一种象征。谢冰莹在同时期写了一篇广西军队印象记《广西健儿在淮上》，对广西军队的守纪律、爱人民有这样的描写：

> 从六安到徐州，这一路上所听到关于广西军队的种种佳话，实在太令人兴奋了，固然我们意想以内的广西健儿，应该有许多好现象，值得大家来赞美的。因为他们有精明的统帅，有严格的训练，有深刻的政治认识，在这神圣的民族生存斗争中，自然会表现出优越的成绩来，特别是对于军民合作这一问题，在他们应该不发生丝毫困难。这是谁都知道的，广西健儿，大多数都是由各地民团后备队抽调出来，他们本身就是老百姓，对老百姓应该能够体

---

① 谢冰莹：《抗战日记》，台北东大图书有限公司，1981年，第296—299页。

贴入微，替他们解除困难和痛苦。果然据寿县、正阳关一带老百姓的报告："广西兵不但不擅进老百姓的住宅去骚扰人家，不但买东西是公买公卖，不争价值，就是喝老百姓一杯茶、用老百姓一些草，也都要付还相当的代价。"因此在淮南各地的民众对广西健儿，都加以"青天军"的荣誉。

谢冰莹对广西将士的礼赞，应该相当能代表当时国人在台儿庄大捷后，对广西李、白等人的崇敬。事实上徐州会战台儿庄大捷在抗日战争中最大的意义在于：广西将领李、白等人，竟能把川军、西北军、广西军以及中央军这些几年前还在互相拼斗，杀得你死我活的军队，集在一个旗帜之下，敌忾同仇，将入侵的强势军队击败。这是保卫家国的民族大义。这股精神力量支持了中华民族的抗日战争。但台儿庄大捷对李、白等广西将领以及他们麾下的广西子弟兵，又具有特殊意义。北伐期间，广西将士立下了大功。父亲亲自指挥南昌之役、龙潭之役，克复杭州、上海，进北平，打到山海关，一马当先，成为最后完成北伐的名将。而广西第七军在李宗仁领导下，屡建奇功，因获"钢军"之美誉，北伐完成，广西势力暴增，功高震主，因而引起"蒋桂战争"，中央蒋中正"削藩"，将李、白开除党籍，定性为"叛将"，并调中央大军征讨广西，瓦解广西第四集团军，将李、白驱逐国外。广西领袖，由北伐名将，突然之间变成"叛将"、"叛军"，流亡海外，这种奇耻大辱，当然是不易忘怀的。父亲等人建设广西，卧薪尝胆，忍辱负重，采用"三自"、"三寓"，厉兵秣马，全省皆兵，也是在等待机会，东山再起。七七抗战，给了广西将士一个报国抗敌的机会，而台儿庄大捷更证明了广西将领军事的才能，对广西将士，可以说是湔雪前耻恢复名誉的一仗。当年北伐名将，一夕之间，在国人心目中重新成为英雄。

收敛锋芒，战功推及上下与友军

可是有了"蒋桂战争"的前车之鉴，李、白等广西将领，对本身在中央的处境，并不是完全没有顾虑的。1938 年 4 月 4 日，台儿庄大战方酣之际，广西省主席黄旭初，因赴武汉开国民党临时全体会，顺道到徐州探望李宗仁。次日晨，李宗仁偕黄旭初往访父亲，父亲与黄氏即向李宗仁谆谆告诫：

> 一、吾公集军事、政治（1 月 25 日国府明令任李宗仁为安徽省政府主席）于一身，十分劳苦，应物色辅佐，以免过劳，而期周密。
> 二、须注意功高震主，应将战功推之于上下及友军。①

可见父亲等人受过北伐后"蒋桂战争"教训，深知"功高震主"是启祸端的根源，抗战期间，锋芒已收敛许多。但台儿庄大捷，李、白等人声誉鹊起，不是没有后遗症的。大捷消息传来，国内各地都举行盛大的祝捷集会。军委会政治部第三厅在武汉举办宣传周，第二天便印出了名作家老舍写的大鼓词

---

① 黄旭初：《广西与中央二十余年来悲欢离合忆述》第二十六节，香港《春秋》第一一五期（1962 年 4 月 16 日）。

《抗战将军李宗仁》，内容歌颂台儿庄大捷。这个小册子分发到政治部部长陈诚手里，他立刻向第二厅厅长郭沫若提出抗议："这个小册子不妥当，不能替任何的将领作个人宣传。"于是便当场把全部印刷品扣留起来。①

据李宗仁的回忆录记载，大捷后，武汉各界热烈游行庆祝，爆竹声震天，蒋中正问侍从外面为何这样吵闹，侍从答以民众庆祝台儿庄大捷，游行放爆竹，蒋氏不悦，厉声呵斥。这件事是否真实，姑且不论，台儿庄大捷，乃抗战以来头一个大胜仗，全国人感振奋，蒋中正乃国家领袖，理应倍感欣慰，但这场硬仗都是由他曾定为"叛将"的广西将领指挥得胜的，而且一夕间，"叛将"在全国人民心中又变成了抗日英雄，揆诸情理，蒋氏心中的感受，想必也相当微妙复杂。

《血战台儿庄》影片，肯定国民党军队将领贡献

全面抗战八年，是全中国军民，抵御外侮，保卫国家，牺牲惨重的一场民族圣战，这一段 20 世纪的中国痛史，所有的中国人都应铭记于心，汲取教训。而台儿庄之役，又是八年全面抗战中最具关键性的一场罕有胜利，理应大书特书，载入史册。但因为蒋中正氏与广西将领李、白之间的矛盾，尤其是 1965 年李宗仁返归中国大陆，台湾国民党当局对抗战史台儿庄大捷这一章，一向低调处理，台湾媒体对淞沪会战等役都曾大力宣扬，反而对抗战中最重要的胜仗台儿庄战役则有意忽略，因为这一仗是李宗仁指挥得胜的，大力赞扬李宗仁，当局立场

---

① 程思远：《政海秘辛》，南粤出版社，1988 年，第 133 页。

尴尬。1987年广西电影厂摄制巨型战争影片《血战台儿庄》，相当合符史实，对李宗仁、父亲以及其他将领抗日的贡献，都持肯定态度。此片在大陆上映，造成巨大震撼，那是自1949年以来，中国人民头一次在银幕上看到了国民党军抗日真相，以及国民党军将士英勇牺牲的形象。1987年此片上映，笔者正在上海，看到广西电影厂摄制的《血战台儿庄》，不禁感慨万千。抗战胜利迄今已有七十余年，海峡两岸都应该严正对待中日战争这段中国军民伤亡一千多万的惨痛历史。

关键十六天

——父亲与二二八

我是 1952 年从香港到台湾来的，离开二二八事件不过五年，当时我十五岁，在"建国中学"读书。可是我在念中学以至上大学的年份里，常常遇到老一辈的台湾本省人士对我这样说："当时要不是你父亲到台湾来，台湾人更不得了啦！"

他们指的是 1947 年台湾发生二二八事件后，蒋中正特派父亲以国防部长的身份到台湾宣慰，处理二二八善后问题。父亲在关键的十六天中，从 3 月 17 日到 4 月 2 日，救了不少台籍人士的性命。当时台湾人对父亲一直铭感于心。那些台湾父老对我提起这件事的时候，都压低了声音，似乎余悸犹存。二二八，在戒严时代，还是一大禁忌，不能随便谈论的。

1947 年在台湾发生的二二八事件，不仅是台湾史上，亦是整个中华民族的一个大悲剧。1894 至 1895 年，甲午战争，《马关条约》，台湾被割让，台湾人民是这场第一次中日战争的最大受害者。1931 至 1945 年，第二次中日战争，中国人民丧失三千万生命，亦是最大的受害者。而这同一民族，同是被日本军国主义迫害的两地人民，在二二八事件中竟然互相残杀起来，留下巨大创伤和难以弥补的裂痕。

二二八事件发生的复杂原因，许多学者专家从各种不同角度作过详尽分析，但从二战后全盘历史的发展看来，二二八恐怕并非偶然，类似冲突，难以避免。二战日本投降来得突然，接收工作，国民政府措手不及，东北、华北平津一带，华东京沪区，是接收计划重中之重，一流军队人才都遣派前往。台湾在当时的接收计划中，重要性排名靠后，来接收的军队以及人员当然也属二三流了。事后证明，国民政府接收东北、平津、沪宁——失败，这也是国民党失去政权的主因之一；台湾经过五十年日本殖民，情况更加复杂。台湾接收，未能顺利，爆发二二八事件，并不意外。而事件发生的时间点，亦正是国共内战的尖锐时刻，中国大陆从东北到华北，遍地烽火。蒋中正正忙于调动胡宗南部攻打延安，"剿共"是国民政府当时全力以赴的首要目标，同时在台湾发生的二二八事件，其严重性及后坐力，政府未能及时作出正确判断，直到事态发展得不可收拾，只得派兵镇压，全岛沸腾，蒋中正才命令父亲到台湾宣慰，灭火善后。

蒋中正任命父亲到台湾宣慰，基于父亲当时职位是国防部长，对军警人员有管束权。父亲因抗日军功，成为一代名将，在民间有足够的声望，而蒋对父亲处理危机的能力亦是充分信任的。当时父亲正在华北巡视各绥靖区，3月7日飞抵山西太原，即接到命令，紧急返回南京。3月17日，父亲赴台展开宣慰，展开停损善后工作，当时，二二八已发生两个多星期。3月8日深夜，奉命来台的整编第二十一师主力在基隆上岸，其后一个星期，暴力镇压，滥捕滥杀，随即展开，有不少台籍精英分子以及基层百姓，在此期间丧命。父亲本来计划3月12日来台，后受阻于陈仪向蒋中正提出的建议，迟来数日。父亲抵台时，面临的情况，十分复杂敏感。当时全岛人心惶惶，台湾人民陷于极端恐慌状态，任何处理不当，即有火上加油，导致灾情扩大的可能。父亲是国民政府主席蒋中正亲自任命的特派大员，可以说手上掌握着生杀大权，他的态度及措施关乎善后工作的成败。据父亲回忆录自述，他处理二二八事件的基本态度是：大事化小，小事化无。他对二二八受难者，无论本省还是外省人士，都心存哀矜，希望息事宁人。事实上他未赴台前，已听取各方的情报，因此他对于台湾情况，是有所了解的。父亲行事，一向深谋远虑，高瞻远瞩，但行动却剑及履及，当机立断。虽然他治军严格，但赏罚分明，尤其是人命关天的案子，父亲宅心仁厚，谨慎判断。抗战期间，日本空军空袭成都，我空军成都军区司令张有谷，令第五大队队长吕天龙率领十六架飞机避往天水，因为我军飞机装备比日机差一大截，无法正面迎战，吕天龙卧病，由副队长余平享带队，降落天水机场时遭日机突袭，全军尽殁。蒋中正震怒，命将张、吕、余押至重庆枪决。蒋命父亲任军法审判长，父亲对蒋说："军法审判必得其平，始可信服部下，若当毙而不毙，则我不做，若不当毙而毙，我亦不能做。"后来父亲将三人免除死刑，为空军保留了几位优秀人员。他对因二二八事件而涉案的人，亦是持同一态度。他显然认为因二二八事件遭捕的人绝大多数是无辜的，尤其是青年学生，即使有所触犯，也应罪不至死。所以他来台宣慰，基本上是采取宽大怀柔的政策，免除许多人的死刑。

事实上当时台湾的气氛相当肃杀，陈仪手下有一派人，以警备总部参谋长柯远芬为首，主张严厉制裁，大开杀戒。父亲的回忆录中有这样一段重要记载：父亲召开清乡会议，柯远芬在会上慷慨发言，认为有些地方上的暴民和土匪成群结党，此等暴民渍乱地方，一定要惩处，宁可枉杀九十九个，只要杀死一个真的就可以。

柯远芬还引用列宁的话："对敌人宽大，就是对同志残酷。"

父亲当场严加驳斥："我纠正他，有罪者杀一惩百为适当，但古人说，行一不义，杀一不辜而得天下者不为，今后对于犯案人民要公开逮捕，公开审讯，公开法办；若暗中逮捕处置，即不冤枉，也可被人民怀疑为冤枉。"

二二八事件中，滥捕滥杀，柯远芬扮演了重要角色。父亲回到南京，即向蒋中正弹劾柯远芬："处事操切，滥用职权，对此次事变，举措尤多失当，且赋性刚愎，不知悛改，拟请予以撤职处分，以示惩戒，而平民忿。"

可见父亲对柯远芬滥杀镇压的主张，完全不能认同，彻底反对。他以国防部长的身份，三番四次下令"禁止滥杀，公开审判"。父亲宽大处理的措施，对于稳定人心，起了决定性的作用，军警情治单位由此收敛，许多已判死刑的犯人，得以免死，判徒刑者，或减刑，或释放。设若父亲当时的态度稍显踌躇，未能及时制止柯远芬等人，恐怕二二八冤死的人数就远不止现在这些数目了。

父亲一到台湾便马上积极展开宣慰工作。3月17日，下飞机后，当晚6时半便在中山堂向全省广播，宣布政府对二二八善后从宽处理的原则。吴浊流在《无花果》中记载：白崇禧将军在广播中发表处理方针，于是秩序因此而立刻恢复了。

父亲在台湾十六天，从北到南，到处广播演讲，宣扬政策：广播五次，对长官公署全体职员及警备总部全体官兵训话各一次；对省市各级公务员、民意机关代表、民意代表训话共十六次；对高山族代表训话两次；对驻台陆、海、空军及要塞部队训话五次，对青年学生演讲广播两次。

父亲这些讲话，起了稳定民情、约束军警的效应。除了"禁止滥杀，公开审判"的命令影响了许多个人及家庭的命运之外，他宣布的其他几项原则方针，也有重大意义：

涉事青年学生，免究既往

卷入二二八事件中的青年学生，不在少数，因恐惧报复，不敢上学。父亲最关心这些学生的安危，特别颁布命令，保证学生安全："凡参加事件之青年学生，准予复课，并准免缴特别保证书及照片，只需由家中父兄领回，即予免究。" 3月20日下午6时半，父亲向全省青年学生广播，除了保证复学学生人身安全外，并呼吁学生："切望你们放大眼光，不要歧视外省人，破除地域观念……我们要本亲爱精诚，如手如足，互助合作。"

3月27日上午10时，父亲赴台湾大学法商学院广场，对台大及中等学校学生约八千人演讲，再次保证学生安全："一切曾被胁迫盲从之青年学生，均应尽速觉悟，返校复课，可由家长保证悔过自新，当予不咎既往。余已饬令军、警不许擅自逮捕，并将绝对保证青年学生之安全。"

父亲再三地命令保证学生安全，当时应该有大批涉案的学生，获得赦免，恢复上课，继续他们的学业。

安抚外省公务员

二二八事件中，头一个星期，全省有不少外省人，尤其是公教人员，受到殴打，有的甚至丧失生命。因此公教人员纷纷携眷离开台湾。父亲于3月20日下午3时，在长官公署大礼堂（今行政院），召集台北公务员讲话，其间特别安抚外省公务员：

> 余今仍盼诸君继续留台工作，勿稍灰心。须知中国不能离开台湾，台湾亦不能离开中国，诸君留台服务，实与前往内地服务无异。且台湾乃新收复之领土，即就教育而言，吾人之工作必须五年至十年始可完成。日前侮辱诸君以及伤害诸君者，仅为极少数之不良分子，极大多数之台胞仍极爱国，且愿与诸君精诚合作。二二八事件，纯系意外之偶然事件，余信今后决不致再有此事，余并保证今后中央亦绝不容许再有此事。

有部分涉案原住民，事后携兵器逃避山中，父亲于3月26日晚间7时，于台湾广播电台向全省原住民同胞广播，劝令逃避山中原住民缴械归来，既往不咎。并接见协助政府的原住民领袖马智礼、南志信等人，善加勉励。

父亲在台十六天密集旋风式的宣慰工作，稳定民心，恢复秩序，有止痛疗伤的巨大正面效果，对二二八事件的后续发展，起了关键性的作用。近年来，关于二二八事件的研究，以及史料搜辑，官方及民间都下了不少功夫，出版为数甚多的书籍，可是令人讶异的是，父亲宣慰台湾，十六天中所采取的重大措施及其影响效果，官方文献，或者按下不表，或者一笔带过。阅读台湾官方出版有关二二八事件的报告，无论主导者为"行政院"、"省政府"，或"中央研究院"，几乎都看不出父亲在二二八事件善后停损工作中所扮演的角色。而民间学者专家的论述，也甚少论到这一节，更无一书全面探讨。只有"中央研究院"近代史研究所陈三井、黄嘉谟两位教授，各自撰写过一篇论文，记录父亲来台宣慰的始末。父亲二二八宣慰史实被官方以及民间学者所忽略，细究其因，并非偶然。

父亲自从 1948 年，因副总统选举支持李宗仁，与蒋中正产生嫌隙，更因淮海战役，两人冲突更为尖锐。此役国民党军大败，蒋中正随之下野，其间父亲曾发"亥敬"、"亥全"两电，建议美国出面调停，蒋须下野，才能和谈。两封电报，触怒蒋中正，蒋对父亲一直颇不谅解。1949 年底，父亲入台，本意与"中华民国"共存亡，可是蒋中正却派情治人员，对父亲严加监控，在台十七年，二十四小时有特务跟踪。事实上父亲入台后只任闲职，并无兵权，而父亲言行谨慎，与海外桂系势力并无联络，对蒋中正政权，根本不构成任何威胁，当局对父亲实在不需如此防范。唯一的原因，恐怕是跟二二八有关。父亲在二二八事件后来台宣慰，实行了不少德政，亦拯救了不少人的性命，台湾人民感念其恩，在台湾民间，父亲德望甚高。多位台湾士绅，一直与父亲保持来往。这，就犯了当局的大忌。雷震一案，就因雷震与台籍人士李万居等过往太密，企图组织反对党所致。有声望的外省人士与台湾士绅"勾结"，是当局的"梦魇"，必须阻止。

我阅读蒋中正在台湾时期的日记，发现蒋对父亲的确猜疑甚深，处处防范。当局对付父亲的策略，是将父亲的历史，如北伐、抗日的军功，当然也包括二二八事件时来台宣慰的成绩，消灭抹杀，企图将父亲在民间的声望，在民国史上的地位，撼摇更改。例如官方出版唯一一本有关抗战著名战役"台儿庄大捷"的书籍，登载国民党军将领照片，却独缺李宗仁、白崇禧两位桂系主帅。另一方面，国民党宣传机构自淮海战役失败，因而失去大陆之后，一直宣传：华中白崇禧按兵不动，见死不救，徐蚌会战乃败。这项中伤谣言，一直持续，渗透到军中，迄今不散。

二二八整个事件中，父亲来台宣慰，停损善后，算是国民党政府官员所做的一项具有正面意义的措施，按理政府应当宣扬，以彰史实，平复民怨。但因为当局对父亲在台湾民间的声望，"耿耿于怀"，当然，有关他二二八善后的德政，也最好不提。台湾当局，基本上也历届都继承这个态度，所以官方文献上，父亲关键十六天的宣慰工作，多半语焉不详，模糊带过。至于民间学者专家的著作，对国民党政府在二二八事件中的角色，多持批判态度。父亲既是蒋中正特派到台湾宣慰的大员，当然也是国民党的一员，要给父亲的宣慰工作一个公平全面的评价，则需有古史官齐太史、晋董狐的勇气与良知了。

二二八事件在台湾史上是何等重大的事情，多少人因此丧失生命，多少心灵受到创伤，多少家庭遭遇不幸。而其政治效应，无限扩大，迄今未戢。对待如此重大的历史事件，当务之急，是把当年的历史真相，原原本本，彻底还原。只有还原全部真相，人民才可能有全面的了解、理解，才可能最后达到谅解。如果这个岛上两千三百万人，还因为七十余年前不幸发生的一场历史悲剧，彼此继续猜疑仇视，那么台湾的命运前途，将是坎坷的。宽容谅解，是唯一的选择。

父亲当年来台宣慰的目的，就是希望在悲剧发生后，能够止痛疗伤，这也是《止痛疗伤：白崇禧将军与二二八》这本书出版的由来，希望能在二二八历史真相的拼图上，填满一角空白。这也是我酝酿多年的心愿。虽然我因为撰写父亲传记，涉猎过不少有关二二八事件的书籍，但我本身未受过史学训练，搜集资料，取舍分析，对我来说，是一件吃重而不讨好的工作。幸亏我找到合作对象——青年历史学者廖彦博。彦博毕业于政治大学历史研究所，曾就读于美国弗吉尼亚大学博士班，专治民国史，曾以《陈诚在国共内战中的角色》（*Chen Cheng and the Chinese Civil War*，1946－1950）为题撰写硕士论文，也曾参与"国史馆"《二二八事件辞典》条目撰写。《父亲与民国》出版时，"国家图书馆"及中山堂曾举办父亲生平照片展，文字说明由彦博担任。因此，他对父亲的一生事业是熟悉的。此外彦博还翻译、著述多本与历史有关的书籍。彦博阅读甚广，用功甚勤，民国史，他颇有独到见解，他对还原二二八事件的真相，有高度的热情。我们合作，十分愉快。

书中长文《关键十六天：白崇禧将军与二二八事件》由彦博执笔，我仅提供意见。彦博将父亲在台宣慰十六天，由3月17日到4月2日，每天行程事迹，巨细无遗，统统详尽记录、分析，把父亲那十六天的宣慰工作，做了一个全面完整的叙述。因为他参照的资料——文献、档案、报章杂志，极为丰富多元，父亲的宣慰工作，因此有了具体而有深度的面貌。此外，彦博又以历史学者的眼光与高度，将父亲来台宣慰，所作出的贡献功绩，他所处极端复杂艰难的情境，他所受到的局限与掣肘，他未能达成救人一命的个案、造成的遗憾，尤其是他与陈仪、柯远芬诸人你来我往，极为复杂的互动，他与林献堂、丘念台密商会谈得到的讯息与帮助，都给予极为公平可信的论述分析。

廖彦博这篇长达一百六十余页的论文，考核详实，观照全面，有诸多前人未有的论点，有更多发掘出来的珍贵资料，是迄今为止关于父亲来台宣慰这段关键历史最完整的一则文献，具有高度的学术参考价值。

书中第二部分是口述访问，由我亲自主导。我一共访问了六位人士：萧锦文、陈永寿、杨照、白崇亮、彭芳谷、粟明德。六位受访者从各种角度切入，让父亲宣慰台湾这段历史不仅存于文献记载，也存在人们的记忆中，有血有肉，有其延续不断的生命。

进行这些访问时，我才深深感受到二二八的悲剧对受难者及其家属所造成的伤痕有多深、多痛。六位先生都不惮其烦，接受我的访问，在此，我由衷表示感激。我想，他们与我一样，也希望为寻找二二八真相，尽一己之力。

父亲来台宣慰，所做的多项工作中，当然拯救人命是最有意义又影响深远的功德，父亲一到台湾便以国防部长的身份，向全省军警情治人员发布"禁止滥杀，公开审判"的命令。对于当时被囚禁在监狱里，被关在警察局的拘留室中，甚至在被绑往刑场路上，许许多多命悬一线的犯人，父亲这道命令，如同救命符。父亲恐怕自己也没料到，他发布这道命令，会改变多少人的一生，以及他们家属的命运。

到底父亲救过多少人的性命，并没有确实数字，但从现有的口述访问数据，大致情况，可以推测出来。以萧锦文先生的遭遇为例：

萧先生在二二八时是《大明报》的实习记者，时年二十一岁。《大明报》对陈仪政府时有批评，社长邓进益是萧先生的舅舅，也是"二二八事件处理委员会"的委员。军警要逮捕邓社长，邓闻讯躲避，当天萧锦文到报社值班，被刑警带走。在延平南路的警局里，萧被严刑拷打，灌水逼问邓社长行踪。他遭囚禁的警局地下室里，同室牢友共有一二十人。一天，萧锦文被拉出去，五花大绑，眼睛蒙布，身后插上"验明正身"的木条名牌。他被推到大卡车上，同车的有四五人，一齐载往刑场枪决。可是卡车走到一半，又折回头，返警察局。他被放回地下室，逃过一劫。

萧锦文后来出狱后，舅舅邓社长告知，是父亲那道"禁止滥杀，公开审判"的命令，千钧一发，实时赶到，救了他一命。我访问萧锦文时，他已八十八岁，提到这段往事，仍十分激动。他紧握住我的手，颤声说道："是你父亲那道命令，让我多活了六十六年！"说着掉下泪来。萧锦文说，前一天拉出去的一批人，大概统统遭枪决了，而与他同车的四五人，却都逃过死劫，关在地下室的其他人，也应该免刑了。可见父亲的命令，不仅是针对某些个案，而是整批豁免的。

同样的情况也发生在其他案件中。如"中研院"近史所出版的《高雄市二二八相关人物访问记录》中的王大中案：

王大中（原名王源赶），原是高雄警察，莫名遭到逮捕后，判了死刑，心惊胆跳过日子，直到父亲来台，王大中才获赦免，改为徒刑。1966 年 12 月 2 日，父亲过世时，他隐名王云平，也前往祭拜，包了五百块的奠仪，我的家人不知他是谁。

王大中在广场等候宣判时，另有一群被执者一起豁免，这也是个集体案件，免除死刑的人，大概不少。

台湾省文献委员会编《二二八事件文献辑录》记载，基隆市民朱丽水，二十一岁，被抓进基隆市警察局，送拘留所监禁。

基隆市警察局当时有十多间"牢房"，每天晚上都约有五六人被捉出去，然后听到一阵枪声，出去的人就没有再回来。直至白崇禧来台后，他们才被放出来，释放后未曾再被找过麻烦。

十几间牢房，大概关了不少人，父亲来台后，都释放了。父亲制止滥捕滥杀的命令，是通令，全省适用。当时关在牢里的死刑犯，一定有可观的人数，免于死劫者，可能有数百人之多。

1948年2月，父亲签呈主席蒋中正，称台湾二二八事件中受军法审判的人犯十三案，共三十四人，当中原判死刑者十八人，经过国防部复核之后，全部减为无期或有期徒刑，经蒋中正批示，"姑准如拟办理"。这份重要文件现存"国史馆"。对那十八名死刑犯来说，父亲这道签呈，又是一张"救命符"了。父亲回返南京，一心还是牵挂台湾二二八那些涉案囚犯。

因二二八被判徒刑，因父亲的命令而减刑或释放的，就更多了。我的第二位受访者陈永寿先生，其父陈长庚先生是台中地方法院的书记官，二二八时与法院其他文职人员，均以"叛乱"罪名被逮捕，入狱半年后释放。陈永寿先生认为，是我父亲命令的影响，陈长庚先生才得以释放。访问时，陈永寿先生携带他全家还有姊姊陈昭惠女士一家，前来向我致意，他们是主动来找我的，就是要表达对我父亲的感激。

我的第六位受访人是粟明德先生。粟明德是广西同乡，他的祖父、父亲与我父亲关系密切。我父亲晚年，粟明德经常陪伴他聊天，谈话中，父亲也透露了一些埋藏多年的心事。粟明德证实了我的看法：父亲在台湾受到严密监控，是因为他二二八宣慰善后处置得当，救了许多人的性命，在台湾民众间，有崇高的声望，由此犯了当局大忌。

1966年12月2日，父亲心脏病突发归真，追悼会上来祭悼者上千人，其中有许多台籍人士扶老携幼前来追念父亲。大部分人与我们并不相识，由他们众多挽联、挽诗看来，他们都借此表达感念父亲在二二八后来台宣慰留下的恩泽。

台湾岁月

　　台湾对于父亲也具有特殊意义。民国三十六年（1947年），台湾发生二二八事件，蒋中正派父亲以国防部长名义赴台宣抚善后。父亲于 3 月 17 日抵台，停留两个多星期。当时台湾已遭军队镇压，人民恐慌，人心惶惶。值此危疑震撼之际，父亲首要工作在于止痛疗伤，安定人心。父亲立即发布几项重要措施：以国防部名义命令全省军警情治单位停止滥杀，公开审判；有不少受刑人因父亲这道命令，被救回一命；参加过二二八的学生，不咎既往，并呼吁学生返校复学；父亲曾公开演讲，向青年学生喊话；父亲在台两个多星期间，由北至南，广泛接触并聆听各界人士意见，回到南京，父亲向蒋中正建议，撤换陈仪，撤职查办警备总部参谋长柯远芬。

　　二二八事件是台湾这一历史上的重大事件，父亲正是台湾这一历史时刻的参与者。

　　父亲于 1949 年 12 月 30 日自海南岛入台，用他自己的话说是"向历史交代"，与"中华民国"共存亡。父亲参加辛亥革命武昌起义、北伐、抗战、国共内战，他自己一生命运与民国息息相关，他选择台湾作为他最后归宿，最后他在台湾归真，是死得其所。

　　父亲在台湾并未担任要职，过了十七年平淡的日子。父亲身为陆军一级上将，此为终身职，在台期间，表面上享有一级上将的待遇，事实上暗地却遭情治人员监控跟踪。父亲对此极为愤恚，曾密函蒋中正诘问缘由。

父亲于 1966 年 12 月 2 日因心脏冠状动脉梗死逝世，享年七十三岁。关于父亲死因，两岸谣传纷纷，有的至为荒谬。起因为一位在台退休的情治人员谷正文的一篇文章。谷自称属于监控小组成员，文中捏造故事，谓受蒋中正命令用药酒毒害父亲。此纯属无稽之谈。父亲逝世当日，七弟先敬看到父亲遗容，平静安详，大概病发突然，没有受到太大痛苦。父亲丧礼举行"国葬"仪式，蒋中正第一个前往祭悼。

父亲在台湾十七年，伏枥处逆，亦能淡泊自适。他曾为郑成功祠天坛横匾题"仰不愧天"四字，这也是他一生写照。

父亲归真

1966 年 12 月 2 日，父亲因心脏病突发逝世，医生分析，是冠状动脉梗死。2 日一早，父亲原拟南下参加高雄加工区落成典礼。参谋吴祖堂来催请，才发觉父亲已经倒卧不起。前一天晚上，父亲还到马继援将军家中赴宴，回家后，大概凌晨时分突然病发。

当时我人在美国加州，噩耗是由三哥专诚从纽约打电话来通知的。当晚我整夜未眠，在黑暗的客厅中坐到天明。父亲骤然归真，我第一时间的反应不是悲伤，而是肃然起敬。父亲的辞世，我最深的感触，不仅是他个人的亡故，而且是一个时代的结束。跟着父亲一齐消逝的，是他身上承载着的沉重而又沉痛之历史记忆：辛亥革命、北伐、抗日、国共内战。我感到一阵坠入深渊的失落，像父亲那样钢铁般坚实的生命，以及他那个大起大落、轰轰烈烈的时代，转瞬间，竟也烟消云散成为过去。

父亲在台湾归真，是他死得其所。他一生为"党国"奋斗，出生入死，身后葬于台北六张犁公墓，那是他最终的归宿。

1949 年 12 月 30 日，父亲由海南岛海口入台湾，那正是天翻地覆的一刻，危疑震撼，谣诼四起，许多人劝阻父亲入台，认为台湾政治环境对父亲不利，恐有危险。当时父亲可以选择滞留香港，远走美国甚至中东伊斯兰国家，但他毅然回到台湾，用他的话说，这是——向历史交代。

当时朝鲜战争未起，解放军随时可以渡海攻打台湾。父亲参加过武汉辛亥革命，缔造民国；北伐打倒军阀，统一中国；抗战抵抗外敌，护卫国土。入台，是父亲当时唯一的选择；流亡海外老死异国，对他来说是不可思议的。他当然了解国民党的政治文化，亦深知他入台后可能遭遇到的风险，但他心中坦荡。

他在台湾的晚年过得并不平静，没有受到一个曾经对国家有过重大贡献的军人应该获得的尊重。父亲并未因此怀忧丧志。在台湾，他于逆境中，始终保持着一份凛然的尊严，因为他深信自己功在国家，他的历史地位，绝不是一些猥琐的特务跟监动作所能撼摇。台南天坛重修落成，他替郑成功书下"仰不愧天"的匾额；综观父亲一生，这四个字他自己也足以当之。

父亲的丧礼是按照最高标准的"国葬"仪式，出殡那天，在台北市立殡仪馆举行公祭，蒋中正以下，党政军高级官员及各界人士前往祭悼的达到千人。公祭仪式结束后，随即行盖棺礼，父亲官阶一级上将，按军礼规定由现役陆军一级上将顾祝同、周至柔、黄镇球、余汉谋共持巨幅青天白日满地红旗，覆盖棺木上，典礼仪式庄严隆重。出殡行列，由摩托车队开路，随后为军乐队及仪队，灵车经过时，路上很多军人均向灵车举手敬礼。父亲灵榇于12时20分运抵六张犁公墓，按伊斯兰教仪式下葬。伊斯兰教教长领导数百位伊斯兰教教友共同在墓前为父亲祈祷。

这次公祭，军人特别多，上自将官，下至士兵，在祭拜中对父亲都表达了一份由衷的崇敬，这也是数十年来父亲在军中建立的威望所致，父亲被尊为"当代最杰出战略家"，诸葛盛名，并非虚得。

前来祭悼的，还有许多本省人士、台籍父老，很多与父亲并不相识，携幼扶老，到父亲灵堂献花祭拜。由他们大量的挽联、挽诗中得知，他们前来吊唁，是因为感怀父亲在二二八事件善后措施中，对台湾民众所行的一些德政。公祭各方送来的挽联、挽诗、挽额、谍词，有数百帧，许多是父亲军中的同僚、部属撰写的，下笔都很公允，有的真情毕露，十分感人。父亲归真深深触动了他们的家国哀思，八方风雨一代名将遽然长逝。我在这里特别挑选出严庆龄先生的挽联，作为代表。严庆龄先生是从上海到台湾的企业家，裕隆汽车集团的创办人，他并非军政界人士，跟父亲并无私交，平日也无来往，但严先生那一辈的人，经过北伐、抗战，对父亲人格及事迹是有所认识的。

严庆龄先生的挽联，很能代表他那一代的中国人对父亲的评价：

> 治兵则寒敌胆，为政则得民心，秉笔记宏猷不让汾阳功业；
> 于党国矢忠诚，于顺逆能明辨，盖棺昭大节无惭诸葛声名。

严庆龄 敬挽

1966 年 12 月 9 日，父亲丧礼公祭在台北市立殡仪馆举行。

上午 7 时 50 分，蒋中正抵达殡仪馆灵堂，第一个向父亲灵前献花致祭。蒋面露戚容，神情悲肃，当天在所有前来公祭父亲的人当中，恐怕没有人比他对父亲之死有更深刻、更复杂的感触了。蒋、白之间长达四十年的恩怨分合，其纠结曲折、微妙多变，绝非三言两语说得清楚。

父亲与蒋中正四十年漫长的关系，分合之间，要分阶段。

民国十五年（1926 年）北伐，广州誓师，总司令蒋中正三顾茅庐，力邀父亲出任国民革命军参谋长，并兼东路军前敌总指挥，一路北上打到山海关，最后完成北伐。这个时期可以说是蒋、白两人共同打天下的阶段。

民国十七年（1928 年）北伐甫结束，突然爆发"蒋桂战争"，广西与中央对峙七年，蒋、白分离。民国二十六年（1937 年）七七事变，全面抗战开始，蒋中正派专机至广西将父亲接到南京，任命父亲为副参谋总长，并肩抗战八年，得到最后胜利。抗战时期，蒋对父亲颇为倚重，重要战役如台儿庄之役、三次长沙会战、昆仑关之役等，莫不赋以重任。

抗战胜利后，蒋中正任命父亲为第一任国防部长。可是，国共内战后期因父亲助李宗仁选副总统，蒋、白之间又出现了嫌隙。民国三十七年（1948 年）因淮海战役及其后遗症，更因两封吁请国际调停的电报，蒋、白濒临决裂。

在台湾十七年，蒋中正与父亲的关系，始终没有完全修复。

持平而论，蒋中正对父亲的军事才能是深有所知的。在国家安危的关键时刻，蒋往往会派遣父亲前往解决困难，如指挥台儿庄之役，督战四平街之役，二二八事件赴台宣慰等，在在都显示蒋对父亲的器重。但蒋中正用人，对领袖忠贞是首要条件，父亲个性刚毅正直，不齿唯唯诺诺，而且有关国家大事，经常直言不讳，加上父亲的"桂系"背景，蒋对父亲的忠贞是有所疑虑的，并不完全信任。

事实上，父亲一直是蒋中正的最高军事幕僚长，扮演着襄赞元戎的角色，绝无"取而代之"的僭越之想。李宗仁选副总统，父亲最初是强烈反对的。1949年淮海战役，国民党军溃败，蒋中正下野，李宗仁任代总统，那也是大势所逼。事实上，当时党政军的资源还是由蒋掌握在手，他自己不引退，没有人能够强迫他。"逼宫"之说，并非事实。父亲一生把国家利益放在最前面，当时国民党政权危在旦夕，父亲才"不避斧钺"上书蒋中正，提议敦促美、英、苏三国出面调解和平。

现在台湾及大陆一些人论及父亲与蒋中正的关系，往往喜欢夸大两人之间的矛盾，而且把矛盾变得琐碎。其实蒋、白两人之间的冲突，首先在二人的个性，二雄难以并立，两个强人相处，冲撞势必难免。而且古有明训："勇略震主者身危，而功盖天下者不赏。"其次，是两人在政策方面意见分歧时起的冲突，比如淮海战役，父亲与蒋中正在这关系重大的战役上，出现激烈争执，前后因果，使两人之间的关系产生难以弥合的裂痕。但论者往往忽略了，蒋中正与父亲也有过长期紧密合作而得到良好结果的关系，父亲在北伐、抗战所立的战功，亦是蒋充分授权下得以完成的。蒋中正与父亲的和分，往往影响国家的安危。父亲曾感叹过："总统是重用我的，可惜我有些话他没有听。"他所指的大概是他对四平街之役、淮海战役的一些献策吧。

楚汉相争，大将韩信替汉高祖刘邦打下天下，功高震主，鸟尽弓藏，兔死狗烹，为吕后、萧何设计残害于长乐宫。《史记·淮阴侯列传》记载高祖"见信死，且喜且怜之"，这是太史公司马迁对人性了解最深刻的一笔。君臣一体，自古所难。

新桂系信史
——黄旭初回忆录的重要性

新桂系作为一个军事集团，在民国史上从北伐、抗战，到国共内战，都扮演了举足轻重的角色，因此新桂系历史，在民国史上亦应有一定的重要性，但是因为新桂系在国民党军队中，并不属于中央嫡系，在国民党当局官方军史上，记载并不详实，有时刻意疏漏，甚至扭曲。因此，原广西省主席黄旭初的回忆录，便弥足珍贵，补偿了当局官方历史的不足。

新桂系领袖以李宗仁、白崇禧为首，黄旭初位列第三，李、白、黄有"广西三杰"之称，前三杰为李、白加黄绍竑。李、白长年在中央任职，唯有黄旭初固守广西，主政广西近二十年，有"广西大管家"之称。黄旭初与李、白关系亲密，深得二人信任倚重，他对二人之军政生涯，尤其是李、白与蒋介石之间的恩怨分合，了如指掌，详加记载。

1949 年国共内战，国民党军溃败，黄旭初于 12 月 21 日由海南岛飞香港，没有入台，一直寓居香港，至 1975 年逝世，享年八十四岁。黄旭初长居香港，开始撰写他的回忆文章，多发表在香港《春秋》杂志上，共一百三十万言，其中《广西与中央二十余年来悲欢离合忆述》最令人注目，黄旭初以参与者及旁观者的双重身份，分析广西与中央自北伐开始，直至 1949

年国民党败退，二十多年来分分合合、盘根错节的复杂关系。黄旭初有记日记的习惯，叙述多有根据，下笔井井有条，其为人谨慎，行事笃实，20 世纪 30 年代，建设广西，父亲总管其事，黄旭初便为其最得力的执行者，父亲托以重任，因其诚信可靠。黄旭初的回忆录，可以说是一部新桂系信史，有极高的参考价值。

2015 年 1 月独立作家出版社出版了第一部《黄旭初回忆录》，由蔡登山教授主编，始出版即引起史学界的重视。如今第二部《黄旭初回忆录》即将问世，由同一出版社出版，此册回忆录侧重李宗仁、白崇禧、黄绍竑三位新桂系领袖的生平事迹、轶事秘闻。其中有关父亲白崇禧的部分，有几件大事由黄旭初讲来特别具有意义，可信度高。两岸一直流传着一个说法：白崇禧三次逼蒋介石下野。事实上蒋介石每次下野均为大势所逼，以退为进，非任何个人所能胁迫，父亲在国民党权力结构中，无论军权、政权皆不足以左右蒋介石之进退。

据黄旭初论述，1927 年北伐途中，宁汉分裂，8 月，蒋介石下野，当时谣传"蒋总司令下野，为李宗仁、白崇禧和何应钦所逼成"，但此事真相，据李宗仁亲口告诉黄旭初，并非如此。当时徐州方面，蒋介石率军作战，吃了败仗，8 月 6 日返南京召见李宗仁，一见面便说："这次徐州战役，没有听你的话，吃了大亏，我现在决定下野了！"李宗仁大吃一惊，忙道："胜败兵家常事，为什么要这样说呢？"蒋介石说："你不知道，其中情形复杂得很，武汉方面一定要我下野，否则劫难难以干休，那我下野就是了。"原来武汉汪精卫政府，以武力逼蒋下野，唐生智领军蓄势待发。李宗仁力陈刻下局势十分紧张，孙传芳军威胁首都，武汉方面又派兵东进，请蒋顾全大局，不要下野。蒋说："我下野后，军事方面，有你和白崇禧、何应钦三人，可以应付得了孙传芳，而武汉东进的部队，最少可以因此延缓。"其实蒋介石曾派褚民谊赴汉口与汪精卫商洽，褚民谊与汪私交甚深，但仍未获谅解。蒋介石为形势所逼，终于下野，宁汉对立危机，因此消除。李宗仁如此结论：

> 当时外间不明真相，且有部分党人以讹传讹，歪曲事实，硬把罪名加到我和何应钦、白崇禧的头上，说蒋的下野，是我们三人"逼宫"使然，恰和事实完全相反。那时白崇禧在苏北军中指挥作战，不知此事。据我所知，何应钦当时也力劝总司令打消辞意，绝无逼其下野的事。

李宗仁对黄旭初这段亲口叙述，应当接近事实真相。

父亲白崇禧将军与蒋介石的关系长达四十年，相生相克，极为微妙复杂，恩怨难分，爱恨交加。北伐军兴，蒋力邀当年仅三十三岁的父亲充当国民革命军的参谋长，充分显示蒋对白的器重，但北伐刚完毕，蒋便策动"灭桂"计划，发动"蒋桂战争"，欲置白于死地。引黄旭初的话："蒋先生确实深爱白崇禧的长才，但又每每对他不满，真是矛盾！"据黄引述，北伐期间，一次，党国元老、蒋介石亲信张静江对李济深、李宗仁说：

> 蒋先生和各元老谈话，常露对白氏的批评，谓其不守范围。我曾为此与蒋先生辩论，以为他所直接指挥下各将官，论功论才，白崇禧都属第一等，值此军事时期，既求才若渴，应对白氏完全信任，使能充分发展所长，不可稍

存抑制心理，但蒋先生总是说："白崇禧是行，但是和我总是合不来，我不知道为什么不喜欢他。"

张静江转述蒋介石这段话，生动地描述了蒋、白之间的矛盾关系，这是北伐时期，日后大凡如此。蒋"不知道为什么不喜欢他"，原因值得深究玩味。李宗仁对白的评语是："才大心细，遇事往往独断独行。"父亲北伐期间，屡建奇功，南昌之役，蒋亲自领军，却被孙传芳部击溃，父亲增援，则大破孙军，后率第四集团军一路打进北平，最后完成北伐，时年三十五岁。父亲少年得志，锋芒太露，功高震主，而不知收敛，不免触犯上级，招来"灭桂"之祸。

父亲与黄旭初在大陆期间时有书信往来，本书收集了多封父亲任职华中"剿匪总司令"驻扎武汉时的信件，当时国共内战，国民党军节节败退，濒临崩溃，父亲忧心如焚，浮于纸上。父亲入台后，两人通信就困难了，父亲受到当局严密监控，与海外桂系同僚多断绝来往，1952年，黄旭初托日本友人携带一短笺问候父亲，父亲竟未回复，八年后始托人向黄解释：当时环境极为恶劣，与香港桂系同僚书信来往，是当局大忌。黄这才明了父亲在台湾处境之艰难。

20世纪70年代初，黄旭初来过一次台湾。七弟先敬驾车送他到六张犁公墓父亲坟上致哀，黄旭初形容憔悴，神情怅然，独自在父亲墓前伫立良久。经此地覆天翻之际，新桂系风流云散，当年叱咤风云的革命旧友，一一飘零，广西三杰中的"大管家"，能不满怀凄怆。1966年12月2日父亲在台逝世，黄旭初在香港写下挽联，追述父亲一生军功，并感慨两人未竟之大业：

从建立策源地而北伐，从结束阋墙而御侮，数千里纵横驰骋，名满山河，志大未全伸，抗日回天功特著；

　　在共事模范营为少时，在分头服务为中岁，四十年声应气求，心存乡国，老来空有约，乘风话语愿终虚。

第二辑　历史与文化

一幅苦难深重的流离图

——《抗战中的中国人民》

黛安娜（Diana Lary）教授是民国史专家，著作等身，近期的重要作品有《中国共和政体史》（*The China's Republic*）、《社会史观下的中国内战》（*China's Civil War：A Social History，1945－1949*）等。黛安娜教授还是桂系研究权威。1975年出版的《中国政坛上的桂系》（*Kwangsi Clique in Chinese Politics，1925－1937*）乃最早的一本研究桂系之英文著作。这些著作皆由剑桥大学出版。

2010年出版的《抗战中的中国人民》（*Chinese People at War：Human Suffering and Social Transformation，1937－1945*）系黛安娜教授的力作，这本书生动地刻画出一幅中国人民全面抗战八年苦难深重的流离图，令人读后深深感动。黛安娜教授如此形容这场异族侵华的大灾难：

> 八年抗日战争（1937—1945）是中国历史上最动荡、混乱的时期之一。这是个勇气与牺牲的年代，也是个受难和损失的时代。

这场战争的规模，和它带来的牺牲之惨烈，全都空前而巨大，几乎难以用笔墨描述。

的确，这场 20 世纪日本军国主义侵华的战争，其规模之广，从东北到西南两广，中国几乎半壁江山落入敌手；而时间之长，如果从 1931 年九一八事变算起，则是十四年之久，造成中国社会、民众的损失，根本难以用数字计算，估计有两三千万人丧失生命，比整个台湾的人口还要多。国军官兵的死亡达三百多万人。人民财产的巨大损失，已经无法列表，中国社会架构全面崩溃。1945 年抗战胜利时，中国已经打得国困民贫，经济上通货膨胀失控，人民元气大伤，这一场胜利可说是惨胜。

西方历史学家书写中国近代史，多侧重在 1937 年全面抗战以前，或者 1949 年中华人民共和国成立以后，中间全面抗战八年，却多所避讳。最近英国学者芮纳·米德（Rana Mitter）的抗战史《被遗忘的盟友》（*Forgotten Ally*：*China's World War* II，1937 – 1945），其命名可见一斑，中国如此惨烈的战争，西方学者却选择"遗忘"。即使如米德等人的著作，也多从军事、政治、外交方面来论述抗战，至于当时中国人民的深重苦难，中国社会的分崩离析，则着墨不多。黛安娜教授的《抗战中的中国人民》则是一个例外。作为一个历史学者，黛安娜教授分析这场战争当然保持她应有的客观冷静态度，但这本书的重大意义，更在于她能撇开战争的表象，而直接切入战时中国社会的深层，接触到中国人民流离失所、家破人亡的深重苦难。三千万人的死亡，对她来说不只是一个冷冰冰的研究数字，而且是中国历史上一场血淋淋的大悲剧。黛安娜教授以同情怜悯之心，替饱受战争蹂躏的中国人民，记录下他们的劫难如山的悲惨故事。

黛安娜教授这本著作的重要主题之一是由抗战引发的社会变迁（social transformation），她参考大量的文献资料，包括报道、回忆、文艺作品、电影、歌曲，其中有不少名人现身说法的回忆文章、小说诗歌，如学者费孝通、蒋梦麟的文章，作家老舍的《四世同堂》、巴金的《寒夜》，电影《一江春水向东流》等。根据当事人的自述，和当时文艺作品及报道的反映，拼凑出一幅中国人民妻离子散、家破人亡的战乱流离图，极富真实感及现场感。

中国历史不乏战乱迁徙，西晋东迁，北宋南渡，都是著名的动荡时代，但无论如何，也没有像抗战那样触发如此巨大的难民潮。黛安娜教授引述的各省逃难民众的数据，相当惊人：全国总共九千五百多万人，占总人口百分之二十六。重灾区如河南、湖南、江苏、山东，都有千万人以上，占全省百分之四十多。日军攻打中国，对中国人民采取残暴恐怖政策，以达到震慑高压、最后征服中国的目的。除了南京大屠杀三十万军民丧命，其他各地的屠杀事件亦层出不穷。日军奸淫掳掠，引起占领区百姓的极大恐慌，于是百姓纷纷弃家出走，逃向西南后方，形成中国历史上最大的逃亡潮。

以笔者家乡广西为例，日军侵犯广西两次：1939 年，日军攻打桂南，时间尚短，并在昆仑关吃了一次大败仗；第二次，1944 年桂柳会战，十一个月间，广西军民遭到重创，引起抗战中最著名的一次逃难"湘桂大撤退"。广西难民两百五十多万，占全省人口百分之二十多。八年全面抗战，广西人民死亡二百一十万，广西官兵五十多万为国牺牲。广西遭受战争破坏之惨烈，笔者身历其境。"湘桂大撤退"，笔者父母两家八十余人，由母亲率领，仓皇登上最后一班火车，逃离桂林，火车顶上早已挤满难民，桂林全城一片火海，我军实施"焦土抗战"，日军进城前，所有建筑、交通设施、物资，毁于一炬；五万七千多家房屋只剩下四百七十余家，我们家的两处住宅，也片瓦无存。桂林保卫战，日军猛烈进攻，守军不敌溃败，残余桂军最后拼死保卫家乡，防守司令部参谋长陈济桓、第三十一军参谋长吕旃蒙，均壮烈牺牲，第一三一师师长阚维雍自杀。日军使用毒气，各据点成百上千的守军被毒气窒息，杀死在岩洞中。普陀山七星岩里，退入八百多最后抵抗的守军，日军施放瓦斯毒气、喷火，八百多名中国官兵全数殉难，这是广西版的"八百壮士"。笔者在桂林读小学时，远足参观钟乳石林立的七星岩奇观，璀璨瑰丽，宛若仙境，未料抗战时，却变成爱国壮士葬身的尸窟。广西省境有四分之三——七十五个县沦陷，受日军践踏近一年。

八年全面抗战引发了中国难民大规模的流离迁徙，黛安娜教授认为，这场兵祸，彻底动摇了中国社会的根基，颠覆了中国社会的传统架构。农村的家族制度原为中国传统社会的稳定力量，因大量青年人口外逃流失而解体。城市因日军无情轰炸，家屋毁于一旦，精英分子，纷纷逃离，物质的破坏与精神的挫伤，中产阶级的弱化，使城市的家庭结构也濒临崩溃。战乱对人民的创伤，是情感上的，也是心理上的，其痛苦沮丧，难以形容，而对中国社会的打击，更是致命的。战后，中国所谓的"旧社会"分崩瓦解，成为一片废墟。黛安娜教授在此提出了一个重要的观点：战后国民政府的虚弱及中国社会之动荡不安，正好给予了中国共产党崛起的机会。

抗战结束，中国人民并没有尝到胜利的果实，旋即国共内战又起，战乱再延续四年。人民厌战心理，通货膨胀造成的生活艰苦，失业破产，造成大量民众失望幻灭：

> 他们的梦想与事业企图心，都因为抗战而遭到摧毁。
> 他们正在找寻一个新社会、一个很可能是经由革命而造就
> 的新社会。

最后黛安娜教授引述夏志清教授在他的名著《中国现代小说史》中一段话，形容当时失望幻灭的中国人民：

> 他们很自然地把自己的苦恼，一股脑儿推到无能又贪
> 污的政府身上去。

对于中国抵抗日军侵略的八年全面抗战，黛安娜教授抱持"同情的了解"之态度。她清楚中国军队与日军相比，军备、训练各方面皆有天壤之别，日军有备而来，中国军队仓促上阵，客观上这场战争似乎胜败已定，难怪日军口出狂言，三个月要解决中国的战事。当时世界各国也不看好中国，可是黛安娜教授指出来，日本却忽略了中国一股隐形的强大力量，这就是中华民族坚忍不拔的精神。她用英文 endurance 一词，指明中国传统的民族精神。如岳飞《满江红》"还我河山"的气概，结合了辛亥革命、五四运动一股现代的爱国热情，筑成中华民族抵抗外侮的血肉长城，也正是当时响彻全国的《义勇军进行曲》振奋人心的歌声中传达出来的，中国人民抗战到底的决心。

黛安娜教授称赞全面抗战头几年中国军民抵死抗敌的勇气与牺牲精神，如张自忠将军壮烈成仁。但她也惋惜经过长期抗

战，中国军民人困马乏，军心渐渐涣散，失去前期奋勇高昂的士气。人民因为不知战争何时了结，看不到未来，也逐渐失望幻灭。她对于国民政府在抗战期间一些造成灾害的措施，亦提出公平严正的批评，如1938年的"长沙大火"，造成人民财产巨大损失，与河南花园口黄河决堤相提并论。抗战最后一两年，中国军队几乎支撑不住。不过这时日军亦是强弩之末，太平洋战争节节失利，最后本土吃了两颗原子弹而结束战争。

黛安娜教授在结论中指出，无论从哪方面来说，八年全面抗战对中国都是一场史无前例的大浩劫，而且影响深远。

《抗战中的中国人民》译者廖彦博乃青年历史学者，曾译有魏斐德教授（Frederic Wakeman, Jr.）名著《大清帝国的衰亡》（*The Fall of Imperial China*），并撰写抗战史《决胜看八年：抗战史新视界》。廖彦博译笔流畅精确，颇能掌握原作者之语调态度，这是一本引人入胜的历史译作。

海外孤臣竟不归

1949 年国民政府败退台湾，同年 10 月 1 日，毛泽东在北京天安门城楼上宣布中华人民共和国成立，但此时国共内战其实并没有完全结束。西南广西、云南的边境，国民党军的残余部队与解放军仍在作最后的殊死战。国民党军华中"剿总"部队与林彪四野从武汉一路交锋厮杀，其中黄杰带领的第一兵团，撤退广西边境，与解放军最后一搏，1949 年底流亡越南，官兵、军眷，三万余人被越南法国政府软禁在富国岛，成为流落异域的一群孤臣孽子，直至 1951 年底，被困富国岛的国民党军官兵，集体绝食抗议，联合国干涉，才得运回台湾。但也有一千五百人，在地生根，成了华侨。

广西境内，华中部队中的桂军，溃散之后，一些广西子弟，不肯投降，成群结队逃到十万大山中打游击去了，聚合广西的民团、游杂部队，人数也增至三万余，成立"粤桂边区反共救国军"，下山突击暴乱。解放军严加围剿，至 1952 年，才全部肃清。

另外一支孤军，由李弥将军率领，从云南入缅甸，最后抵达泰北。这支孤军原属李弥麾下第八军二三七师，及二十六军九十三师，再加上云南、广西、贵州南部，省、县、市、乡镇各级政府官员、家人眷属、民众百姓，逃难人员浩浩荡荡有二三十万人之众。这批流亡泰北的孤臣孽子命运比那群困居越南富国岛的部队还要凄惨。蒋中正下令将富国岛部队迎回台湾，泰北的残军却留驻原地，继续进行游击战。李弥所领的部队及眷属起初在缅甸北境，瘴疠之区、热带丛林中，过着无电无水的原始生活。后来，李弥返台后，李文焕、段希文二位军长带领第三军、第五军组成"志愿军"帮助泰国政府扫荡泰共，才取得泰北居留权，但却被局限在金三角清莱、美斯乐等地，变成无国籍的一群难民。虽然后来有部分得以遣返台湾，但还有七八万孤军及后裔留在泰北，就此流落异域，过着次等公民的悲惨生涯。随着"反攻复国"梦想的破灭，这支泰北孤军，也就渐渐被冷落，被人们遗忘。柏杨的小说《异域》的主角邓克保，便是满怀悲愤的泰北孤军，最后回到台湾，对当局的冷漠大失所望，又返转妻小埋骨的泰北伤心地。朱延平把《异域》拍成电影，庹宗华饰邓克保一角，有动人的演出。《异域》小说、电影，曾引起人们关注泰北孤军，然而也只是昙花一现。

1994 年慈济功德会正式大举入泰北援助孤军及其后裔，数年间造村四座，办学校、医院、接管养老院，让那些孤苦无依的老兵，晚年有所养。姚白芳是慈济资深信徒，她在慈济支持泰北队伍的过程中担任重要角色，这些年曾经深入泰北数十次。那些海外孤臣老兵的故事，深深打动了她，她的小说《满江红》便是写这些孤臣孽子悲欢离合的命运。柏杨写《异域》，他本人并未亲入泰北，只是听来的故事。姚白芳写谭绍筠的悲凉身世，却似乎事有所本，有几分真实性。小说的动人片段在叙述谭绍筠、谭绍竹，一对因战乱失散六十年的手足，以及绍筠、杜若这对五十三年未能谋面的情侣，最后临终在泰北见面。绍筠曾是一位爱国热血青年，投笔从戎，参加青年军抗日，最后变成泰北孤军，而且在战争中失去一腿，沦落在泰北，成为一个自我放逐的伤残老兵。谭绍筠的故事，反映了一个天翻地覆时代的悲剧。

姚白芳巧妙地在小说中用明朝大书画家文徵明的一卷《满江红》法帖，串连了几个人物的一段绵绵悲情。文徵明这首咏史词相当著名，词中除为抗金大将岳飞冤死风波亭抱不平外，还直指高宗赵构才是残害忠良的背后主谋。词意辛辣，颇不留情。如果以文徵明的《满江红》以古喻今，像邓克保、谭绍筠这些海外孤臣的悲惨下场，又是谁的错误造成的呢？

据说泰北老兵当今只剩下寥寥数人，他们的下场，大概也只有埋骨异域，独向孤月了。

少小离家老大回

2000年1月间，我又重返故乡桂林一次，香港电视台要拍摄一部有关于我的纪录片，要我"从头说起"。如要追根究底，就得一直追到我们桂林会仙镇山尾村的老家去了。我们白家的祖坟安葬在山尾村，从桂林开车去，有一个钟头的行程。1月那几天，桂林天气冷得反常，降到二摄氏度。在一个天寒地冻的下午，我与香港电视台人员，坐了一辆中型巴士，由两位本家的堂兄弟领路，寻寻觅觅开到了山尾村。山尾村有不少回民，我们的祖坟便在山尾村的回民墓园中。走过一大段泥泞路，再爬上一片黄土坡，终于来到了我们太高祖榕华公的祖墓前。

按照我们族谱记载，原来我们这一族的始祖是伯笃鲁丁公，光看这个姓名就知道我们的祖先不是汉人了。伯笃鲁丁公是元朝的进士，在南京做官。元朝的统治者歧视汉人，朝廷上任用了不少外国人，我们的祖先大概是从中亚细亚迁来的回族，到了伯笃鲁丁公已在中国好几代了，落籍在江南江宁府。有些地方把我的籍贯写成江苏南京，未免扯得太远，这要追溯到元朝的原籍去呢。

从前中国人重视族谱，讲究慎终追远，最怕别人批评数典忘祖，所以祖宗十八代盘根错节的传承关系记得清清楚楚，尤

124

其喜欢记载列祖的功名。大概中国人从前真的很相信"龙生龙，凤生凤"那一套"血统论"吧。但现在看来，中国人重视家族世代相传，还真有点道理。近年来遗传基因的研究在生物学界刮起狂飙，最近连"人类基因图谱"都解构出来，据说这部"生命之书"日后将解答许多人类来源的秘密，遗传学又将大行其道，家族基因的研究大概也会随之变得热门。其实我们每个人的身体里，好的坏的，不知负载了多少我们祖先代代相传下来的基因。据我观察，我们家族，不论男女，都隐伏着一脉桀骜不驯自由不羁的性格，与揖让进退循规蹈矩的中原汉族，总有点格格不入，大概我们的始祖伯笃鲁丁公的确遗传给我们不少西域游牧民族的强悍基因吧，不过我们这一族，在广西住久了，熏染上当地一些"蛮风"，也是有的。我还是相信遗传与环境分庭抗礼，是决定一个人的性格与命运的两大因素。

十五世，传到了榕华公，而我们这一族人也早改了汉姓姓白了。榕华公是本族的中兴之祖，所以他的事迹也特别为我们族人津津乐道，甚至还加上些许神话色彩。据说榕华公的母亲一日在一棵老榕树下面打盹，有神仙托梦给她，说她命中应得贵子，醒后便怀了孕，这就是榕华公命名的由来。后来榕华公果然中了乾隆甲午科的进士，当年桂林人考科举中进士大概是件天大的事，长期以来，桂林郡都被中原朝廷目为"遐荒化外"之地，是流放谪吏的去处。不过桂林也曾出过一个"三元及第"的陈继昌，他是清廷重臣陈宏谋的孙子，总算替桂林人争回些面子。

我们这一族到了榕华公大概已经破落得不像样了，所以榕华公少年时才会上桂林城到一位本家开的商店里去当学徒，店主看见这个后生有志向肯上进，便资助他读书应考，一举而中。榕华公曾到四川出任开县的知县，调署茂州，任内颇有政绩。榕华公看来很有科学头脑，当时茂州农田害虫甚多，尤以蚂蟥为最，人畜农作都被啮伤，耕地因而荒芜，人民生活困苦。榕华公教当地人民掘土造窑烧石灰，以石灰撒播田中，因发高热，蚂蟥蔓草统统烧死，草灰作为肥料，农产才渐渐丰收，州民感激，这件事载入了地方志。榕华公告老还乡后，定居在桂林山尾村，从此山尾村便成了我们这一族人的发祥地。

榕华公的墓是一座长方形的石棺，建得相当端庄厚重，在列祖墓中，自有一番领袖群伦的恢宏气势。这座墓是父亲于民国十四年（1925年）重建的，墓碑上刻有父亲的名字及修建日期。山尾村四周环山，举目望去，无一处不是奇峰秀岭。当初榕华公选择山尾村作为终老之乡是有眼光的，这个地方的风水一定有其特别吉祥之处，"文革"期间"破四旧"，许多人家的祖坟都被铲除一空，而榕华公的墓却好端端的，似有天佑，丝毫无损，躲过了"文革"这一浩劫。

从小父亲便常常讲榕华公的中兴事迹给我们听。我想榕华公苦读出头的榜样，很可能就是父亲心中励志的模范。我们白家到了父亲时，因为祖父早殁，家道又中落了，跟榕华公一样，小时进学都有困难。有一则关于父亲求学的故事，我想对父亲最是刻骨铭心，恐怕影响了他的一生。父亲五岁在家乡山尾村就读私塾，后来邻村六塘圩成立了一间新式小学，师资较佳，父亲的满叔志业公便带领父亲到六塘父亲的八舅父马小甫家，希望八舅公能帮助父亲进六塘小学。八舅公是个家开当铺，嫌贫爱富的人，他指着父亲对满叔公说道："还读什么书？去当学徒算了！"这句话对小小年纪的父亲，恐怕已造成"心灵创伤"（trauma）。父亲本来天资聪敏过人，从小就心比天高，这口气大概是难以下咽的。后来得满叔公之助，父亲入学后，便拼命念书，发愤图强，虽然他日后成为军事家，但他一生总把教育放在第一位。在家里，逼我们读书，绝不松手，在前线打仗，打电话回来给母亲，第一件事问起的，就是我们在校的成绩。大概父亲生怕我们会变成纨绔子弟，这是他最憎恶的一类人，所以我们的学业，他抓得紧紧的。到今天，我的哥哥姐姐谈起父亲在饭桌上考问他们的算术"九九"表还心有余悸，大家的结论是，父亲自己小时读书吃足苦头，所以有"补偿心理"。

父亲最爱惜的是一些像他一样家境清寒而有志向学的青年。他曾帮助过大批广西子弟及信仰伊斯兰教的学生到外国去留学深造。我记得我大姐有一位在桂林中山中学的同学，叫李崇桂，就是因为她在校成绩特优，是天才型的学生，而且家里贫寒，父亲竟一直盘送她到北京去念大学，后来她当了清华的物理教授。李崇桂现在应该还在北京。

会仙镇上有一座东山小学，是父亲 1940 年捐款兴建的，迄今仍在。我们的巴士经过小学门口，刚好放学，成百的孩子，一阵喧哗，此呼彼应，往田野中奔去。父亲当年兴学，大概也就是希望看到这幅景象吧：他家乡每一个儿童都有受教育的机会。如果当年不是辛亥革命，父亲很有可能留在家乡当一名小学教师呢。他十八岁那年还在师范学校念书，辛亥革命爆发，父亲与从前陆军小学同学多人，加入了"广西北伐学生敢死队"，北上武昌去参加革命。家里长辈一致反对，派了人到桂林北门把守，要把父亲拦回去。父亲将步枪托交给同队同学，自己却从西门溜出去了，翻过几座山，老人山、溜马山，才赶上队伍。这支学生敢死队，就这样轰轰烈烈地开往武昌，加入了历史的洪流。父亲那一步跨出桂林城门，也就改变了他一生的命运。

从前在桂林，父亲难得从前线回来。每次回来，便会带我们下乡到山尾村去探望祖母，当然也会去祭拜榕华公的陵墓。那时候年纪小，五六岁，但有些事却记得清清楚楚。比如说，到山尾村的路上，在车中父亲一路教我们兄弟姐妹合唱岳飞作词的那首《满江红》。那恐怕是他唯一会唱的歌吧，他唱起来，带着些广西土腔，但唱得慷慨激昂，唱到最后"待从头收拾旧山河，朝天阙"，他的声音高亢，颇为悲壮。很多年后，我才体会过来，那时正值抗战，烽火连城，日本人侵占了中国大片土地。岳武穆兴复宋室，还我河山的壮志，亦正是父亲当年抵御外侮，捍卫国土的激烈怀抱。日后我每逢听到《满江红》这首歌，心中总有一种说不出的感动。

到桂林之前，我先去了台北，到台北近郊六张犁公墓替父母亲走过坟。我们在那里建了一座白家墓园，取名"榕荫堂"，是父亲自己取的，大概就是向榕华公遥遥致敬吧。我的大哥先道、三姐先明也葬在榕荫堂内。榕华公的一支"余荫"就这样安息在十万八千里外的海岛上了。墓园内起了座伊斯兰教礼拜的邦克楼模型，石基上刻下父亲的遗墨，一副挽吊延平郡王郑成功的对联：

孤臣秉孤忠，五马奔江，留取汗青垂宇宙；
正人扶正义，七鲲拓土，莫将成败论英雄。

1947 年父亲因二二八事件到台湾宣抚，到台南时，在延平郡王祠写下这副挽联，是他对失败英雄郑成功一心恢复明祚的孤忠大义的一番敬悼。恐怕那时，他万没有料到，有一天自己竟也星沉海外，瀛岛归真。

我于1944年湘桂大撤退时离开桂林，就再没有回过山尾村，算一算，五十六年。"四明狂客"贺知章罢官返乡写下他那首动人的名诗《回乡偶书》：

> 少小离家老大回，乡音无改鬓毛衰。
> 儿童相见不相识，笑问客从何处来。

我的乡音也没有改，还能说得一口桂林话。在外面说普通话、说英文，见了上海人说上海话，见了广东人说广东话，因为从小逃难，到处跑，学得南腔北调。在美国住了三十多年，又得常常说外国话。但奇怪的是，我写文章，心中默诵，用的竟都是乡音，看书也如此。语言的力量不可思议，而且先入为主，最先学会的语言，一旦占据了脑中的记忆之库，后学的其他语言真还不容易完全替代呢。我回到山尾村，村里儿童将我团团围住，指指点点，大概很少有外客到那里去。当我一开腔，却是满口乡音，那些孩子首先是面面相觑，不敢置信，随即爆笑起来，原来是个桂林老乡！因为没有料到，所以觉得好笑，而且笑得很开心。

村里通到祖母旧居的那条石板路，我依稀记得，迎面扑来呛鼻的牛粪味，还是五十多年前那般浓烈，那般熟悉。那时父亲带我们下乡探望祖母，一进村子，首先闻到的，就是这股气味。村里的宗亲知道我要回乡，都过来打招呼，有几位，还是"先"字辈的，看来是一群老人，探问之下，原来跟我年纪不相上下，我心中不禁暗吃一惊。从前踏过这条石径，自己还是"少小"，再回头重走这一条路，竟已"老大"。如此匆匆岁月，心理上还来不及准备，五十六年，惊风飘过。

我明明记得最后那次下乡，是为了庆祝祖母寿辰。父亲领着我们走到这条石径上，村里许多乡亲也出来迎接。老一辈的叫父亲的小名"桂五"，与父亲同辈的就叫他"桂五哥"。那次替祖母做寿，搭台唱戏，唱桂戏的几位名角都上了台。那天唱的是《打金枝》，是出郭子仪上寿的应景戏。桂剧皇后小金凤饰公主金枝女，露凝香反串驸马郭暖。戏台搭在露天，那天风很大，吹得戏台上的布幔都飘了起来，金枝女身上粉红色的戏装颤抖抖的。驸马郭暖举起拳头气呼呼要打金枝女，金枝女一撒娇便嘤嘤地哭了起来，于是台下村里的观众都乐得笑了。晚上大伯妈给我们讲戏，她说金枝女自恃是公主拿架子，不肯去跟公公郭子仪拜寿，所以她老公要打她。我们大伯妈是个大戏迷，小金凤、露凝香，还有好几个桂戏的角儿都拜她做干妈。大伯妈是典型的桂林人，出口成章，妙语如珠，她是个彻头彻尾的享乐主义者，她有几句口头禅：

酒是糯米汤，不吃心里慌。
烟枪当拐杖，拄起上天堂。

她既不喝酒，当然也不抽大烟，那只是她一个潇洒的姿态罢了。后来去了台湾，环境大不如前，她仍乐观，自嘲是"戏子流落赶小场"。她坐在院中，会突然无缘无故拍起大腿迸出几句桂戏来，大概她又想起她从前在桂林的风光日子以及她的那些干女儿们来了。大伯妈痛痛快快地一直活到九十五。

祖母的老屋还在那里，只剩下前屋，后屋不见了。六叔的房子、二姑妈的都还在。当然，都破旧得摇摇欲坠了。祖母一直住在山尾村老家，到"湘桂大撤退"前夕才搬进城跟我们住。祖母那时已有九十高龄，不习惯城里生活。父亲便在山尾村特别为她建了一幢楼房，四周是骑楼，围着中间一个天井。房子剥落了，可是骑楼的雕栏仍在，隐约可以印证当年的风貌。父亲侍奉祖母特别孝顺，是为了报答祖母当年持家的艰辛。而且祖母对父亲又分外器重，排除万难，供他念书。有时父亲深夜苦读，祖母就在一旁针线相伴，慰勉他。冬天，父亲脚上生冻疮，祖母就从灶里掏出热草灰来替父亲渥脚取暖，让父亲安心把四书五经背熟。这些事父亲到了老年提起来，脸上还有孺慕之情。祖母必定智慧过人，她的四个媳妇竟没说过她半句坏话，这是项了不起的成就。老太太深明大义，以德服人，颇有点贾母的派头。后来她搬到我们桂林家中，就住在我的隔壁房。每日她另外开伙，我到她房间，她便招我过去，分半碗鸡汤给我喝，她对小孩子这份善意，却产生了没有料到的后果。原来祖母患有肺病，一直没有发觉。我就是那样被染上了，一病五年，病掉了我大半个童年。

我临离开山尾村，到一位"先"字辈的宗亲家去小坐了片刻。"先"字辈的老人从米缸里掏出了两只瓷碗来，双手颤巍巍地捧给我看，那是景德镇制造的釉里红，碗底印着"白母马太夫人九秩荣寿"。那是祖母的寿碗！半个多世纪，历过多少劫，这一对寿碗居然幸存无恙，在幽幽地发着温润的光彩。老人激动地向我倾诉，他们家如何冒了风险收藏这两只碗。她记得，祖母那次做寿的盛况，她全都记得。我跟她两人抢着讲当年追往事，我们讲了许多其他人听不懂的老话，老人笑得满面灿然。她跟我一样，都是从一棵榕树的根生长出来的树苗。我们有着共同的记忆，那是整族人的集体记忆。那种原型的家族记忆，一代一代往上延伸，一直延伸到我们的始祖伯笃鲁丁公的基因里去。

香港电视台另一个拍摄重点是桂林市东七星公园小东江上的花桥，原因是我写过《花桥荣记》那篇小说，讲从前花桥桥头一家米粉店的故事。其实花桥来头不小，宋朝时候就建于此，因为江两岸山花遍野，这座桥簇拥在花丛中，故名花桥。现在这座青石桥是明清两朝几度重修过的，一共十一孔，水桥有四孔，桥面盖有长廊，绿瓦红柱，颇具架势。花桥四周有几座名山，月牙山、七星山，从月牙山麓的伴月亭望过去，花桥桥孔倒映在澄清的江面上，通圆明亮，好像四轮浸水的明月，煞是好看，是桂林一景。

花桥桥头，从前有好几家米粉店，我小时候在那里吃过花桥米粉，从此一辈子也没有忘记过。吃的东西，桂林别的倒也罢了，米粉可是一绝。因为桂林水质好，榨洗出来的米粉，又细滑又柔韧，很有嚼头。桂林米粉花样多，元汤米粉、冒热米粉，还有独家的马肉米粉，各有风味，一把炸黄豆撒在热腾腾莹白的粉条上，色香味俱全。我回到桂林，三餐都到处去找米粉吃，一吃三四碗，那是乡愁引起原始性的饥渴，填不饱的。我在《花桥荣记》里写了不少有关桂林米粉的掌故，大概也是"画饼充饥"吧。外面的人都称赞云南的"过桥米线"，那是说外行话，大概他们都没尝过正宗桂林米粉。

"桂林山水甲天下"这句自古以来赞美桂林的名言，到现在恐怕还是难以驳倒的，因为桂林山水太过奇特，有山清、水秀、洞奇、石美之称，是人间仙境，别的地方都找不到。这只有叹服造化的神奇，在人间世竟开辟出这样一片奇妙景观来。桂林环城皆山，环城皆水，到处山水纵横，三步五步，一座高峰迎面拔地而起，千姿百态，每座殊异，光看看这些山名——鹦鹉山、斗鸡山、雉山、骆驼山、马鞍山，就知道山的形状有多么戏剧性了。城南的象鼻山就真像一只庞然大象临江伸鼻饮水。小时候，母亲率领我们全家夏天坐了船，在象鼻山下的漓江中徜徉游泳，从象鼻口中穿来穿去，母亲鼓励我们游泳，而且带头游。母亲勇敢，北伐时候她便跟随父亲北上，经过枪林弹雨的。在当时，她也算是一位摩登女性了。漓江上来来往往有许多小艇子卖各种小吃，我记得唐小义那只艇子上的田鸡粥最是鲜美。

自唐宋以来，吟咏桂林山水的诗文不知凡几，很多留传下来都刻在各处名山的石壁上，这便是桂林著名的摩崖石刻，仅宋人留下的就有四百八十多件，是一笔丰富的文化遗产。在象鼻山水月洞里，我看到南宋诗人范成大的名篇《复水月洞铭》，范成大曾经到广西做过安抚使，桂林到处都刻有他的墨迹。洞里还有张孝祥的《朝阳亭诗并序》。来过桂林的宋朝大诗人真不少，黄庭坚、秦少游，他们是被贬到岭南来的。其实唐朝时就有一大批逐臣迁客被下放到广西，鼎鼎有名的当然是柳宗元，还有宋之问、张九龄，以及书法家褚遂良。这些唐宋谪吏到了桂林，大概都被这里的一片奇景慑住了，一时间倒也忘却了宦海浮沉的凶险悲苦，都兴高采烈地为文作诗歌颂起桂林山水的绝顶秀丽。贬谪到桂林，到底要比流放到辽东塞北幸运多了。白居易说"吴山点点愁"，桂林的山看了只会叫人惊喜，绝不会引发愁思。从桂林坐船到阳朔，那四个钟头的漓江舟行，就如同观赏南宋大画家夏珪的山水手卷一般，横幅缓缓展开，人的精神面便跟着逐步提升，两个多钟头下来，人的心灵也就被两岸的山光水色洗涤得干干净净。香港电视台的摄影师在船上擎着摄影机随便晃两下，照出来的风景，一幅幅"画中有诗"。漓江风光，无论从哪个角度来拍，都是美的。

晚上我们下榻市中心的榕湖宾馆，这个榕湖也是有来历的，宋朝时候已经有了。北岸榕树楼前有千年古榕一棵，树围数人合抱，至今华盖亭亭，生机盎然，榕湖因此树得名。黄庭坚谪宜州过桂林曾系舟古榕树下，后人便建榕溪阁纪念他。南宋诗人刘克庄曾撰《榕溪阁诗》述及此事：

> 榕声竹影一溪风，迁客曾来系短篷。
> 我与竹君俱晚出，两榕犹及识涪翁。

榕湖的文采风流还不止于此。光绪年间，做过几日"台湾大总统"的唐景崧便隐居榕湖，他本来就是广西桂林人，回到故乡兴办学堂。康有为到桂林讲学，唐景崧在榕湖看棋亭上，招待康有为观赏桂剧名旦一枝花演出的《芙蓉诔》。康有为即席赋诗："万玉哀鸣闻宝瑟，一枝浓艳识花卿。"传诵一时。想不到"百日维新"的正人君子也会作艳诗。

榕湖遍栽青菱荷花，夏季满湖清香。小时候我在榕湖看过一种水禽，鸡嘴鸭脚，叫水鸡，荷花丛中，突然会冲出一群这种黑压压的水鸟来，翩翩飞去，比野鸭子灵巧得多。

榕湖宾馆建于 20 世纪 60 年代，是当时桂林最高档的宾馆，现在前面又盖了一座新楼。榕湖宾馆是我指定要住的，住进去有回家的感觉，因为这座宾馆就建在我们西湖庄故居的花园里。抗战时我们在桂林有两处居所，一处在风洞山下，另一处就在榕湖，那时候也叫西湖庄。因为榕湖附近没有天然防空洞，日机常来轰炸，我们住在风洞山的时候居多。但偶尔母亲也会带我们到西湖庄来，每次大家都欢天喜地的，因为西湖庄的花园大，种满了果树花树，橘柑桃李，还有多株累累的金橘。我们小孩子一进花园便七手八脚到处去采摘果子。橘柑吃多了，手掌会发黄，大人都这么说。1944年，湘桂大撤退，整座桂林城烧成了一片劫灰，我们西湖庄这个家，也同时毁于一炬。战后我们在西湖庄旧址重建了一幢房子，这所房子现在还在，就在榕湖宾馆的旁边。

那天晚上，睡在榕湖宾馆里，半醒半睡间，朦朦胧胧，我好像又看到了西湖庄花园里，那一丛丛绿油油的橘子树，一只只金球垂挂在树枝上，迎风招摇，还有那几棵老玉兰，吐出成百上千夜来香的花朵，遍地的栀子花，遍地的映山红，满园馥郁浓香引来成群结队的蜜蜂蝴蝶翩跹起舞——那是另一个世纪、另一个世界里的一番承平景象，那是一幅永远印在我儿时记忆中的欢乐童画。

《红楼梦》的前世今生

　　《红楼梦》是中国文学史上最伟大的小说。19 世纪以前，放眼世界各国，似乎还没有一部小说能超过这本旷世经典。即使在 21 世纪，要我选择五本世界最杰出的小说，我一定会选《红楼梦》，可能还列在很前面。如果说文学是一个民族心灵最深刻的投射，那么《红楼梦》在我们民族心灵的构成中，应该占有举足轻重的地位。

　　曹雪芹，名霑，字梦阮，号雪芹，又号芹圃、芹溪。生于康熙五十四年（1715），先祖原是汉族，后被后金军俘虏，编入满洲正白旗，曹家成为内务府包衣。曾祖父曹玺曾任内廷侍卫，其妻孙氏是康熙玄烨的保母，曹家因此受到康熙特殊的眷顾，康熙二年（1663），曹玺出任江宁织造，负责主管采办皇室江南地区的丝绸，并监视南方各级官吏，充当康熙耳目。祖父曹寅做过康熙的伴读及御前侍卫，深得康熙宠信。曹玺病故，曹寅继任江宁织造，康熙南巡，曹寅在江宁织造府主持四次接驾大典，此时曹氏家族极为显赫，曹寅二女并被选为王妃。

　　曹寅是著名的藏书家，精通诗词戏曲，撰写《续琵琶》传奇，受命康熙纂刻《全唐诗》、《佩文韵府》。曹寅病危，康熙亲自赐药抢救。曹寅死后，康熙特命其子曹颙（曹雪芹的父亲）接任江宁织造。康熙五十三年（1714），曹颙猝死，康熙体谅曹家后继无人，又特命曹寅胞弟曹荃之子曹頫过继给曹寅之妻，继承织造之职。曹家在江南祖孙三代四人，先后任江宁织造长达六十年。

雍正即位，曹家卷入皇室政治斗争，雍正六年（1728），曹頫获罪革职，第二年即被抄家，此时曹雪芹约十三岁，随全家迁回北京。曹家从此一蹶不振，家势败落。曹雪芹晚年移居北京西郊，落魄潦倒，甚至过着"举家食粥"的穷困日子。乾隆二十七年（1762），曹雪芹的幼子夭亡，他伤心过度，卧倒不起。翌年（1763）除夕，中国最伟大的小说家，凄凉病逝。

曹雪芹的个人资料留下不多，但从他晚年来往的朋友如敦敏、敦诚这些没落的皇室贵族的赠诗中，可看出一个轮廓：曹雪芹为人狂放不羁，个性傲岸卓荦，有魏晋名士阮籍之风，故取"梦阮"为字。敦诚《赠曹芹圃》："步兵白眼向人斜。"曹雪芹能诗善画，诗风近李长吉，留下"白傅诗灵应喜甚，定教蛮素鬼排场"的嵚奇诗句。他喜欢画嶙峋怪石，寄托胸中磊落不平之气。敦敏《题芹圃画石》："傲骨如君世已奇，嶙峋更见此支离。醉馀奋扫如椽笔，写出胸中块垒时。"相当生动地刻画出曹雪芹的不群风骨。

《红楼梦》有曹雪芹自传的成分，他的身世对他的创作当然有决定性的影响。曹雪芹出身诗礼簪缨之家，从少年的"锦衣纨裤"堕入晚年的"绳床瓦灶"，家世的大起大落，使曹雪芹对人生况味的体验感悟，远超常人。曹雪芹是不世出的天才，他身处在18世纪的乾隆时代，那正是中国文化由盛入衰的关键时期，曹雪芹继承了中国诗词歌赋、小说戏剧的大传统，可是他在《红楼梦》中却能样样推陈出新，以他艺术家的极度敏感，对大时代的兴衰，大传统的式微，人世无可挽转的枯荣无常，人生命运无法料测的变幻起伏，谱下一阕史诗式、千古绝唱般的挽歌。

作为中国文学史上艺术价值、美学成就最高，哲学思想、文化意义最深刻丰富的一本小说，有几点值得提出来讨论：

《红楼梦》的神话寓言，架构恢宏。一开始曹雪芹便写下女娲补天、顽石历劫、绛珠仙草下凡还泪这几则神话作为引子，第一回由跛足道人唱出了《红楼梦》的主题曲《好了歌》，替整部小说定了调；第五回曹雪芹更进一步创立了一个五色缤纷的"太虚幻境"，掌管"孽海情天"中"痴男怨女"的命运。这些超自然的因素，使得《红楼梦》在写实框架上面，形成另外一个充满象征意义的神秘宇宙。

《红楼梦》的底蕴其实从头到尾一直有儒、释、道三种哲学思想的暗流在主控着这本小说的发展，曹雪芹却能以最动人的故事、最鲜活的人物，把这三种形而上的玄思具体地表现出来。例如贾政与贾宝玉相生相克的父子关系，其实也就是儒家经世济民的入世思想，与佛道镜花水月、浮生若梦的出世思想之间的冲突与辩证。《红楼梦》因为有深刻的哲学底蕴，其分量自然厚重。

《红楼梦》当然是一本了不起的写实小说，曹雪芹的写实功夫无出其右，他以无比细致精确的笔调把18世纪乾隆盛世贵族之家的林林总总，巨细无遗地刻画出来，如同张择端的《清明上河图》把北宋汴梁拓印了下来，《红楼梦》也是曹雪芹用工笔画下的"神品"。

众所公认，人物塑造是《红楼梦》最成功的一环，书中人物大大小小，男女老少，个个栩栩如生。曹雪芹有撒豆成兵的本事，人物一出场，他只要度一口气，便活蹦活跳起来。他塑造人物，运用各种手法，最常用的是对比：贾政—宝玉，黛玉—宝钗，袭人—晴雯，凤姐—李纨，贾母—刘姥姥。但对比并非单线进行，宝玉与薛蟠、与甄宝玉却形成另外的意象，有化身的象征。柳湘莲剃发出家，对宝玉是一种指引，最后宝玉也踏上了柳湘莲出家的道路。第一百二十回蒋玉菡与花袭人最后完婚，其实这是宝玉替蒋玉菡聘定的，蒋玉菡替宝玉完成了世上最后的俗缘。这两朵莲花可以说都是宝玉的化身。宝玉周边这些对比、类比的人物，如同面面镜子，把他映衬得多姿多彩，加上他与黛玉——他的另外一个类比认同的人物，宝钗、袭人、晴雯千丝万缕的关系，《红楼梦》的男主角成为一个最多面、最复杂而又最教人难忘的小说人物。

最后归根究底，《红楼梦》之所以能在中国文学史上出类拔萃，一览众山小，主要归功于曹雪芹的语言艺术。《红楼梦》是一部集大成之书，兼容中国文学各种文类，浑然一体。其风格，既有金陵姑苏杏花烟雨的婉转缠绵，亦有北地燕都西风残照的悲凉苍茫，文白相间，雅俗并存。《红楼梦》的对话艺术，巧妙无比，每个人物说话都有个性，一张口，便有了生命，这是曹雪芹特有的能耐，他对当时口语白话文的灵活运用，达到炉火纯青的地步。

《红楼梦》是一本天书，有解说不尽的玄机，有探索不完的密码。自从两百多年前问世以来，关于这部书的批注、考据、索隐、研究，汗牛充栋，兴起所谓"红学"、"曹学"，各种理论、学派应运而生，一时风起云涌，波澜壮阔，至今方兴未艾。大概没有一本文学作品会引起这么多人如此热切的关注与投入。但《红楼梦》一书其内容何其丰富，版本问题又特别复杂，任何一家之言，恐怕都难下断论。

《红楼梦》的版本研究是门大学问，这本书的版本分两个系统：一个是前八十回的脂评抄本系统，这些抄本因有脂砚斋等人的评语，简称"脂本"。到目前为止，发现的"脂本"有十二种，比较重要的有"甲戌本"、"己卯本"、"庚辰本"、"甲辰本"、"戚序本"（一称"有正本"，由上海有正书局刻印）。这些抄本虽然标有年代，但皆非原来版本，乃后人的过录本。据红学大师俞平伯的版本研究（《红楼梦八十回校本序言》），这些抄本流行的年间大约四十年不到，从1754年到1791年，程伟元、高鹗的初次排印本出现为止。俞平伯认为"这些抄本，无论旧抄新出都是一例的混乱"。原因是这些抄书的人，程度水平不一定很高，错误难免，有的可能因为牟利，竟擅自更改，"故意造出文字的差别来眩惑人"。"脂本"中，又以"庚辰本"比较完整，共七十八回，中缺六十四、六十七回，但也有不少讹文脱字，因为全书抄写，非出一人之手。这些手抄"脂本"，都有一定的研究价值，但许多异文讹误，却是研究者头痛的问题。

另一个系统便是程伟元、高鹗整理的一百二十回印本。乾隆五十六年（1791）萃文书屋采用木活字排印《红楼梦》一百二十回，题"新镌全部绣像红楼梦"，首程伟元序，次高鹗序。程序称"原目一百二十卷，今所传只八十卷，殊非全本"，"爰为竭力搜罗，自藏书家甚至故纸堆中无不留心。数年以来，仅积有二十余卷。一日，偶于鼓担上得十余卷，遂重价购之，欣然翻阅，见其前后起伏，尚属接榫，然漶漫殆不可收拾。乃同友人细加厘剔，截长补短，抄成全部，复为镌板，以公同好，红楼梦全书始自是告成矣"。世称"程甲本"，成为以后一百二十回各刻本之祖本。

继"程甲本"之后，紧接着于次年乾隆五十七年（1792），程伟元与高鹗不惜工本修订后，再版重印，世称"程乙本"。前面有程伟元、高鹗一篇引言，其中透露几项重要讯息：

> 因急欲公诸同好，故初印（指"程甲本"）不及细校，间有纰缪。今复聚各原本详加校阅，改订无讹。

> 书中前八十回钞本，各家互异，今广集核勘，准情酌理，补遗订讹。其间或有增损数字处，意在便于披阅，非敢争胜前人也。

> 书中后四十回，系就历年所得，集腋成裘，更无他本可考，惟按前后关照者，略为修辑，使其应接而无矛盾。至其原文，未敢臆改，俟再得善本，更为厘定。且不欲尽掩其本来面目也。

程伟元、高鹗整理出版一百二十回《红楼梦》是中国文学史上划时代的一件大事，中国最伟大的小说乃得以全貌问世。综合程伟元序及程伟元、高鹗引言，有如下几个重点：

第一，后四十回本为曹雪芹散佚的原稿，由程伟元各处搜得，因原稿残缺，所以程伟元邀高鹗一同作了一番修补工作，"细加厘剔，截长补短"。引言更进一步申明，对于后四十回，只是"略为修辑"，"至其原文，未敢臆改"。

第二，在程伟元与高鹗的时代，当时流行的《红楼梦》八十回抄本，一定远比现存的十二种要多，而且比较完整。程高本前八十回是程伟元和高鹗下了一番功夫把当时的各种抄本仔细比对后整理出来的。

第三，"程甲本"印行后，程伟元和高鹗发觉"程甲本"印得仓促，有不少"纰缪"，因此不到一年又出"程乙本"，把甲本的错误改正了。因此"程乙本"是"程甲本"的修正本。这两个本子都是白文本，"脂批"一律删除。

"程甲本"一出，因是一百二十回足本，即刻洛阳纸贵，风行一时。此后以"程甲本"为底本的各种刻本纷纷出现，其中又以道光十二年（1832）双清仙馆刊行的王希廉评本《新评绣像红楼梦》（简称"王评本"）流传最广，影响很大。

民国十年（1921），近人汪原放校点整理，以"王评本"为底本，加新式标点，并分段落，由上海亚东图书馆印行，书前并附胡适的《红楼梦考证》的"亚东本"《红楼梦》问世，象征着《红楼梦》出版史又进入了一个新的时代。

"程乙本"初印行时，没有像"程甲本"那样受到注意，发行不广。胡适自己却收藏了一部"程乙本"，并且十分推崇这个版本，认为这个改本有许多修正之处，胜于"程甲本"。民国十六年（1927）汪原放重排"亚东本"，便改以胡适收藏的"程乙本"为底本，把初版"亚东本"标点错误、分段不当、校勘不精、错字不少等多种毛病改正过来。胡适颇为赞许汪原放这种不恤成本、精益求精的精神，又为新版写了一篇《重印乾隆壬子本〈红楼梦〉序》。以"程乙本"为底本的新版"亚东本"《红楼梦》从此数十年间大行其道，风行海内外，影响极大。中国大陆直至1954年，在全国发动了对胡适派《红楼梦》研究问题的批判后，"亚东本"《红楼梦》才开始失势，被其他版本所取代。在台湾如远东图书公司等所印行的《红楼梦》，基本上仍是翻印了亚东重排本。

1983年，台北桂冠图书公司出版了《红楼梦》，桂冠版在《红楼梦》出版史上应该是一道里程碑。

这个版本经过极严谨的校读，以乾隆壬子（1792）的"程乙本"作底本，并参校以下各个重要版本："王希廉评刻本"、"金玉缘本"、"藤花榭本"、"本衙藏版本"、"程甲本"，这些都是一百二十回本。"脂本"有"庚辰本"、"戚蓼生序本"。每回后面并列有比较各版本的校记，以作参考。亚东版"程乙本"的校对只参考了"戚蓼生序本"，桂冠版自然优于亚东版。

这个版本的注释最为详备，是以启功注释本为底本，配以唐敏等以上书为基础所作的注释本，重新整理而成。书中的诗赋，并有白话翻译，对于一般读者，甚有助益。我在美国加州大学教授《红楼梦》二十多年，一直采用桂冠这个本子。作为教科书，桂冠版优点甚多，非常适合学生阅读。

2004年桂冠图书公司歇业，桂冠《红楼梦》断版，市上已无销售。2014年，我在台湾大学教授《红楼梦》，一连三个学期，因为是导读课程，我带领学生从第一回到第一百二十回从头到尾细读了一遍。我采用的课本是台北里仁书局出版，由冯其庸等人校注的版本。前八十回以"庚辰本"为底本，并参校其他"脂本"及"程甲"、"程乙"本。后四十回以"程甲本"为底本，校以诸刻本。这个本子原由人民文学出版社于1982年初版梓行，因其校对下过功夫，注释精善，是大陆目前的权威版本。我在讲课时，同时也参照桂冠版，因此有机会把两个版本，一个以"庚辰本"为底本，一个以"程乙本"为底本的《红楼梦》仔细对照了一次。我比较两个版本，完全以小说艺术，美学观点来衡量。我发觉"庚辰本"有不少大大小小的问题需要厘清，今举其大端：

人物形象

例一，尤三姐。

《红楼梦》次要人物榜上，尤三姐独树一帜，最为突出，可以说是曹雪芹在人物刻画上一大异彩。在描述过十二金钗、众丫鬟等人后，小说中段，尤氏姐妹二姐、三姐登场，这两个人物横空而出，从第六十四回至六十九回，六回间二尤的故事多姿多彩，把《红楼梦》的剧情又推往另一个高潮。尤二姐柔顺，尤三姐刚烈，这是作者有意设计出来的一对强烈对比的人物。二姐与姐夫贾珍有染，后被贾琏收为二房。三姐"风流标致"，贾珍亦有垂涎之意，但不似二姐随和，因而不敢造次。第六十五回，贾珍欲勾引三姐，贾琏在一旁怂恿，未料却被三姐将两人指斥痛骂一场。这是《红楼梦》写得最精彩、最富戏剧性的片段之一，三姐声容并茂，活跃于纸上。但"庚辰本"这一回却把尤三姐写成了一个水性淫荡之人，早已失足于贾珍，这完全误解了作者有意把三姐塑造成贞烈女子的意图。

"庚辰本"如此描写：

> 当下四人一处吃酒。尤二姐知局，便邀他母亲说："我怪怕的，妈同我到那边走走来。"尤老也会意，便真个同他出来，只剩小丫头们。贾珍便和三姐挨肩擦脸，百般轻薄起来。小丫头子们看不过，也都躲了出去，凭他两个自在取乐，不知作些什么勾当。

144

这里尤二姐支开母亲尤老娘，母女二人好像故意设局让贾珍得逞，与三姐狎昵。而刚烈如尤三姐竟然随贾珍"百般轻薄"、"挨肩擦脸"，连小丫头们都看不过，躲了出去。这一段把三姐糟蹋得够呛，而且文字拙劣，态度轻浮，全然不像出自原作者曹雪芹之笔。

"程乙本"这一段这样写：

> 当下四人一处吃酒。二姐儿此时恐怕贾琏一时走来，彼此不雅，吃了两钟酒便推故往那边去了。贾珍此时也无可奈何，只得看着二姐儿自去，剩下尤老娘和三姐儿相陪。那三姐儿虽向来也和贾珍偶有戏言，但不似他姐姐那样随和儿，所以贾珍虽有垂涎之意，却也不肯造次了，致讨没趣。况且尤老娘在旁边陪着，贾珍也不好意思太露轻薄。

尤二姐离桌是有理由的，怕贾琏闯来看见她陪贾珍饮酒，有些尴尬，因为二姐与贾珍有过一段私情。这一段"程乙本"写得合情合理，三姐与贾珍之间，并无勾当。如果按照"庚辰本"，贾珍百般轻薄，三姐并不在意，而且还有所逢迎，那么下一段贾琏劝酒，企图拉拢三姐与贾珍，三姐就没有理由，也没有立场，暴怒起身，痛斥二人，《红楼梦》这一幕最精彩的场景也就站不住脚了。后来柳湘莲因怀疑尤三姐不贞，索回聘礼鸳鸯剑，三姐羞愤用鸳鸯剑刎颈自杀。如果三姐本来就是水性妇人，与姐夫贾珍早有私情，那么柳湘莲怀疑她乃"淫奔无耻之流"并不冤枉，三姐就更没有自杀以示贞节的理由了。那么尤三姐与柳湘莲的爱情悲剧也就无法自圆其说。尤三姐是烈女，不是淫妇，她的惨死才博得读者的同情。"庚辰本"把尤三姐这个人物写岔了，这绝不是曹雪芹的本意，我怀疑恐怕是抄书的人动了手脚。

例二，芳官。

芳官是大观园众伶人中最重要的一个，她被分发到怡红院，甚得宝玉宠爱。芳官活泼、调皮，还有几分刁钻。她长得又好，"面如满月犹白，眼似秋水还清"。贾母点戏，命她唱《牡丹亭》中的《寻梦》，扮演杜丽娘，是个色艺双全的角色。第六十三回"寿怡红群芳开夜宴"，曹雪芹下重彩如此描写芳官：

> 穿着一件玉色红青驼绒三色缎子拼的水田小夹袄，束着一条柳绿汗巾；底下是水红洒花夹裤，也散着裤腿。头上齐额编着一圈小辫，总归至顶心，结一根粗辫，拖在脑后，右耳根内只塞着米粒大小的一个小玉塞子，左耳上单一个白果大小的硬红镶金大坠子……

芳官这一身打扮活色生香，可是同一回"庚辰本"突然来上一大段，宝玉命芳官改装，将她"周围的短发剃了去，露出碧青头皮来"，把她改装成一个小厮，并给她取一个番名"耶律雄奴"，一下子杜丽娘变成了一个契丹人。而且大观园里众姐妹纷纷效尤，湘云把葵官扮成了小子，叫她"韦大英"，李纨、探春把豆官变成了小童，叫她"豆童"。这一段有点莫名其妙，宝玉本来就偏爱女孩儿，"见了男子便觉得浊臭逼人"，怎舍得把他怜惜的芳官改变成男装，取个怪诞的"犬戎名姓"。其他姐妹也绝不会如此戏弄跟随他们的小伶人。"程乙本"没有这一段。

例三，晴雯。

第七十七回"俏丫鬟抱屈夭风流"写晴雯之死，是《红楼梦》全书最动人的章节之一。晴雯与宝玉的关系非比一般，她在宝玉的心中地位可与袭人分庭抗礼，在第三十一回"撕扇子作千金一笑"、第五十二回"勇晴雯病补孔雀裘"中，两人的感情有细腻的描写。晴雯貌美自负，"水蛇腰，削肩膀儿"，眉眼像"林妹妹"，可是"心比天高，身为下贱，风流灵巧招人怨"，后来遭谗被逐出大观园，含冤而死。临终前宝玉到晴雯姑舅哥哥家探望她，晴雯睡在芦席土炕上：

> 幸而衾褥还是旧日铺的，心内不知自己怎么才好，因上来含泪伸手，轻轻拉她，悄唤两声。当下晴雯又因着了风，又受了哥嫂的歹话，病上加病嗽了一日，才蒙眬睡了。忽闻有人唤他，强展双眸，一见是宝玉，又惊又喜，又悲又痛，忙一把死攥住他的手，哽咽了半日，方说出话来："我只当不得见你了。"接着便嗽个不住，宝玉也只有哽咽之份。晴雯道："阿弥陀佛！你来得好，且把那茶倒给我喝，渴了这半日，叫半个人也叫不着。"宝玉听说，忙拭泪问："茶在那里？"晴雯道："在炉台上。"宝玉看时，虽有个黑沙吊子，却不像个茶壶，只得桌上去拿了一个碗，也甚大甚粗，不像个茶碗，未到手内，先闻得油膻之气。宝玉只得拿了来，先拿些水洗了两次，复又用水汕

147

过，方提起沙壶斟了半碗。看时绛红的也不成了茶。晴雯
扶枕道："快给我喝一口罢！这就是茶了，那里比得咱们
的茶！"宝玉听说，先自己尝了一尝，并无清香，且无茶
味，只一味苦涩，略有茶意而已。尝毕，方递与晴雯。只
见晴雯如得了甘露，一气都灌下去了。

这一段宝玉目睹晴雯悲惨处境，心生无限怜惜，写得细致
缠绵，语调哀惋，可是"庚辰本"下面突然接上这么一段：

宝玉心下暗道："往常那样好茶，他尚有不如意之处，
今日这样，看来可知古人说的'饱饫烹宰，饥餍糟糠'，
又道是'饭饱弄粥'，可见都不错了。"

这段有暗贬晴雯之意，语调十分突兀。此时宝玉心中只有
疼怜晴雯之分，哪里还舍得暗暗批评她！这几句话，破坏了整
节的气氛，根本不像宝玉的想法，看来倒像手抄本脂砚斋等人
的评语，被抄书的人把这些眉批、夹批抄入正文中去了。"程
乙本"没有这一段，只接到下一段：

宝玉看着，眼中泪直流下来，连自己的身子都不知为
何物了……

例四，秦钟。
秦钟是《红楼梦》中极少数受宝玉珍惜的男性角色，两人
气味相投，惺惺相惜，同进同出，关系亲密。秦钟夭折，宝玉
奔往探视，"庚辰本"中秦钟临终竟留给宝玉这一段话：

以前你我见识自为高过世人，我今日才知误了。以后
还该立志功名，以荣耀显达为是。

　　这段临终忏悔，完全不符秦钟这个人物的个性口吻，破坏
了人物的统一性。秦钟这番老气横秋、立志功名的话，恰恰是
宝玉最憎恶的。如果秦钟真有这番利禄之心，宝玉一定会把他
归为"禄蠹"，不可能对秦钟还思念不已。再深一层，秦钟这
个人物在《红楼梦》中又具有象征意义，"秦钟"与"情种"
谐音，第五回贾宝玉游太虚幻境，听警幻仙姑《红楼梦》曲子
第一支"红楼梦引子"：开辟鸿蒙，谁为情种？"情种"便成
为《红楼梦》的关键词，秦钟与姐姐秦可卿其实是启发贾宝玉
对男女动情的象征人物，两人是"情"的一体两面。"情"是
《红楼梦》的核心。秦钟这个人物象征意义的重要性不言而喻。
"庚辰本"中秦钟临终那几句"励志"遗言，把秦钟变成了一
个庸俗"禄蠹"，对《红楼梦》有主题性的伤害。"程乙本"
没有这一段，秦钟并未醒转留言。"脂本"多为手抄本，抄书
的人不一定都有很好的学识见解，"庚辰本"那几句话很可能
是抄书者自己加进去的。作者曹雪芹不可能制造这种矛盾。

明显错误

　　以"绣春囊事件"为例。

　　第七十四回"惑奸谗抄检大观园"，"庚辰本"有一处严
重错误。绣春囊事件引发了抄检大观园，凤姐率众抄到迎春
处，在迎春的丫鬟司棋箱中查出一个"字帖儿"，上面写道：

上月你来家后，父母已察觉你我之意了。但姑娘未出阁，尚不能完你我之心愿。若园内可以相见，你可以托张妈给你信息。若得在园内一见，倒比来家好说话，千万，千万！再所赐香袋二个，今已查收外，特寄香珠一串，略表我心。千万收好。表弟潘又安拜具。

司棋与潘又安是姑表姐弟，两人青梅竹马，长大后二人互相已心有所属，第七十一回"鸳鸯女无意遇鸳鸯"，司棋与潘又安果然如帖上所说夜间到大观园中幽会被鸳鸯撞见。绣春囊本是潘又安赠给司棋的定情物，"庚辰本"的字帖上写反了，写成是司棋赠给潘又安的，而且变成两个。司棋不可能弄个绣有"妖精打架"春宫图的香囊给潘又安，必定是潘又安从外面坊间买来赠司棋的。

程乙本的帖上如此写道：

再所赐香珠二串，今已查收，外特寄香袋一个，略表我心。

绣春囊是潘又安给司棋的，司棋赠给潘又安则是两串香珠。绣春囊事件是整本小说的重大关键，引发了抄查大观园，大观园由是衰颓崩坏，预示了贾府最后被抄家的命运。像绣春囊如此重要的物件，其来龙去脉，绝对不可以发生错误。

自"程高本"出版以来，争议未曾断过，主要是对后四十回的质疑批评。争论分两方面，一是质疑后四十回的作者，长期以来，几个世代的红学专家都认定后四十回乃高鹗所续，并非曹雪芹的原稿。因此也就引起一连串的争论：后四十回的一些情节不符合曹雪芹的原意，后四十回的文采风格远不如前八十回……这样那样，后四十回遭到各种攻击，有的言论走向极端，把后四十回数落得一无是处，高鹗续书变成了千古罪人。我对后四十回一向不是这样看法。我还是完全以小说创作、小说艺术的观点来评论后四十回。首先我一直认为后四十回不太可能是另一位作者的续作，世界经典小说，还没有一本是由两位或两位以上作者合写而成的例子。《红楼梦》人物情节发展千头万绪，后四十回如果换一个作者，怎么可能把这些无数根长长短短的线索一一理清接榫，前后成为一体。例如人物性格语调的统一就是一个大难题。贾母在前八十回和后四十回中绝对是同一个人，她的举止言行前后并无矛盾。第一百零六回"贾太君祷天消祸患"，把贾府大家长的风范发挥到极致，老太君跪地求天的一幕，令人动容。后四十回只有拉高贾母的形象，并没有降低她。

　　《红楼梦》是曹雪芹带有自传性的小说，是他的《追忆似水年华》，全书充满了对过去繁华的追念，尤其后半部写贾府的衰落，可以感受到作者哀悯之情，跃然纸上，不能自已。高鹗与曹雪芹的家世大不相同，个人遭遇亦迥异，似乎很难由他写出如此真挚个人的情感来。近年来红学界已经有愈来愈多的学者相信高鹗不是后四十回的续书者，后四十回本来就是曹雪芹的原稿，只是经过高鹗与程伟元整理过罢了。其实在"程甲本"程伟元序及"程乙本"程伟元与高鹗引言中早已说得清楚明白，后四十回的稿子是程伟元搜集得来，与高鹗"细加厘剔，截长补短"修辑而成，引言又说"至其原文，未敢臆改"。在其他铁证还没有出现以前，我们就姑且相信程伟元、高鹗说的是真话吧。

至于不少人认为后四十回文字功夫、艺术成就远不如前八十回，这点我决不敢苟同。后四十回的文字风采、艺术价值绝对不输前八十回，有几处可能还有过之。《红楼梦》前大半部是写贾府之盛，文字当然应该华丽，后四十回是写贾府之衰，文字自然比较萧疏，这是应情节的需要，而非功力不逮。其实后四十回写得精彩异常的场景真还不少，试举一两个例子：宝玉出家、黛玉之死，这两场是全书的主要关键，可以说是《红楼梦》的两根柱子，把整本书像一座大厦牢牢撑住。如果两根柱子折断，《红楼梦》就会像座大厦轰然倾颓。

第一百二十回最后宝玉出家，那几个片段的描写是中国文学中的一座峨峨高峰。宝玉光头赤足，身披大红斗篷，在雪地里向父亲贾政辞别，合十四拜，然后随着一僧一道飘然而去，一声禅唱，归彼大荒，"落了片白茫茫大地真干净"。《红楼梦》这个画龙点睛式的结尾，恰恰将整本小说撑了起来，其意境之高、其意象之美，是中国抒情文字的极致。我们似乎听到禅唱声充满了整个宇宙，天地为之久低昂。宝玉出家，并不好写，而后四十回中的宝玉出家，必然出自大家手笔。

第九十七回"林黛玉焚稿断痴情"，第九十八回"苦绛珠魂归离恨天"，这两回写黛玉之死又是另一座高峰，是作者精心设计、仔细描写的一幕摧人心肝的悲剧。黛玉夭寿、泪尽人亡的命运，作者明示暗示，早有铺排，可是真正写到苦绛珠临终一刻，作者须煞费苦心，将前面铺排累积的能量一股脑儿全部释放出来，达到震撼人心的效果。作者十分聪明地用黛玉焚稿比喻自焚，林黛玉本来就是"诗魂"，焚诗稿等于毁灭自我，尤其黛玉将宝玉所赠的手帕上面题有黛玉的情诗一并掷入火中，手帕是宝玉用过的旧物，是宝玉的一部分，手帕上斑斑点点还有黛玉的泪痕，这是两个人最亲密的结合，两人爱情的信物，如今黛玉如此决绝将手帕扔进火里，霎时间，弱不禁风的林黛玉形象突然暴涨成为一个刚烈如火的殉情女子。手帕的再度出现，是曹雪芹善用草蛇灰线、伏笔千里的高妙手法。

后四十回其实还有其他许多亮点：第八十二回"病潇湘痴魂惊恶梦"、第八十七回"感秋声抚琴悲往事"，妙玉宝玉听琴。第一百零八回"死缠绵潇湘闻鬼哭"，宝玉泪洒潇湘馆，第一百十三回，"释旧憾情婢感痴郎"，宝玉向紫鹃告白。

张爱玲极不喜欢后四十回，她曾说一生中最感遗憾的事就是曹雪芹写《红楼梦》只写到八十回没有写完。而我感到我这一生中最幸运的事情之一，就是能够读到程伟元和高鹗整理出来的一百二十回全本《红楼梦》，这部震古铄今的文学经典巨作。

《红楼梦》的版本众多，"程乙本"是其中最重要的版本之一，应当受到重视。但"程乙本"前八十回有许多与现存手抄脂本相异的地方，常为人诟病，认为是程伟元、高鹗擅自更改，但程高时期的手抄本，比现存十二种要多，"程乙本"的异文也有可能是依照当时未能传存下来的抄本更动的。

此次时报出版社不惜重金将以"程乙本"为底本的桂冠版《红楼梦》重印发行，这是红学界一件大事。这套书装帧美轮美奂，相信会受到爱好《红楼梦》的读者热烈欢迎。

2016 年 6 月 14 日

十年辛苦不寻常

——我的昆曲之旅

我的一生似乎跟昆曲，尤其是昆曲中国色天香的《牡丹亭》结上了一段缠绵无尽的不解之缘。小时候在上海，偶然有机会看到梅兰芳与俞振飞珠联璧合演出《牡丹亭》中一折《游园惊梦》，从此，"原来姹紫嫣红开遍，似这般都付与断井颓垣。良辰美景奈何天，赏心乐事谁家院"这几句戏词，衬着笙箫管笛，便沁入了我的灵魂深处，再也无法祓除。第二次看昆曲表演受到莫大震撼是在 1987 年，又在上海，经过三十九年重返大陆，赶上上海昆剧院最后一天演出全本《长生殿》，由上昆当家生旦蔡正仁、华文漪担纲。我记得那晚戏一落幕，我不禁奋身而起，喝彩鼓掌，兴奋之情，不能自已。我深深受到感动，没想到，经过"文化大革命"，昆曲噤声十年，居然又在舞台上浴火重生。那晚上昆的戏演得精彩，大唐盛世，天宝兴衰，一时尽在眼前，但我不仅是为上昆的表演者喝彩，更令我激动的是昆曲，我们中华民族美学成就最高的表演艺术，经过"文革"暴风雨的摧残，一脉香火，竟然还在默默相传，这是一枚何等珍贵的文化火种！昆曲无他，得一"美"字，词藻美、舞蹈美、音乐美、人情美，这是一种美的综合艺术，是明清时代最伟大的文化成就之一。

"我们这样了不起的艺术，绝对不能让它衰微下去！"那晚看了《长生殿》后，我如此动心起念。然而昆曲的颓势仍然无法遏止。第一线的演员老了，观众年龄层愈来愈高，昆曲舞台呈现也逐渐老化，虽然"文革"后，昆曲恢复了表演，然整个处在急速求新望变的大环境中，昆曲生命仍然脆弱，处处受到生存威胁，这也是我们中国传统文化在全球化的浪潮中面临的危机。如何将传统与现代衔接，使得我们有几千年辉煌历史的文化，在 21 世纪的舞台上，重放光芒，这是每个关心中国文化的人不得不深思的一个命题。昆曲的振衰起敝，应该只是整个中华文艺复兴的一幕序曲。

但我们总不能眼睁睁看着昆曲在我们这一代手中渐渐消沉下去。于是大陆、台湾、香港三地，一群对中国文化有热忱，对昆曲更是爱护有加的文化精英、戏曲精英，由我振臂一呼，组成一支坚强的创作队伍，大家众志成城，于 2003 年 4 月起，经过整整一年的筹备训练，终于制作出一出上中下三本九小时的昆曲经典——青春版《牡丹亭》。这是一项三地的文化人、艺术家，共同打造出的巨大文化工程，事后看来简直是项"不可能的任务"。然而一开始我们的态度是严肃的，我们不是在"玩"戏，而是认真地试图将汤显祖这出 16 世纪的经典之作赋予新的艺术生命，让它再度"还魂"，在 21 世纪的舞台上重放光芒。我们希望能借着制作一出经典之作，训练培养出一批青年演员，接班传承，将青年观众，尤其是高校学生，召唤回戏院，观赏昆曲，使他们重新发现中国传统文化之美。最后的目的当然是希望恢复昆曲本来青春亮丽的面貌，所以我们将之称为青春版的《牡丹亭》。我们的大原则是：尊重古典而不因循古典，利用现代而不滥用现代，古典为体，现代为用，是在古典传统的根基上，将现代元素，谨慎加入，使其变成一出既古典又现代的艺术精品。回归"雅部"，是我们整个昆曲美学的走向。明清时代，昆曲本属"雅部"，本就是一项有文人传统的高雅艺术，因为昆曲原产于昆山，受吴文化孕育而成，先天就有江南文化中最精致、最典雅的成分。我们跟苏州昆剧院合作，也就是最自然不过的事情了，因为苏昆成员，大多属姑苏子弟，天生就有吴文化的基因，而他们的语言带有苏州腔，也就是昆曲的本色了。

我们理想甚高，抱负很大，但执行起来，困难重重，远超预期，结果如何，也实难预料。后来青春版《牡丹亭》制作成功，演出轰动，一半天意，一半人为。青春版《牡丹亭》的确是许多因缘际会凑在一起，天意垂成。选中男女主角俞玖林、沈丰英这一对金童玉女，似乎前定，但邀请汪世瑜、张继青来指导两位青年演员，则是我经过深思熟虑的考虑。首先，我推举汪世瑜做青春版《牡丹亭》的总导演，就是一项关乎成败的决策。中国戏曲传统，本来没有导演制，戏都是老师傅"捏"出来的。这些老师傅本身就是资深演员，"捏"出来的戏，当然都合乎昆曲法则，然而当今的导演制，导演多为话剧导演，并不熟悉昆曲四功五法，所能发挥只有在舞美道具上，导出来的戏也未必是一出正宗昆曲。汪世瑜是巾生名角，师承周传瑛，饰演柳梦梅，潇洒飘逸，由汪世瑜做总导演"捏戏"，最恰当不过。此外，导演组还加入了翁国生、马佩玲，都是浙昆资深昆曲演员。我们的导演群，阵容强大。其次，请出张继青训练沈丰英，是一项关键性的决策。张继青是昆曲旦角祭酒，唱功沉厚，身段规范严谨，对杜丽娘一角的诠释，有独到见解。她的《寻梦》一折，无人能及，由张继青手把手精心磨练出来的"杜丽娘"沈丰英自然起步高。张继青的《寻梦》师承姚传芗，于是"传"字辈老师傅的姑苏风范，透过汪世瑜与张继青，便传承到俞玖林和沈丰英身上——这便是我们标举的正统、正宗、正派的昆曲表演传统。但力邀张继青、汪世瑜跨省跨团参加《牡丹亭》团队，我曾下足功夫，费尽唇舌。

2003年至2004年春，这一年魔鬼营式训练，早九晚五，有时还开夜班，替青春版《牡丹亭》打下了根基。排练的场地是一座还没盖好的大楼（现在的苏州万豪Marriott酒店），当时尚未装上门窗，冬日寒风凛凛，四面来袭。我裹着鸭绒大衣，在排练场"督军"，跟排练人员一起足足吃了一个月的大肉包子，眼看着青年演员在零下天气穿着单薄戏衣，在寒风中拼命练功，流汗流泪，终于把一出九个钟头的大戏，淬炼成形。张、汪两位老师傅严格把关，对演员的要求，一丝不苟。看了青春版《牡丹亭》的排练，我对昆曲艺术又增加了十二万分的敬佩。这是一种极高难度的表演艺术，戏曲的美学成就，无出其右。昆曲载歌载舞，无歌不舞，是把歌唱与身段融合得天衣无缝的表演。西方歌剧有歌无舞，芭蕾有舞无歌，这两种表演艺术的精髓，昆曲兼而有之。

筹备的一年，台北青春版《牡丹亭》的创作组也没有空过一天。在我和樊曼侬召集下，编剧组成员有华玮、张淑香、辛意云三位学者专家，密集开会，磨了五个月，把剧本整编完成，我们的原则是只删不改，把原剧五十五折删减成二十七折，围绕着"情"的主题设计出"梦中情"（上本）、"人鬼情"（中本）、"人间情"（下本）。所谓"不改"，只是不改汤显祖华丽的唱词，可是为了顺应剧情及制造戏剧效果，我们在场次重组、故事剪接，就像电影剪辑一样，下了很大功夫，整理出一个紧凑流畅而不失原著丰富内涵的剧本，这个剧本替青春版《牡丹亭》奠下扎实的基础。大导演王童是我们的美术总监，他替青春版《牡丹亭》的美学定了调。王童替这出戏精心设计了两百套戏服，他去苏州多次，亲自挑选绸料，寻找几代相传的老绣娘。青春版《牡丹亭》的服装典雅精致、美轮美奂，对戏曲界产生革命性的影响。青春版《牡丹亭》的十三个男女花神，又是一大亮点，由吴素君编舞，花神们姗姗出场，一亮相，往往获得台下观众惊艳的掌声。其他舞美、灯光、音乐，都经过周密的整体考虑，完全为青春版《牡丹亭》唯美的风格打造。林克华（舞美、灯光）、王孟超（舞美）、黄祖延（灯光），都是台湾舞台工作者一时之选，苏昆周友良为青春版《牡丹亭》整编的曲子，亦替这出九个钟头的戏立下了不小的功劳。

2004 年 4 月 29 日青春版《牡丹亭》上本终于在台北"国家大剧院"世界首演。台湾《联合报》头版头条报道青春版《牡丹亭》即日演出的新闻并附大幅杜丽娘剧照。——其实，这一年来，两岸媒体早已陆续报道青春版《牡丹亭》的林林总总，演出前一两个月，青春版《牡丹亭》的宣传，铺天盖地而来，除了各种媒体的报道，还同时在 Page One 书店举办了一个青春版《牡丹亭》的剧照展，摄影师许培鸿精美绝伦的剧照，首次大规模露面，许培鸿的照片，把一对俊美的青年男女主角推介到全世界，他的照片对青春版《牡丹亭》的宣传，可谓"小兵立了大功"。十年来，他锲而不舍，拍摄了二十多万张青春版《牡丹亭》幕前幕后的照片，一出戏有如此丰富的摄影资料，恐怕是空前的。宣传力度如此之大，观众的期望调到最高点，对于首演，我们是诚惶诚恐的，虽然一年来我们这个团队大家都尽了最大努力，但结果如何，无人能预料。戏要搬上舞台才见真章，观众能否接受，也是一个问号。如果青春版《牡丹亭》首演失败，不仅我们的努力心血付诸东流，对我们标举的"昆曲复兴"运动更是重挫。因此我们对于台北首演，兢兢业业，严阵以待。

台北首演过程其实并非那么顺利。苏昆的道具柜迟来了两天，我们只剩两天时间搭台，这是一出新戏、大戏，灯光、舞美相当复杂，两天时间远远不够，只得雇用加倍工作人员，四十八小时通宵赶工。演出前那几天，我们都绷紧了神经。首演那晚，美术总监王童牺牲前台看戏的机会，留在后台把关，每个演员出场，都要经过他严格审查服装造型。台北演出两轮，九千张票卖得精光，头一晚"国家大剧院"一千五百个座位满座，前几排还坐满了世界各地的学者专家，因为同时间在台北召开了一个"汤显祖《牡丹亭》昆曲研讨大会"。苏昆的青年演员是第一次登上这样国际性的大舞台，小春香沈国芳后来回忆，她上台一出场，两只腿在打哆嗦。可是第一晚苏昆青年演员便有超水平的演出，令人惊艳，男女主角，水袖纷飞，勾动了所有的观众，谢幕时，台下掌声雷动，观众起立喝彩十几分钟。我挽着男女主角俞玖林、沈丰英走向台前，我深深感受得到观众兴奋情绪如潮水般涌来，那一刻，我猛然感悟到：一个新的昆曲时代可能即将来临。

这样的热烈场面，以后数年间，青春版《牡丹亭》巡演所到之处，海峡两岸、大江南北、欧美、新加坡一再复制，七年间，至2011年共演出两百场，观众人次达三十余万，几乎场场满座，青年观众占六七成。北京《青年报》有这样的标题："青春版《牡丹亭》使昆曲观众年龄下降三十岁"。两百场演出，我大概跟了一百五十场，尤其是头几年青春版《牡丹亭》的演出途径，还处在披荆斩棘，筚路蓝缕阶段，必须由我亲自领军作战，每次演出都是一场必须取胜的"战役"，青春版《牡丹亭》刚刚起步，一跤都摔不得。但当时大环境并不利于昆曲推广，其实昆曲式微已久，20世纪，有几个时期，昆曲几乎从舞台上完全消失，"文革"十年当然损伤更大，昆曲观众愈来愈萎缩，大学青年学生，百分之九十以上从未看过昆曲。处此逆势，如何号召广大青年观众步入剧场，安静地观赏有六百年历史的高雅古典艺术，是我们最大的挑战。但一种表演艺术，没有青年观众，尤其青年知识分子的支持，不会有未来。我一直持有一个信念，昆曲之美足以打动人心，而汤显祖的经典之作《牡丹亭》，浪漫瑰丽的爱情故事定能吸引青年男女，而青春版《牡丹亭》在台北首演，观众热烈反应更加奠定我的信心。但如何将这些讯息传给大众，就要靠宣传了。宣传是青春版《牡丹亭》巡演过程中的首要工作，每次演出，除了举行盛大的新闻发布会外，我会接受各种媒体访问——电视、广播、网络、报章杂志。光是电视，我上过中央电视台不下十次，还有北京卫视、上海东方卫视、浙江卫视、阳光卫视、凤凰卫视，我向全中国、全球华人世界的观众喊话：我们的文化瑰宝昆曲，有多么了不起，多么重要，多么美，对我来说每次昆曲演出，就同商周青铜、秦俑、宋朝瓷器展览，具有一样的文化意义。我这样到处重复呐喊，有时觉得自己像个"电视布道家"，在向世人传达"昆曲福音"。大陆、台湾、香港三地的媒体，美国、欧洲，对青春版《牡丹亭》算是特别厚爱，大篇幅的报道，这些年没有断过，于是青春版《牡丹亭》的名声，随着媒体宣传，渐渐向四处扩散，尤其在各个大学里，青春版

《牡丹亭》已经成为青年学子竞相追逐的文化现象。当然，宣传有没有产生效果，完全要看演出是否成功，戏本身不够好，也宣传不起来。两百场演出中有几场是关键性的：

2004年6月11日至13日，于苏州大学存菊堂演出，这是中国大陆首演。青春版《牡丹亭》在台北、香港演出轰动，但中国大陆的观众，尤其是高校学生，他们反应如何，实在拿不准。青春版《牡丹亭》日后演出的场所主要在大陆，大陆首演，其重要性不言而喻。6月下旬，"世界非物质文化遗产"大会在苏州开幕，各国媒体记者蜂拥而至，苏州市主办昆曲演出，昆曲于2001年已被联合国列为"人类口述非物质文化代表作"，主办单位把苏昆另一出戏《长生殿》当作开锣戏，却偏偏将青春版《牡丹亭》押在最后，第十天才上场。届时，媒体早已跑得精光，外来观众也等不到第十天才看戏。如此安排，肯定会把青春版《牡丹亭》大陆首演闷死。我急中生智，跟苏州大学商量，把青春版《牡丹亭》首演放在苏大演出，提前一星期，抢在"世界非遗"大会前面。同时，我避开苏州，到上海去举行新闻发布会，在《文汇报》四十楼大厅，一下子来了全国四十几家媒体，青春版《牡丹亭》在苏大首演的消息，沸沸扬扬传播各地。苏大的演出场地只有存菊堂，是一个20世纪50年代建筑的大礼堂，设备简陋，但有两千七百个座位，学校开始还有些犹豫，三天的戏，哪有那么多人来看？哪晓得消息一出，九千张票一抢而光，各校学生还有好奇观众，从上海、南京、杭州，甚至远至北京、成都，纷纷涌至苏大来看戏，因为舞台设备不够，舞美全派不上用场，只得原始阳春演出，可是简陋的大礼堂中观众挤得水泄不通，走道上也站满了人。演出时，观众热情沸腾，掌声雷动，演完了，还有七八百学生观众涌到前台拍照，场面热烈，像流行音乐晚会。各地涌来的媒体，争相报道。青春版《牡丹亭》大陆首演，一炮而红。这也启动了我们"昆曲进校园"的计划。

2004 年第一年对青春版《牡丹亭》的前途成败最为关键，推动演出也最为艰难，苏州首演后即刻转战杭州、北京、上海，参加各地举办的艺术节、音乐节，这几个大城市，明清时代都曾是昆曲重镇、戏曲中心。青春版《牡丹亭》在这些大城首次亮相，如何征服这些地方的陌生观众，是我们的一大挑战。这种大规模的商业演出，按理应由演艺公司来操盘，但我们没有，只靠我跟我的秘书郑幸燕两人横冲直闯，我笑称我跟郑幸燕是"光杆司令带小兵"，在打游击战。上海演出最是危险。当时上海符合国际标准的剧场是上海大戏院，有一千五百座位，但上海大戏院开张六年，因为商业考虑，从来没演过昆曲。幸亏香港演艺名人何莉莉女士出面主办，何莉莉在大戏院音乐厅开了一家高级法国餐馆，希望把青春版《牡丹亭》当作开幕演出，如此，青春版《牡丹亭》才堂而皇之进入上海最高档的演艺中心，作为上海国际艺术节的一个项目。但主办单位把最高票价定为一千二百元人民币，三天套票便是三千元，在当时，这是天价，大学生不得其门而入，但他们恰是我最重视的观众，于是我便向台湾、澳门几位有志于文化的企业家募款，说服主办单位，低价出售学生票，然后到复旦大学、上海戏剧学院、上海音乐学院演讲，拉了几百个学生去看青春版《牡丹亭》，同时也邀请了上海戏曲学校昆曲班四十位小学生，到大戏院观摩看戏。因为票价太高，我们花了九牛二虎之力宣传，11 月 21 至 23 日上海大戏院隆重演出三本青春版《牡丹亭》，终于满座，上海以及外地文化界、戏曲界，重要人士都到齐了，有一晚，演过我的电影的三位女主角卢燕、姚炜、杨惠姗同时到场，非常难得。上海首演是青春版《牡丹亭》的一座里程碑。上海《文汇报》这样报道：

> 青春版《牡丹亭》首轮巡演上海落幕，白先勇集合两岸三地文化精英，制作青春版《牡丹亭》，希望将有五百年历史的昆曲剧种振衰起疲，赋予新的青春生命。

我的愿望是，大陆、台湾、香港三地的大学生，一生中至少有一次机会接触观赏到昆曲，因而发觉我们传统文化之美。从2005年起，我们开始校园巡演：北大、北师大、南开、南京大学、复旦、同济，西北到达兰州大学、西安交通大学，西南有四川大学，华中有武汉大学、中科大，南边远至广西师范大学、中山大学，甚至厦门大学、台湾交通大学、成功大学。一连去过三十多所高校，每校都有几千学生观赏，四川大学、厦门大学有四五千，学生反应空前热烈，百分之九十以上都是首次接触昆曲。北大是中国大陆高校龙头，学生人文素养比较高，北大公演，当然是重中之重。幸而北大有一个设备不错的表演场所——北大百年纪念讲堂，有两千一百个座位。我们进入北大三次，演过四轮十二场青春版《牡丹亭》及两场新版《玉簪记》，分别上演于2005年、2006年、2009年，全部满座，有一位北大同学在网上如此写道："现在世界上只有两种人，一种是看过青春版《牡丹亭》的，另一种是没有看过的。"另一位北大同学说："我宁愿醉死在《牡丹亭》里，永远不要醒过来。"2009年那一次公演，12月天气零下九度，天寒地冻，演出散场快晚上11点了，还有几百个学生依依不肯离去，他们围上来，就是等着要告诉我一句话："白老师，谢谢您把这样美的戏带给我们。"我深为感动，我就是希望这些青年学子，这些中华民族的未来，能够体会欣赏我们这个民族传统文化的美。在其他大学上演也有许多动人的故事。天津南开大学我们去演过两次，头一次太过火爆，几乎造成暴动。演艺厅只能坐一千二百人，已经有不少学生挤不进去坐在石阶地上，外面还有几百学生要往里冲，校长急忙命令校警一字排开，把暴冲的学生挡住。桂林从来没有演过昆曲，我 2004 年在广西师范大学做过一次演讲，承诺同学们会把青春版《牡丹亭》带到故乡表演，2006 年，我们把青春版《牡丹亭》带到广西师范大学，作为广西师范大学出版社二十周年庆演，一下子轰动了桂林城，许多同学索不到票，不得其门而入，一窝蜂从厕所的窗户爬了进去，把礼堂塞得满满的。

为什么中国大陆的高校学生对青春版《牡丹亭》的反应如此强烈，有时甚至达到狂热的地步？我想这跟社会发展以及青春版《牡丹亭》演出的时机都有莫大关系。十年"文革"对中国传统文化的破坏极大，改革开放后，西方文化，尤其是商业文化，趁势闯入中国大陆，又造成了另一种文化上的混淆。近二十年来，中国大陆经济发展快速，社会相对稳定，这就创造了文化建设的条件。21 世纪的中国青年学生，可以说正站在中国文化走向的十字路口，对"文化认同"（cultural identity）的追求，必然是强烈的。西方英国人的莎剧、德国人的古典音乐、俄国人的芭蕾舞、法国人的绘画、意大利人的歌剧，都是他们民族文化的重要指标，是他们"文化认同"的重要成分。我们中国人呢？这时青春版《牡丹亭》的出现，将中国古典文化（昆曲）之美，以参有现代元素的艺术形式光芒四射地呈现在舞台上，正好满足了中国青年学子追求"文化认同"的心理。汤显祖的《牡丹亭》以最美的艺术形式表现出中国人最深刻的情感，所以能勾动千千万万青年学子一片"春心"。有六百年历史的昆曲，当然也应该是中国文化的重要指标。

2001年，联合国教科文组织第一次甄选"人类口述非物质文化遗产代表作"共十九项，中国昆曲被选为首项，从此昆曲便成为属于全世界人类的文化遗产。2006年9月，我们将青春版《牡丹亭》送到美国西岸演出。青春版《牡丹亭》头两年在中国大陆和台、港、澳四地巡演已得到初步成功，下一步我们希望青春版《牡丹亭》走向国际，与联合国教科文组织对昆曲的评价相呼应，美国是我们的头一站。青春版《牡丹亭》第一次登上世界舞台，是对我们这出戏，对昆曲的一个大考验。三个晚上九个钟头的大戏，美国观众能接受吗？说真话，当时我心中也没有十分把握。西方人对中国戏剧的了解止于京剧，对于昆曲，绝大多数闻所未闻，因此，青春版《牡丹亭》美国行的前期准备工作我们下足了功夫。首先我们选定在四个加州大学校区巡回演出，柏克莱、尔湾、洛杉矶、圣芭芭拉，共一个月十二场。要进入加大如此大阵仗地演出，谈何容易？幸亏我曾执教的加大圣芭芭拉校区华裔校长杨祖佑大力支持、协调，我们才能在四个校区通行无阻。头一站柏克莱就是高门槛，它的演艺中心Cal Performances在西岸颇负盛名，其艺术季经常有世界著名的表演团体演出。演艺中心的主任柯尔开始姿态颇高，他担心票房，对我们的戏是有疑虑的。我赶紧安慰他：我们有企业赞助，Cal Performances保证只赚不赔，因为售票收入全归学校，演艺中心的剧场有两千一百个座位，最高票价两百美金一套。柯尔先生算了一下，才笑逐颜开，让我们在艺术季开锣演出。

青春版《牡丹亭》美国之行，一团八十余人浩浩荡荡，飞机票、交通费、一个月的食宿，费用可观，官方没有补助，全靠我向外募款。这时天意差遣两位贵人来相助，台湾趋势科技文化长陈怡蓁、香港宝实集团董事长刘尚俭，各人赞助五十万美金，我们得以成行。两位赞助人都是台大同学，他们了解青春版《牡丹亭》美国行的重要意义。陈怡蓁的贡献尤其大，她不仅出钱，而且率领她手下趋势科技的团队，全程参与操盘，她本人东西两岸奔走，为演出事项，不辞劳苦，跟各部门洽商。我自称为"昆曲义工"，其实我们这个团队里有一大群义工，大家都为复兴昆曲而努力，陈怡蓁从此也变成了我们的大义工。

美国演出，我们前两个月便开始宣传，我和当地几位女教授李林德、朱宝雍，到处演讲，向美国观众解说昆曲，又把纽约的昆曲学者汪班请到柏克莱，演出前给观众导读。我们动员了西岸各地所有的力量，华侨、领事馆、同学会（一女中、台大、北大），中外媒体密集报道，青春版《牡丹亭》未演先轰动，十二场票全部售罄。

9月15日晚，青春版《牡丹亭》在柏克莱Zellerbach Hall登场，两千一百个座位坐满了满怀期待的观众，有一半以上是非华裔的。剧场灯光设备好，那晚女主角沈丰英的妆化得特别美，杜丽娘一出场，千娇百媚，风华翩跹，台下轰然一阵碰头彩，我一个忐忑不安的心才定了下来。这晚青春版《牡丹亭》演出的成败，毫不夸张地说，关于昆曲在国际上的地位。演毕落幕，全场观众起立鼓掌喝彩，热烈程度超过国内演出的时候。其后十一场演出，场场如此，青春版《牡丹亭》在美演出成功，美国媒体宣称青春版《牡丹亭》美国行是继 1930 年梅兰芳访美以来，中国戏曲对美国文化界冲击最大的一次。柏克莱演毕，我们在海边东海饭店设庆功宴，参加者近四百人，把整座饭店包了下来，当地侨领把唐人街的锣鼓乐队请了来，在锣鼓喧天中，青春版《牡丹亭》成员及观众度过最"high"的一晚。

首演三年后，2007 年青春版《牡丹亭》第一百场在北京北展剧场上演，北展有两千七百个座位，又是三晚爆满。第一百场，演员的演技成熟了，男女主角俞玖林、沈丰英创下了他们演艺生涯的最高峰，俞玖林的《拾画》，沈丰英的《寻梦》，完美无瑕的演出，深深地打动了观众的心。这场百场庆演是由中国文化部主办，又是香港刘尚俭先生大力赞助演出。香港何鸿毅家族基金在故宫建福宫为青春版《牡丹亭》演出成功设庆功宴。建福宫是当年老佛爷慈禧太后宴客的地方，那是一场最高规格的庆功宴了，当晚海内外文化界人士冠盖云集，以饰演慈禧太后著名的明星卢燕也参加了。

当初谁也没料到青春版《牡丹亭》原班人马会演到两百场，首演七年后，2011 年青春版《牡丹亭》第二百场庆演在北京国家大剧院歌剧厅隆重举行。歌剧厅有两千三百个座位，设备一流，舞台纵深可以用背面投影，第二百场的演出，我们的舞美终于发挥了最大效果，美不胜收。进到大剧院歌剧厅绝非易事，歌剧厅只演大型歌剧、歌舞剧，传统戏曲只能在旁侧一个小型戏院演出。但青春版《牡丹亭》第二百场庆演，必须以最高规格、最佳场地演出。我们提出申请，四处碰壁，最后没法，只好写信到国务院，我的理由：大剧院歌剧厅可以经常上演西方歌剧、歌舞剧，何以被联合国教科文组织认定为人类文化遗产代表作的中国昆曲反而不能登上歌剧厅的舞台？国务院批示下来，大剧院歌剧厅顿时大门洞开。青春版《牡丹亭》二百场庆演，满堂红，满堂彩，轰轰烈烈落幕。演到二百场，我认为青春版《牡丹亭》阶段性的使命已经完成。最后散场时，有一位演员赶在我身后叫了我一声"白老师……"便哽咽落泪。我了解她悲喜交集的情绪，我们一起走了好长好长一段崎岖行旅，完成一件巨大到不可思议的文化工程，列车将到终站，不免依依难舍。

据我默默观察，青春版《牡丹亭》这十年海内外巡演的结果，破了几项纪录，也产生了很大的影响：它唤回了昆曲在舞台上的青春生命，恢复昆曲在舞台上姣好亮丽的风貌，改变观众对昆曲老旧迟缓的刻板印象，昆曲也可变成年轻观众时尚追捧的表演艺术。

青春版《牡丹亭》把为数甚众的青年观众，尤其是大学生，召唤回剧院看昆曲，中国高校学生百分之九十以上从未接触过昆曲，青春版《牡丹亭》对这些青年学子有启蒙功效，很多因此爱上昆曲，并且对中国传统文化之美有了新的认识。"昆曲进校园"是我们的重要目标，我们在三十多所高校巡演，造成一片高校昆曲热。我又继续募款，在北京大学、香港中文大学、台湾大学设立昆曲中心，开授昆曲课程，聘请昆曲学者、昆曲大师，开一连串讲座式课程，同时我把苏昆小兰花班演员请来做示范演出，案头场上，都让学生有所感受。如此，大陆和港台的大学都设立了昆曲课，恢复了昆曲学术上的地位与尊严，昆曲课也变成大学重要的文化启蒙课程，选课学生甚众，培养学生观众，得以持续下去。

青春版《牡丹亭》训练了一批青年演员接班，苏昆小兰花班演员，海内外巡演两百多场，有丰富的舞台经验，与同侪相比，得天独厚。我又鼓励并资助他们，向老一辈的昆曲大师学戏，把昆曲大师们的绝活继承下来，如今小兰花班生旦净末丑行当整齐，可以排演大戏了。

同一个戏组，同一批人，连续十年演同一出戏演了两百三十多场，这在昆曲演出史上，独一无二。更难得的是这两百三十多场，满座率竟高达百分之九十。有的大场子，观众四五千。这种演出，完全打破昆曲演出传统。20 世纪 50 年代，因《十五贯》的走红，有"一出戏救活了一个剧种"之说，但那个现象毕竟是靠政治操作，而青春版《牡丹亭》也是一出戏振兴了昆曲，不过这是发自民间的自然力量。

青春版《牡丹亭》成功的因素为何？这些年来有许多学者专家都评论过，作为制作人，经过亲身经历体验，我有几点看法：

首先，青春版《牡丹亭》的制作是一次学术界、文化界、戏曲界的大结合。制作团队里有学者、艺术家（画家、书法家、舞蹈家）、昆曲大家。明清时期，昆曲演出往往是文人与伶人的结合，所以昆曲才能富有诗的意境，充满文人气息。青春版《牡丹亭》是在恢复这个老传统，而且是两岸文化人与戏曲表演家的完美结合，彼此截长补短，可以说是近年来两岸合作共同打造的文化工程中，最具影响力的一项。连台湾最负盛名的书法家董阳孜及画家奚淞的艺术精品，也上了我们的舞台。

青春版《牡丹亭》中，传统与现代结合成功，这是我们最大的挑战。我们要制作的是一出既传统又现代的昆曲。21 世纪的大剧院多半是西方歌剧厅式的舞台，灯光以计算机控制。表演艺术与科技结合是必行之路，如何利用科技而不为所役，是我们严肃考虑的，在舞美、灯光、服装设计、舞台调度各方面，我们谨慎地注入了现代元素。

其次，青春版《牡丹亭》的成功，除了天助还有人助。其实是多少人的善心、诚心在背后支撑，让我们乘风破浪，安全抵达目的地。这出戏的制作和巡演需要巨大投资，十年来的费用超过三千万元人民币，全靠一批有心的企业家无私的挹注，我们这出戏才能平步青云。因为我们的制作，精益求精，什么都用最好的，当然所费不赀，而我们的演出，很多场是公益性的校园演出，成本没有回收，目的只希望能引起学生对昆曲的兴趣热情。这些都需要钱，没有钱，寸步难行。这些年来募款便成为我沉重的工作。向人托钵化缘，绝非我所长。有一次面对着赞助人，一顿饭下来，就是开不了口。我的秘书在旁等急了，干脆向赞助人说明来意，讲出数目。幸亏大多数的赞助人都是因为对我信任，认同我们复兴昆曲的文化大业，自动解囊相助。第一个是台积电曾繁城先生，我们的"筹办费"是他捐的，他真的热爱昆曲，看了好几轮青春版《牡丹亭》。澳门沈秉和先生因为在香港看到我们的戏，主动找到我，愿意支持，我们头一轮二百套亮丽的戏服行头便是他捐助的。香港余志明先生及夫人陈丽娥女士不仅是我们的赞助人，也变成了青春版《牡丹亭》最热忱的拥护者，十年间，青春版《牡丹亭》重要演出，他们二位一定到场打气加油，我跟他们不知分享过多少次演出成功的兴奋。香港何鸿毅家族基金赞助我们三年，这是关键的三年，2006年至2008年，青春版《牡丹亭》在十多所高校，掀起一阵昆曲热、《牡丹亭》热。2007年北京国家大剧院落成试演，昆曲只邀请了青春版《牡丹亭》，但演出还需要费用的，临时才通知我们，一时间几十万人民币哪里找？香港中文大学校董周文轩先生得知我们的困境，二话不说，顶着六月天的大太阳亲自走到银行汇款给我们救急，不料两三天后，周先生进了医院，一病不起，那是他最后一项善举，令我怀念至今。第二百场庆演在国家大剧院歌剧厅演出，这场演出花费是大的，美国赵廷箴文教基金会，及台达电文教基金会，是这次的赞助人。我们换了新行头，演员在舞台上，光彩照人。台达电赞助最新投影机，我们在大剧院的展览厅开了一个盛大的青春版《牡丹亭》摄影展，以最新技术设计了两面光墙，一面青春版《牡丹亭》，另一面新版《玉簪记》，绚丽夺目，摄影师替青春版《牡丹亭》拍下二十多万幅照片，如今选出最精粹的作为展览，规模之大，陈列之精美，一时震动京师。最后必须提到苏州台商李云政、沙曼莹夫妇，他们出钱出力外，对演员的呵护照顾，无微不至，令人感动。

青春版《牡丹亭》的成功除了媒体特别厚爱，铺天盖地地宣传外，学术界昆曲专家学者的充分肯定，也大大帮助青春版《牡丹亭》在学术界站稳一席之地。周秦（苏州大学）、吴新雷（南京大学）、叶长海（上海戏剧学院）、宁宗一（南开大学）、余秋雨（上海戏剧学院）、叶朗（北京大学）、江巨荣（复旦大学）、邹红（北师大）、黄天骥（中山大学）、刘俊（南京大学）、黎湘萍（中国社科院文研所）、王文章（中国艺术研究院）、朱栋霖（苏州大学）、傅谨（中国戏曲学院），都曾为文赞扬过青春版《牡丹亭》，而且亲身参加多次青春版《牡丹亭》研讨会。

这十年来，青春版《牡丹亭》的巡回演出，我大概跟了一大半，我并不是一个热衷旅行的人，尤畏车马劳顿，没想到到了晚年为了青春版《牡丹亭》，飞来飞去，走遍大江南北，远至欧美，有时觉得自己像个草台班班主，领着个戏班子到处闯江湖。因为跟小兰花班演员相处日久，随着青春版《牡丹亭》演出的起起伏伏，我跟他们也生出一种成败相关，休戚与共的感情来。2013 年冬天，我重返苏州，与小兰花班相聚于沧浪亭，那是十年前，我向男女主角解说《游园惊梦》的所在，十年后，大家回忆青春版《牡丹亭》一路走来的点点滴滴，欢笑居多，有一种共同完成一件大事的欣慰，但似水流年，也有些微曲终人散的惆怅。十个小兰花班成员说要献给我一个礼物，不提防，笛声响处，他们合唱起《游园》中的一段【皂罗袍】来：

原来姹紫嫣红开遍，似这般都付与断井颓垣……

文学因缘

——感念夏志清先生

我因文学而结识的朋友不少,但我与夏志清先生的一段文学因缘,却特殊而又悠久,前后算算竟有半个多世纪了。我在台大念书的时期,便从业师夏济安先生主编的《文学杂志》上读到夏志清先生的文章。尤其是他那篇论张爱玲小说《秧歌》的力作,对当时台湾文学界有振聋启聩的作用,两位夏先生可以说都是我们那个世代的文学启蒙老师。

1963年我到美国念书,暑假到纽约,遂有机会去拜访夏志清先生,同行的有同班同学欧阳子、陈若曦等人。因为我们都是夏先生兄长济安先生的学生,同时又是一群对文学特别爱好、开始从事创作的青年,我们在台大创办的《现代文学》杂志,夏先生亦是知晓的,所以他对我们特别亲切,分外热心。那天他领了我们一伙去赫逊河(Hudson River)坐游船,那是个初夏的晴天,赫逊河上凉风习习,纽约风光,历历在目。夏先生那天的兴致特别高,笑话一直没有停过,热闹非凡,五十年前那幅情景,迄今栩栩如生。有夏先生在,人生没有冷场的时候,生命不会寂寞,他身上散发出来的一股强烈的光与热,照亮自己,温暖别人。

1963年夏天,我在哥伦比亚大学上暑期班,选了一门马莎·弗莉（Martha Foley）开的"小说创作"，弗莉是《美国短篇小说年度选》的资深编辑，这本年度选集，颇具权威，课上弗莉还请了一些名作家如尤多拉·韦娣（Eudora Welty）来现身说法。课余，我便到哥大 Kent Hall 夏先生的办公室去找他聊天。那时年轻不懂事，在夏先生面前高谈阔论，夸夸其谈自己的文学抱负，《现代文学》如何如何，说得兴起，竟完全不顾自身的浅薄无知，夏先生总是耐心地听着，还不时说几句鼓励的话。夏先生那时心中不知怎么想，大概会觉得我天真幼稚，不以为忤。夏先生本人从不讲究虚套，快人快语，是个百分之百的"真人"，因此我在他面前，也没有什么顾忌，说的都是心里话。打从头起，我与夏先生之间，便建立了一份亦师亦友，忘年之交的关系，这份情谊，一直维持了半个世纪，弥足珍惜，令人怀念。

后来我回到爱荷华大学念书，毕业后到加州大学教书，这段时期，我开始撰写《台北人》与《纽约客》系列的短篇小说，同时也开始与夏先生通信往来，几乎我每写完一篇小说登在《现代文学》上后，总会在信上与他讨论一番。夏先生私下与人相处，非常随和，爱开玩笑，有时候兴奋起来，竟会"口不择言"，但他治学严谨却是出了名的，他写信的态度口气，与他平时谈吐亦大不相同，真诚严肃，一本正经，从他的书信看得出来，其实夏先生是个心思缜密、洞烛世情的人，而他又极能宽厚待人，对人对生命，他都持有一份哀怜之心。试看他与张爱玲的书信往来，夏先生爱其才，而又悯其坎坷一生，对她分外体贴入微。他们之间的信件，真情毕露，颇为动人。

我有幸也与夏先生保持一段相当长的书信往返，他对我在创作上的鼓励是大的。夏先生对已成名的作家，评判标准相当严苛，他在《中国现代小说史》中对鲁迅、巴金等人丝毫不假辞色，可是他对刚起步的青年作家却小心翼翼，很少说重话，以免打击他们的信心。那段时期我与夏先生在文学创作上，互相交流，是我们两人交往最愉快的时光，每次收到他那一封封字体小而密的信，总是一阵喜悦，阅读再三。我的小说，他看得非常仔细，而且常常有我意料不到的看法。《纽约客》系列他比较喜欢《谪仙记》，他认为结尾那一段李彤自杀，消息传来，她那些朋友们的反应，压抑的悲哀，写得节制而达到应有的效果。后来他把《谪仙记》收入他编的那本《20 世纪中国短篇小说选》，英文是我自己译的，经过夏先生精心润饰，其中也选了张爱玲的《金锁记》，这本选集由哥伦比亚大学出版，当时有不少美国大学当作教科书。

我们在讨论《台北人》小说系列时，我受益最多，关于《游园惊梦》，他说我熟悉官宦生活，所以写得地道。他又说在《满天里亮晶晶的星星》里，我对老人赋予罕有的同情。一般论者都认为这只是一篇写同性恋者的故事，夏先生却看出这篇小说的主旨其实是在写年华老去的亘古哀愁。至于对《台北人》整体的评价，他说《台北人》可以说是部民国史，民国的重大事件，武昌起义、五四运动、抗日战争、国共内战，都写到小说中去了。

1969 年夏先生写了一篇一万多字的长文《白先勇论（上）》评论我的小说，这篇文章发表在《现代文学》12 月第三十九期上。那时我只写了二十五篇短篇小说，《台北人》系列才完成七篇。夏先生这篇论文，对我的小说在当时起了很大的肯定作用。文中有些溢美之词："白先勇是当代短篇小说家中少见的奇才。""在艺术成就上可和白先勇后期小说相比或超越他的，从鲁迅到张爱玲也不过五六人。""尤其从《永远的尹雪艳》到《那片血一般红的杜鹃花》那七篇总名《台北人》的小说，篇篇结构精致，文字洗练，人物生动，观察深入，奠定了白先勇今日众口交誉的地位。"这篇"上论"其实只论到早期几篇小说。他认为早期写得最好的一篇是《玉卿嫂》，他详细深入地分析了这一篇小说，引用爱神维纳斯（Venus）与美少年阿多尼斯（Adonis）的悲剧神话，来比喻玉卿嫂与庆生之间一段冤孽式的爱情故事，观点颇具创意。

《白先勇论（上）》最后夏先生如此预告："我对《芝加哥之死》要说的话很多，留在本文第三节同别的后期小说一并讨论。"但夏先生始终没有写出下篇，可能他想等我的《台北人》系列写完后，再论。可是《台北人》一直到 1971 年才写完，接着欧阳子分析《台北人》一系列的文章陆续注销，并结集为《王谢堂前的燕子》，夏先生有一次跟我通信提到《台北人》已有人精心论析，他认为他自己不必再写了。后来《寂寞的十七岁》出版时，夏先生把《白先勇论（上）》改为《白先勇的早期小说》当作序言。

夏先生在我教书生涯上，亦帮了大忙。1965 年我从爱荷华大学作家工作室拿到艺术硕士学位。这种学位以创作为主，止于硕士。当时我的选择有两个：我可以继续攻读博士，循着一般当教授的途径，在美国念文学博士起码要花四五年的工夫，我那时急着要写自己的小说，不愿意花那么大的工夫去苦读研究别人的作品，而且好像写小说的人，很少有念博士学位的。另一个选择就是找份工作，一面写作。正好加州大学圣芭芭拉校区东方语文系有一个讲师空缺，教授中国语文，我去申请得以录取，夏先生的推荐函有很大的影响，以夏先生在美国汉学界的地位，他的推荐当然有一定的分量。后来，在我长期的教书生涯中，每逢升等的关键时刻，夏先生都会大力推荐，呵护备至。因为我没有博士学位，在美国大学升等，十分不容易，我很幸运，凭着创作及教学，一直升到正教授退休，夏先生一封封强而有力的推荐信，的确帮我渡过不少难关。其实夏先生提携后辈，不遗余力，他的弟子门生，对他都常怀感念。夏先生虽然饱受西洋文化的洗礼，事实上他为人处世，还是地地道道中国人的那一套：重人情、讲义气、热心肠、好助人。夏先生自哥大退休，接班人选中了青年学者王德威，他赏识王德威的才学，也喜欢他的性格，大力栽培，爱护有加，两人情同父子，夏先生晚年，王德威对夏先生的照顾亦是无微不至的。

虽然我长年在美国西岸加州大学教书，但我也有机会常到东岸，尤其是纽约，探望亲友、开会演讲。每次到纽约，我一定会去拜访夏先生。夏先生好客，我去了，他总会约好我住在纽约的老同学、老朋友——丛甦、庄信正等人一同到他喜欢的几家中国饭馆去共进晚餐。我记得有一次还到纽约中国城的"四五六"吃江浙菜，那家红烧大乌参特别有名。丛甦与庄信正是我的学长，也是夏济安先生的弟子，与夏志清先生及夏太太王洞女士数十年相交，是他们伉俪最亲近的朋友。我们几个人一同聚餐，谈笑无拘，是最快乐的时光。

1974 年，亚洲研究协会（Association for Asian Studies）在东岸波士顿开年会，中国文学方面夏先生主持了一节研讨会，他邀我参加，我宣读的论文是《流浪的中国人——台湾小说中的流放主题》（The Wandering Chinese—the Theme of Exile in Taiwan Fiction）。平时我很少参加 AAS 的年会，年会的目的虽然说是为了学术界互相切磋，但很多时候是为了觅职，互攀关系。但那次因为是夏先生当主持人，而且许多朋友都参加了，我记得有李欧梵、刘绍铭、杨牧、於梨华、钟玲、陈幼石等人，热闹非凡。那次夏先生特别高兴。

1982 年，我的小说《游园惊梦》改编成舞台剧，在台北"国父纪念馆"公演十场，轰动一时。纽约大学中国同学会邀请我与女主角卢燕到纽约大学去放映《游》剧录像带，并举行座谈会，夏先生与丛甦都被邀请参加座谈。夏先生对卢燕的演技十分激赏，他说我写《游园惊梦》是 stubbornly Chinese。那时李安正在纽约大学念电影，他也来参加座谈会。会后还邀请我们观赏他的学生毕业短片。没想到后来他变成了国际大导演，是台湾之光。

1993 年，夏先生七十岁退休，王德威精心策划，在哥伦比亚大学开了一个研讨会，将夏先生的弟子都召唤回来，替夏先生祝寿。有的宣读论文，有的自述跟夏先生的交往关系，其间还有夏先生的同事、老友，我也应邀参加。那是一个温馨而有趣的场合，夏先生的同事门生一一上台，讲述了夏先生许多趣事、糗事，台下笑声不断。但大家的结论都推崇夏先生在西方汉学界，尤其是中国小说史述方面的巨大贡献，大家一致称赞。他的两本英文著作《中国现代小说史》、《中国古典小说》是研究中国小说的两座里程碑，在西方学术界，有不可取代的地位。夏先生在哥大教书数十年，作育一大群洋弟子，散布在美国各大学教授中国文学，夏氏门生影响颇大。

夏先生八十岁生日时，我写了一篇长文《经典之作——推介夏志清教授的〈中国古典小说〉》，为夏先生祝寿，评介他那本经典论著，后来登在《联合报》上。说来《中国古典小说》这本书与我也很有一段因缘。夏先生对我们创办的《现代文学》一向大力支持，常常赐稿，他在这本杂志上发表过不少文章，而且都是极有分量的论文。在 1965 年第二十六期上，首次刊出夏先生的《〈水浒传〉再评价》，这篇论文是他《中国古典小说》中《水浒传》那一章的前身，由何欣先生译，接着《现代文学》第二十七期又刊出夏先生的《〈红楼梦〉里的爱与怜悯》，这篇论文后来扩大成为他书中论《红楼梦》的那一章。那时我已知道夏先生在计划写《中国古典小说》这本书，付印前，我请他将样稿先寄给我阅读，因此，我可能是最早看到这本书的读者之一，我希望将此书各章尽快请人译成中文在《现代文学》注销。我记得那大概是 1968 年的初春，接到夏先生寄来厚厚一沓样稿，我花了几天工夫，不分昼夜，一口气把这本巨著看完了。看文学评论著作，很少让我感到那样兴奋过，《中国古典小说》这本书的确引导我对书中论到的六部经典小说，有了新的看法。

除了《三国演义》那一章是请庄信正译出刊在《现代文学》第三十八期（1969）外，其余各章仍由何欣翻译，刊登在《现代文学》的有五章："导论"、"《水浒传》"、"《西游记》"、"《红楼梦》"。本来何先生把"《金瓶梅》"、"《儒林外史》"也译出来了，但是当时《现代文学》财源枯竭，暂时停刊，所以"《金瓶》"、"《儒林》"这两章中译始终未能登出。那时我自己创办晨钟出版社，有心将夏先生这本书的中译本在台湾出版，并征得了夏先生的同意，但因为夏先生出书谨慎，出版中译本须自己校对，仔细修改。这一拖下来，便是数年，直到晨钟停业，这本书仍未能付梓。这是一直耿耿于怀的一件事。1988 年《中国古典小说》中译本终于问世，不过是在中国大陆出版的。这本著作本身就是一本经典，曾引导西方学界对中国古典小说的研究走向新的途径、产生新的看法。在《现代文学》上登载的几章中译，对台湾学界，亦产生深刻的影响。

夏先生退休不久，患了心律不齐的病症，但他非常注重保养身体，所以健康精神都还很不错。直到三年多前，夏先生因病住院，那次病情来势汹汹，夏先生在医院住了相当长的一段时期，全靠夏太太全心全力照顾呵护，才得转危为安。其间我常与夏太太通电话，用电邮联络，知道夏先生病情凶险，也暗暗替他着急，为他祈祷诵经。后来知道他康复出院了，大家才松了一口气。那段日子夏太太真是辛苦，每天探病，一个人长途跋涉，了不得的坚强。

2012年11月间我因出版父亲的传记《父亲与民国》，纽约《世界日报》及华人作家协会，邀我到纽约演讲，同时苏州昆剧院也应邀到纽约演出青春版《牡丹亭》的精华折子。我在法拉盛演讲，听众有六七百人，夏先生与夏太太也去参加，我一讲就讲了三个钟头，因为父亲一生与民国历史都是讲不完的故事。夏先生坐在前排，竟撑住了，还听得很入神。青春版《牡丹亭》折子戏在 Hunter College 的戏院上演，我请了一批朋友去看——丛甦、庄信正夫妇、李渝，当然还有夏先生、夏太太。那天的戏男女主角俞玖林、沈丰英演得特别卖力，尤其是俞玖林的《拾画》分外出彩，半个钟头的独角戏挥洒自如，夏先生坐在我身旁兴奋得指着台上叫了起来：那个男的怎么演得那么好！

看完戏第二天，夏先生、夏太太请我吃饭，庄信正两夫妇也参加了，还有夏先生的妹妹。我们在附近一家有名的法国餐馆吃龙虾大餐，那次夏先生的精神气色都特别好，一点不像生过重病的样子，那天晚上，又跟我们从前聚餐一样，大家说得高兴，吃得开心。夏先生对人生那份乐观的热情，是有感染性的，跟他在一起，冬天也不会觉得寒冷。

夏先生病后已不便于行，需坐轮椅，那晚吃完饭，夏太太用轮椅推着夏先生回家，我看见夏太太努力地推着轮椅过马路，在秋风瑟瑟中两老互相扶持，相依为命，我心中不禁一阵悯然，深深被他们感动。

2013年12月29日夏先生过世，噩耗传来台北，虽然我已听说夏先生又因病住院，但还是抵挡不住突来的伤痛，掉下泪来。我打电话到纽约给夏太太，她说夏先生走得很平静，前一天28号还吃了我叫 Harry & David 送过去的皇家梨（royal pears）。近年来我不在美国过圣诞，不过总会预先订好皇家梨，圣诞节送给夏先生，那是他最爱吃的水果。

多才多艺卓以玉

我很早就认识卓以玉了，抗战胜利，我们到上海念书，我的三妹先明念的便是当时上海名校，中西女中。卓以玉是先明的同学，也是她的室友。我去中西探望先明，在先明的寝室里，我第一次见到卓以玉，她那时还是个初中生，是先明的好友。人与人相交，全凭缘分，卓以玉与我们家的交往，从来也没有断过，延绵下来，超过一个甲子，六十多年。1949年我们离开上海到了香港，卓以玉恰恰住在我们隔壁一条巷子，而且竟又跟先明同学，一同念圣玛丽，那也是香港的名校。这时期卓以玉常到我们家来玩，跟我们家人都很熟了，我们叫她"老卓"。后来大家各分东西，到美国留学，卓以玉在美国跟先明仍然保持来往，可是先明不幸，患了精神病，被送回台湾休养。20世纪80年代，卓以玉到台湾开画展，我带先明去参观，先明还送给卓以玉一只小花篮。先明1989年病逝，卓以玉写了一首极动人的诗纪念她的儿时好友。

我发觉原来卓以玉也住在加州，我1980年到加州大学柏克莱客座，教了一个学期，卓以玉刚巧也在旧金山州立大学攻读博士，她请我到她家吃了一顿她亲自下厨的宴席，那是我毕生难忘的一顿海鲜宴，很少人知道，原来卓以玉的厨艺也是一流的。卓以玉后来到圣地亚哥加州州立大学教书，我们又开始往来，重续前缘，直到我们如今都退了休。因为童年的记忆与交情，卓以玉好像已经成为我们家族的一分子，彼此自有一份亲切与关心。

我曾撰文写过卓以玉是才女，她的才艺多姿多彩。卓以玉出身书香世家，她的父亲是北大教授，林徽因是她的姑姑，耳濡目染，林下风范，自然天成。首先是她的画作，卓以玉的水彩，独树一帜，她的早期作品，半抽象的花卉，生机盎然，令人见之忘忧。她的晚期作品，随着她修佛的境界，山水间，处处透出禅意，显露天机。是这些抽象写意的山水画，让卓以玉在绘事上建立了她自己的地位。

卓以玉对文字很敏感，她偶尔一为的小诗，也常常别出心裁，《天天天蓝》谱成了流行歌，被潘越云唱成了流行经典，在华人世界广为传播。我记得潘越云《天天天蓝》的专辑出来时，大热卖，正好我跟卓以玉都在台北，飞碟唱片公司的老板吴楚楚一高兴便车我们两人到基隆海边去吃有名的海产。

天天天蓝
叫我不想他也难
不知情的孩子
他还要问
你的眼睛为什么出汗

卓以玉是林云大师的大弟子，深受大师教诲，影响极大，尤其是堪舆学，卓以玉极有心得，她自己也成为颇负盛名的堪舆学家。现在西方人对于中国的堪舆风水学也渐渐热衷起来，许多大旅馆如 Hyatt 都曾请卓以玉去帮他们勘查风水。

卓以玉在美国推广中国文化，很有贡献，被选为美国国家文艺委员会（National Council on the Arts）委员，是继著名建筑师贝聿铭后第二位华人委员。

卓以玉晚年笃信藏传佛教，发愿将余生献佛，"日日时时，分分秒秒"。功成身退后的才女卓以玉，现在过着"含饴弄孙，与世无争的生活"。

谪仙记

——写给林青霞

　　林青霞的名字取得好，"青霞"两个字再恰当不过，不容更改。青色是春色，象征青春，而且是永远的；霞是天上的云彩，是天颜，不属人间。青霞其人其名，让我联想起李商隐的《霜月》诗——青女素娥俱耐冷，月中霜里斗婵娟。青女乃主霜雪之神，冰肌玉骨，风鬟雾鬓，是位孤高仙子。林青霞是台湾制造出来的一则神话，这则神话在华人世界里闪耀了数十年，从未褪色。

　　我第一次看到的林青霞的电影是 1977 年李翰祥导的那部《金玉良缘红楼梦》，她的第一部电影《窗外》，倒是后来在美国看到的。我自己是红迷，林青霞反串贾宝玉，令人好奇。说也奇怪，这些年来，前前后后，从电影、电视、各类戏剧中，真还看过不少男男女女的贾宝玉，怎么比来比去，还是林青霞的贾宝玉最接近《红楼梦》里的神瑛侍者怡红公子。林青霞在她一篇文章《我也梦红楼》中提到她与《红楼梦》的缘分，觉得自己前世就是青埂峰下那块大顽石。《红楼梦》写的是顽石历劫，神瑛侍者下凡投胎，是位谪仙，所以宝玉身上自有一股灵气，不同凡人。林青霞反串贾宝玉，也有一股谪仙的灵气，所以她不必演，本身就是个宝玉。这是别人拼命模仿，而达不到的。

1987 年，隔了三十九年，我重回上海，上影厂的导演谢晋来找我商谈改编我的小说拍成电影的事。谢晋是当时大陆最具影响力的导演，他的《芙蓉镇》刚上演，震动全国。谢晋偏偏选中了《谪仙记》，这多少出乎我意料之外。这篇小说以美国及意大利为背景，外景不容易拍摄，谢晋不畏艰难，坚持要拍这个故事，因为他看中了故事中那位孤标傲世，倾倒众生的女主角李彤，他欣赏她那心比天高，不向世俗妥协的个性。她也是一位在人间无处容身的谪仙，最后自沉于海，悲剧收场。这样一位头角峥嵘，光芒四射的角色，哪位女明星能演呢？谢晋跟我不约而同都想到：林青霞，就是她。我们认为林青霞可以把李彤那一身傲气、贵气演得淋漓尽致。林青霞有那个派头。谢晋去接触林青霞，据说她已有允意，而且还飞到上海去试过镜，但那时台湾对大陆刚开放，还有许多不确定的因素，林青霞大概在诸多考虑之下，到底没接下这部片子。《谪仙记》后来改名为《最后的贵族》，李彤一角，落到潘虹身上，男主角是濮存昕。摄影组到纽约拍摄，拍到酒吧中李彤买醉那一场，林青霞突然出现，到现场探班。据武珍年的记载，林青霞"穿着黑色的上衣、裙子，黑色的大氅，飘逸地走到了我们大家面前"，她拥抱了潘虹，而且又"握住谢晋导演的手久久不放"，林青霞是在祝福潘虹，向谢晋致歉。林青霞大气，有风度。

潘虹是个好演员，最后李彤在威尼斯自沉的那场演得很深刻。但我常常在想，如果换成林青霞，踽踽独行在威尼斯的海边，夕阳影里，凉风习习，绝代佳人，一步一步走向那无垠的大海——那将是一个多么凄美动人的镜头。

其实我在 20 世纪 80 年代初就跟林青霞会过面，1982 年我的舞台剧《游园惊梦》在台北上演，轰动一时，制作单位新象的负责人许博允兴致勃勃，想接着把《永远的尹雪艳》也搬上舞台。他把林青霞约在一位朋友家里，大家相聚。尹雪艳是另一个遗世独立的冰雪美人，许博允大概认为林青霞就是永远的尹雪艳吧，那时林青霞红遍了半边天，可能头一次见面，有几分矜持，坐在那里，不多言语，一股冷艳逼人。后来跟青霞熟了，才发觉原来她本人一点也不"冷"，是个极温馨体贴的可人儿。二十多年后，一次在香港机场，等机时我买了一些日用品，正要到柜台付钱发觉已经有人替我付了，回头一看，青霞微笑着站在那里，很随便地穿了一件白衬衫，背了一个旅行袋。她跟施南生一伙正要到吴哥窟去。青霞已经退出影坛多年，看她一派轻松，好像人生重担已卸，开始归真返璞了。可是浓妆淡抹总相宜，风姿依旧。

2007 年 10 月北京国家大剧院落成，开幕第一出戏邀请的便是青春版《牡丹亭》三本大戏。青霞在好友金圣华的怂恿下，也一起到北京去观赏《牡丹亭》。她没看过昆曲，只想试一试看第一本，哪晓得一连看了三天，完了兴犹未尽，还邀请《牡丹亭》的青年演员去吃宵夜，她一下便被昆曲的美迷住了，而且由衷地爱惜那群努力扮演《牡丹亭》角色的年轻伶人。十几个《牡丹亭》里的花神把青霞团团围住，女孩子们兴奋莫名，做梦也没想到居然能跟她们崇拜的偶像"东方不败"坐在一起。她们对青霞的电影如数家珍，原来大陆的电视常年在播放她的戏。青霞取出了一沓签名照片，给了那些女孩子一人一张。香港大学同时在北京举行了昆曲国际研讨会，在国家大剧院七重天的花瓣厅开了一个盛大的晚会，那晚文化界冠盖云集，青霞盛装出席，我挽着她进场时，全场的注意力，当然又集中在这颗熠熠发亮的星星身上了。

　　这几年青霞生活的重心之一是写作，她很认真，有几次跟我讨论，问我写作的诀窍，我说："写你的心里话。"她的第一本书《窗里窗外》果真写下了许多心里话，可说是本"青霞心语"，我写下这样的感想：

　　　　你这本书给我最深的感受是你对人的善良与温暖。"真"与"善"是你这本书最可贵的特质，因此这本书也很"美"。

　　这些话用在她第二本散文集《云去云来》上，也一样正确。第二本书还是以人物画像刻画得最好。《印象邓丽君》是一幅很动人的速写，邓丽君是另一则"台湾神话"，她的甜美歌声，响彻大地，曾经是多少人的心灵鸡汤，尤其是饱受"文革"创伤的大陆同胞。林青霞、邓丽君在一起，一对丽人，倒还真像青女素娥，月中霜里斗婵娟。难为两位"神话人物"，竟能彼此惺惺相惜。青霞写这篇纪念文章，极有分寸，写到两人的友情交往，含蓄不露，写到邓丽君香消玉殒，则哀而不伤，这都由于她对邓丽君敬重，不肯轻率下笔的缘故吧。其实邓丽君不好写，她是个神秘女郎，她的声音在你耳边，可是她的人却飘忽不定，难以捉摸。青霞几笔速写，却把这个甜姐儿抓住了，勾画得有棱有角。

　　青霞跟张国荣的交情匪浅，两本书中都提到他，而且笔调都充满了哀怜与惋惜。2003 年 4 月 1 日张国荣在文华酒店跳楼自杀，香港人为之心碎。此后青霞每上文华酒店，总要避开 Clipper Lounge 的长廊，因为生前，张国荣常常约她在那里聊天，青霞与张国荣之间似乎有一种相知相惜的心灵之交，张国荣事业鼎盛，满身荣耀，但无论在演唱会上或是电影（《胭脂扣》、《春光乍泄》、《霸王别姬》）中，他的眼神里总有一痕抹不去的忧伤，青霞了解他，同情他为忧郁症缠身的痛苦。张国荣的孤独，她懂，因为她自己也有过同样的感受。同一篇文章中，她写到有一回拍完戏，深夜回返公寓，远眺窗外，一片灿烂，如此良夜，香港的美景当前，青霞突然感到孤单，不禁伤感哭泣起来。艺人爬到巅峰，高处不胜寒的孤独与寂寞，往往也就随之而来。

　　写到不同个性的人物，青霞的笔锋也随之一转。杨凡与张国荣两人截然不同，形容杨凡的调皮任性、潇洒豪放，青霞的笔调变得轻松活泼，《醉舞狂歌数十年》，她把杨凡写活了。甄珍与邓丽君又是一个强烈对比，她把甄珍写成《一个好女人》，她笔下的贤妻良母，变得有点诙谐，但看得出来，甄珍的贤惠，她是由衷钦佩的。20 世纪 70 年代，甄珍刚冒红，我见过她，到过她家，甄珍少女时代就是一个乖乖女。

　　书中有几篇是写她的心路历程，青霞皈依佛教，《法王与你交心》记载她 2008 年到印度新德里去参拜大宝法王的神秘经验。起源是青霞的母亲因忧郁症不幸往生，青霞经常梦里见到母亲愁容不展，因此忧心忡忡，希望参谒法王，求他指点迷津。十七世大宝法王的确气势非凡，青霞见到他似乎感到地在震动，耳为之鸣。她如此形容：

　　　　大伙儿蹲跪在法王跟前，这时飞来两只黑色的鸽子，站在窗外的栏杆上，望过去恍如停在法王的肩头，守护着法王。法王撑了撑眼睛，嘴里发出一个声音，感觉就像是龙在叹息，仿佛有万千的感伤和肩负着沉重的压力。

匍匐在菩萨面前，佛门弟子林青霞感动得泪如雨下。

林青霞拍过上百部电影，扮演过人生百相，享尽影坛荣华，也历尽星海浮沉。演艺生涯，变幻无常，有时不免令人兴起镜花水月，红楼一梦之慨，一个演员要有多深的内功定力，才能修成正果，面对大千世界，能以不变而应万变。我不禁纳罕，是一股什么样的内在力量，支撑着她抵挡住时间的消磨，常常不期然在她身上，我又仿佛看到了《窗外》那个十七岁的清纯玉女。美人林青霞，是永远的。

吹皱一池春水
——何华《老春水》的巧思妙笔

《老春水》这本散文集收罗了不少篇何华近年来写的随笔。这些文章的内容，涵盖甚广，文学、艺术、电影、戏曲多有触及，人物、风土更是这本书的脊梁。随笔小品看似随兴所至，但要写得精彩并不容易。在短短的篇幅内，必须冒出几串警句，电到读者，令其惊艳，才算是好文章。《老春水》里，何华妙笔甚多，巧思不少，他这些随笔小品，读来趣味盎然，清新可喜。

何华的祖籍是浙江富阳，而且青少年时期有一段日子住在杭州伯父家，但他出生于安徽合肥，合肥是他真正的"原乡"。杭州与合肥便构成他文化品位的一体两面。他笔下常常露出"三秋桂子，十里荷花"的江南风情，他曾受过江浙苏杭一带吴文化的孕育，文风有他细致的一面，有时还带着几笔海派的俏皮，常常一针见血，令人莞尔。但安徽合肥才是他文章的主心骨。合肥是千年古都，向来是兵家必争之地，时有兵燹。南宋词人姜白石，金兵过后，客居合肥，但见"巷陌凄凉，与江左异，惟柳色夹道，依依可怜"，一派繁华过后的萧条冷落。这种古都沧桑、历史积淀，垫厚了何华文章的基础，增加了文章的重量。何华这些随笔，轻而不浮，绵里藏针。

安徽的文化成就，有其辉煌的过去，徽班是其中之一，"徽班进京"是近代戏曲史上头一等大事，现在很难想象京腔京调的京剧是由一群安徽伶人的二黄发轫的。但徽班进京后，已经异化了，真正代表安徽人心声的还是黄梅调。黄梅调是地方小曲，俗得可爱，朗朗上口，一学便会。20世纪六七十年代，香港导演李翰祥导出一连串的黄梅调电影，一出《梁山伯与祝英台》风靡海外，台湾从十几岁的小姑娘到六七十岁的老太太，个个都会哼唱几句"十八相送"。"徽音"又一次征服了华人世界。

安徽人何华写到黄梅戏，兴致勃勃，体贴入微，黄梅戏到底是他的"乡音"，《老春水》头一篇《谪仙记》写的便是黄梅戏一代宗师严凤英起伏跌宕、瑰丽而又悲惨的一生。严凤英是天才，她的《天仙配》是无人可及的绝唱。何华敬佩严凤英，爱惜她的才，怜惜她的人，对她浪漫不羁的私生活亦是极宽容的。"文革"中严凤英被逼服药自杀，死后还被开膛挖肚，搜找她体内有无暗藏通敌发报机。何华把严凤英隐喻为天仙，不幸堕入红尘，遭到了大劫，故文章名《谪仙记》。我看过电视连续剧《严凤英》，是黄梅戏名角马兰主演的，马兰把严凤英演活了。看了《严凤英》后，我才真正懂得欣赏黄梅戏的好处。

近代安徽也出了不少大名鼎鼎的文化人，像胡适、陈独秀、余英时这些大学者大思想家，但何华最引以为傲的却是另一伙"人物"——"合肥张家四姐妹"张元和、张允和、张兆和、张充和。张家四姐妹近年来在世界华人文化圈大出风头，几乎已经变成了一则"神话"，这跟中国大陆这些年流行的"民国风"有关，民国时代我们对一位淑女的最高称赞大概就是"大家闺秀"。这个称谓不是随便什么人可以担当的，家世、相貌、风度、谈吐，无一不需出类拔萃，最重要的还有"气质"，一种文化教养陶冶出来，说不清道不明的抽象东西——这些张家四姐妹都有。特别是小妹张充和，琴曲书画无一不精，昆曲、书法尤其了得。张充和活到一百零二岁，2015年过世，被誉为"最后的闺秀"，尊称为女史。

张家姐妹的曾祖父张树声是李鸿章手下红人，淮军将领，官至两广总督、代理直隶总督。张家是世家，父亲教育家张武龄，诗礼传家，温文儒雅，把一家人从合肥迁到苏州，落脚在九如巷，张家姐妹便是在吴文化——苏州园林、昆曲这种氛围熏陶下成长的。尤其是昆曲，吴文化中最高雅、最精致的戏曲已浸入了几姐妹的灵魂深处，凝铸了她们特有的"闺秀"气质。大姐元和与充和还常作对登台票戏。1943年充和在重庆粉墨登场，一曲《游园惊梦》轰动大后方杏坛文苑，章士钊、沈尹默等纷纷赋诗唱和，那次演出是抗战时期一件文化盛事。

张家四姐妹我有幸会见过三位：元和、兆和、充和。1982年，我自己的舞台剧《游园惊梦》在台北上演大大轰动，我携了录像带应邀到加州大学柏克莱校区去放映，观众席中有一位端庄娴静的老太太，事后有人引介，原来她就是大名鼎鼎的张家四姐妹中的老大张元和。何华认为元和"心思最深也最浩茫"，何华观察准确，我也有同感。那天元和看罢《游园惊梦》录影，没有多说话，可是我从她的表情、眼神，可以揣测那天她内心的感慨之深，恐怕不是言语可以表达的了。《游》剧叙述一个昆曲名伶一生的悲欢离合，女主角钱夫人蓝田玉，在一个戏曲雅集的宴会上，笙箫管笛中，忆起自己过去的荣华富贵、失落的爱情，无限凄怆。元和嫁给昆曲伶人顾传玠，顾是当年头牌昆曲小生，与朱传茗生旦配，演《游园惊梦》，红极一时。大家闺秀下嫁唱戏的，在当时社会是门不当户不对，可是看到张元和和顾传玠的结婚照，倒是一对璧人。顾传玠丰神俊朗，玉树临风，然而他除了唱曲，别的行当都不灵，转行从商也失败了，在台湾盛年早逝，剩下元和空守下半辈子。何华文中追述，元和复出票戏，饰《长生殿》里的唐明皇，唱到《埋玉》一折，不禁感伤："我埋的不是杨玉环，而是顾传玠这块玉呀！"

元和嫁给顾传玠，在某种意义上是将终身托付给了昆曲。1986年，汤显祖逝世三百七十周年，元和、充和受邀赴北京，合作演出《游园惊梦》，那一年元和已经八十高龄了，昆曲是姐妹俩一生的精神依靠。元和看了舞台剧《游园惊梦》，里面许多场景应该感到似曾相识，身历其境吧！

1980年，沈从文应邀访美，张兆和随行。我在旧金山见到这对20世纪三四十年代的"文坛佳偶"，当然大家都爱讲沈从文当年写百封炽热情书追到校花学生张兆和的韵事，那是五四青年刚尝到爱情自由的浪漫甜头。沈从文在加大柏克莱校区演讲，听众问他为什么停止创作，"新政府对文学有了新的要求，我达不到那些要求，所以我就停笔了"——这是《边城》作者酸楚的答案。旧金山东风书店为我和沈从文举行了一个作家欢迎会，领事馆的官员也参加了，会上沈从文不愿意发言，他暗暗推了我一把，悄声道："你讲、你讲。"我起身说："西谚曰'人生短暂，艺术长存'，沈先生作品的艺术价值，不是任何政治力量可以抹杀的。"听众鼓掌。有很长一段时间，文学史上，沈从文竟然被"除名"。私下，沈从文、张兆和和我谈了不少"文革"期间受到的冲击，令人难以置信，大作家夫妇曾经经过地狱般的折磨。张兆和学生时代有"黑凤"的称号，是位黑里俏的美人，"文革"的残暴并未能抹损这位张家闺秀的高贵气韵。

2000 年，台北新象艺术推展公司的老板娘樊曼侬，大手笔一口气邀请了中国大陆六大昆班的名角到台北大串演。张充和以八十六高龄飞到台北足足看了两个礼拜的戏。有几场我坐在她旁边，有机会亲炙这位"第一才女"。北昆侯少奎演《林冲夜奔》，老太太跳起来鼓掌喝彩，浑身是劲，她说她一向捧"侯家班"，侯少奎的父亲侯永奎的戏，她从前在北平常看。张充和为了昆曲传承推广，鞠躬尽瘁，九死无悔。在美国她领着她的混血女儿，到各大学去讲授昆曲，示范演出。她的昆曲造诣是深的，看看她那张《刺虎》的剧照，一身宫装，那样的气派直逼伶界大王梅兰芳。

有一点何华倒是说对了，张家几姐妹，虽然她们自少远离家乡，可是"乡音未改"，说起话来还是一口的合肥腔。这也是何华最得意的地方，合肥古都，竟出了民国时期最著名的一门闺秀。

除了黄梅戏，何华对其他戏曲剧种也兴趣浓厚，尤其是对昆曲、京剧，诸多点评，有些话颇为中肯。《"昆虫"扑楞抖起来》文中提到，夜深人静，他常常会挑一张昆曲盘片来听，最常放的是梅兰芳、俞振飞的《游园惊梦》，张继青的《牡丹亭》，还有青春版《牡丹亭》。"寒碜的小屋顿时变得莺莺燕燕风雅深致起来，真要感谢老祖宗给我们留下这么美的东西。"

何华说得没错，我们真的要感谢老祖宗，还好给我们留下了昆曲，要不然，我们这个民族失去了"雅乐"，声音也会变得粗糙许多。昆曲大师中何华最崇拜张继青，《牡丹亭·离魂》

中，一曲【集贤宾】，令他"佩服得五体投地"，认为这支曲子与王文娟越剧的《黛玉焚稿》是中国戏曲中最感人的两首"离魂曲"。何华此说颇有鉴赏力，张继青《离魂》中的【集贤宾】可说是昆曲演唱艺术登峰造极之作。何华在佛教居士林工作时，曾策划邀请张继青到新加坡清唱表演，张继青一连唱了《牡丹亭》与《烂柯山》里的六支曲子，"张三梦"的看家本领都搬了出来。

我和张继青也有一段悠长的昆曲因缘，尤其因为制作青春版《牡丹亭》，我邀请张继青担任艺术指导，手把手把沈丰英磨成了杜丽娘，十几年的接触，我对这位昆曲艺术家、一代宗师，产生了由衷的敬意，敬重她的人，佩服她的艺。张继青为人识大体，知进退，教学严谨，尊重艺术。我认为张继青《牡丹亭·寻梦》一折，半个钟头的空台独角戏，把中国抒情诗窈眇幽微的境界用歌舞的形式呈现，发挥到了极致。张继青的"寻梦"无人能及。

何华又点到另一位昆曲天后华文漪，他称她"华美人"。华文漪的确是个美人，风韵天成。他比较两位昆曲天后：华文漪扮演《长生殿》里的杨贵妃，雍容华贵，何华认为是华文漪的招牌戏，别人都唱不过她。张继青扮起杨贵妃，就是不像。华文漪也以《牡丹亭》见长，"游园"挥洒自如，水袖翻飞，满园春色，然而她的"寻梦"就不如张继青深刻了。张继青饰演《烂柯山》里的崔氏，泼辣粗俗，可怜可悲，与杜丽娘的形象相差十万八千里，好演员无所不能，这是"张三梦"的另一个招牌。

我跟华文漪的戏缘就更长了，我的小说《游园惊梦》改编成舞台剧大陆版，1988 年在广州、上海、香港上演，华文漪便担任女主角钱夫人蓝田玉。华文漪跨行演话剧，居然演得有声有色，《游》剧当年颇受好评。2007 年，我制作第二出昆曲新版《玉簪记》，力邀华文漪教导沈丰英扮演陈妙常，她和岳美缇搭配的《玉簪记》又是一绝，两人你来我往，丝丝入扣，令人叹为观止。我对华文漪，她的人与艺，一样肃然起敬，说到底，张继青、华文漪都是不折不扣的艺术家，她们对于艺术完美的追求，叫人佩服。

上昆人才济济，蔡正仁的"迎像哭像"（《长生殿》），计镇华的"弹词"（《长生殿》），梁谷音的"佳期"（《西厢记》），都是昆曲表演的经典之作，但何华不怕批逆鳞，大师们不逮之处，他也直言不讳，讲出一番道理来。他对昆曲这种精致文化，是由衷地喜爱，沁到心窝里去的。

何华是佛弟子，他有佛根，阅读佛经、佛典，如印光法师、倓虚老和尚的般若文字，但他的尘心依然是重的，他承认也放不下《金瓶梅》一类的世情小说，"影尘与红尘，我是都想经历或滚打一番的"。于是这些年，何华穿梭在"太虚幻境"与"大观园"之间，尝尽了尘世间人情变幻世事沧桑，偶开天眼，看破镜花水月的虚妄，他也有暂时超脱的"刹那"。

何华经常云游四方，尤其喜欢拜访各地寺庙。《老春水》有一篇写他逛寺庙的文章《佛门大滋味》，写得有滋有味，因为他写的都是有关在庙里吃喝的事情。何华与佛门结缘，头一站是上海的玉佛寺，那是 20 世纪 80 年代，何华从复旦刚毕业，等待分配，无处可去，于是便到玉佛寺去挂单，这一下便入了佛门，遇到了知客僧心澄法师。玉佛寺是上海的名刹，颇有历史，海外佛门弟子到了上海，必到玉佛寺参拜一番，于是知客僧心澄法师送往迎来，忙得不亦乐乎，红包大概也得了不少。他对何华友善，带着这个刚毕业的小青年到处下馆子，吃香喝辣，不过法师出门是脱掉僧衣的，一个大和尚在饭馆里酒肉不忌，到底不雅。何华说，每天早上清洁工还买了肉包子偷偷送进来给他们。何华在玉佛寺算是开了眼界，也产生不少疑惑。"文革"期间，比丘们都被逼还俗了，心澄法师大概还没有脱离"俗气"，佛门整风还需要一些时间才有效果。

有些寺庙里做出来的斋菜，的确远比一般素食馆要高明得多。何华提到有一位走红的女演说家在台湾佛光山道场喝了一碗雪白的浓菌汤，她觉得"鲍翅汤啊，佛跳墙啊，都没有这么好喝"。原来这碗汤有四种菌菇，前一晚就开始熬，"熬一段时间放一种菌菇进去，熬一段再放进去一种。最后再洒一把磨碎的白芝麻到汤里"。这种功夫汤还会不好吃吗？我在佛光山尝过这道著名的浓菌汤，果然鲜美异常，胜过山珍海味。出家人心静，食材新鲜，多是自己种的，做出来的斋菜自然可口。

北京著名的古寺不少，当然蜚声中外的是市内的雍和宫，但我最心仪的却是近郊那些千年古刹。潭柘寺、戒台寺这些寺庙老树参天，古意盎然，一走进去，人的心也变得澄明悠然起来，北京人真应该抽空多到这一片净土来"逃禅"。2012 年，我到潭柘寺，时值深秋，满山黄叶红叶，秋光灿烂如许。潭柘寺来头不小，建寺于西晋，历朝都受皇室眷顾，康熙乾隆还去朝拜上香，是我看过中国寺庙修缮得最用心的一个，看得出来策划修缮的人，有修养，尊敬古迹，潭柘寺才能保持着古朴纯净之风，又不失其恢弘气派，不像中国大陆各地许多被翻新的庙宇，大金大红庸俗不堪，真是佛头浇粪。

何华文中描写的大觉寺也是北京郊外一座古寺，建于辽代，保存得也相当好，但奇怪的是庙中没有僧人，倒是开了一家有名的绍兴菜馆，供应的是大鱼大肉的荤菜。原来大觉寺已变成了旅游景点，大概属于旅游局管理了。何华跟朋友在寺里明慧茶院品茶，最便宜的一壶要二百八十元，吓得两人茶果也不敢点了。我跟一群朋友也去造访过明慧茶院，一个下午吃喝下来，挨了几千元。现在的中国寺庙，愈来愈商业化，到寺里参观礼佛，还要先买门票，而且票价不菲，佛门倒是愈来愈难进去了，这也是中国宗教世俗化的一大危机。

《老春水》里还有多篇写到电影、文学、艺术的，这些文章，巧思妙笔也随处可掇。何华爱看电影，涵盖面多而广，从日本导演黑泽明的《梦》到印度萨蒂亚吉特·雷伊的"阿普三部曲"。他看出了《梦》的警世预言：人必须归真返璞与大自然和谐相处，否则自取灭亡。这是黑泽明最后对世人的遗训，但却以最动人的电影艺术形式表现了出来。当然"阿普三部曲"是经典中的经典，是一阕哀悼人生"老、病、死苦"的挽歌，但手法是轻描淡写的，如泰戈尔那一首首玲珑剔透的小诗，美得叫人心折。难怪何华看完"大恸"，因为雷伊触及了人生的根本大患，患在无常。何华评论了台湾、香港、大陆三位导演：李安、王家卫、娄烨。有意思的是，若论这三位导演的代表作，应该是《断背山》、《春光乍泄》、《春风沉醉的夜晚》，这三部电影的主角都是同性恋，同性恋议题在华人世界没有多久以前还是一项禁忌，没想到这几年华人导演的同性恋题材电影参加国际影展，到处得大奖，出尽风头。世界变了，真正表现人性的艺术，必然受到肯定，那三部电影讲的其实是人性。

何华也提到李安另一部电影《制造伍德斯托克》。美国流行音乐史有一件大事：1969 年 8 月 15 至 17 日，四十多万人涌进纽约附近一个小镇参加伍德斯托克（Woodstock）摇滚音乐节。那正是嬉皮士运动高潮时期，寻求人体、人性大解放，在大雨泥泞中，四十多万嬉皮士狂欢地参加了惊天动地的摇滚乐"青春祭"。何华结尾如此下注：同时期，中国"文革"也展开了一场轰轰烈烈的"青春祭"——知识青年下放农村运动。正当美国几十万嬉皮士在雨中狂歌狂舞的同时，"中国有几百万知识青年告别城市，来到了农村的广阔天地——他们同样和大雨泥泞打交道"。

何华自谓对文学、电影、音乐等都抱有一颗虔诚的心，去体会去观察去接纳，常常为之"兴发感动"。"我所有的快乐和痛苦皆因此而生，不过，快乐是大于痛苦的。"我相信何华翱翔在他自己的艺文天地里，经常是乐在其中的。

编后记：文武父子
——白崇禧与白先勇

刘　俊

在 20 世纪中国历史和中国文学中，有一对父子声名显赫，那就是国民政府陆军一级上将白崇禧和他的五公子著名作家白先勇。这对父子以自己的"武功"和"文治"，分别在 20 世纪中国历史和中国文学中，占有极其重要的位置。白崇禧以自己的"武功"，书写了 20 世纪中国近现代史的重要篇章；白先勇则以自己的"文治"，为 20 世纪中国文学乃至世界华文文学，树立了一座丰碑。白崇禧和白先勇这对父子虽然一"武"一"文"，他们活跃的身影，也分属不同的时代社会，但他们父子在精神上，却有着内在的联系和共同的特点，那就是：坚守信念，勇于担当。

白崇禧：中山信徒·北伐名将·抗日战神·台湾福星

白崇禧（1893—1966），字健生，1893 年（清光绪十九年）3 月 8 日出生在桂林南乡六塘山尾村一个回族家庭。1907年，十四岁的白崇禧考入广西陆军小学（桂林），后因病辍学，

1909 年复考入广西省立初级师范（桂林）。1911 年辛亥革命在武昌爆发，广西响应，出兵北伐，广西陆军小学学生为此组织"广西学生军敢死队"，原本已离开军校的白崇禧重新"归队"，报名参加，从此走上了投身辛亥革命，"书写"民国历史的道路。

白崇禧参与武昌起义，见证民国缔造，使他"对民国始终持有一份牢不可破的'革命感情'"①。1915 年 6 月，白崇禧考入保定陆军军官学校（习称"保定军校"）第三期。军校毕业，他原本想去新疆建功立业，屯田戍边，不料入疆交通阻断，未能成行，于是回到广西，加入"广西陆军模范营"，开始了他在广西起步的军人生涯。

青年军官白崇禧满怀革命理想，不满广西陆荣廷、沈鸿英等旧军阀糜烂乡梓、争权夺地的不断混战，起而响应孙中山倡导的"第二次护法运动"，与同为青年军官的李宗仁、黄绍竑一起，决定参加以三民主义建国为号召的广东革命政府。1923 年 3 月，白崇禧在广州见到了他所敬仰的孙中山先生，"表达广西请求加入革命行列，广西统一对革命的重要性"②，孙中山听了白崇禧的建议和要求，非常高兴，当即任命白崇禧为"广西讨贼军第一军参谋长"。其时孙中山自称"无枪、无粮、无饷，只有三民主义"，而白崇禧则答以"广西统一不须要孙

---

① 白先勇：《父亲与民国》，时报文化出版企业股份有限公司，2012 年，第 7 页。

② 白先勇：《父亲与民国》，时报文化出版企业股份有限公司，2012 年，第 19 页。

公之物质支援，所须者仅是革命之主义信仰而已"①。这次见面，白崇禧对孙中山推崇备至，也从此奠定了他追随中山先生、终身成为坚定的中山信徒的思想基础。

在与李宗仁、黄绍竑等人一起剪灭了陆荣廷、沈鸿英势力，统一广西之后，白崇禧等人随即率领八桂子弟参加北伐。1926年7月，国民革命军在广州誓师，白崇禧被任命为行营参谋长代行总参谋长职权。1927年1月，他又被任命为东路军前敌总指挥，挥师淞沪。1927年5月，白崇禧任第二路军代理总指挥（总指挥为蒋介石），8月南京龙潭一战，他临危不惧，大败孙传芳，赢得了北伐战争的关键一役，从此底定江南，也声名远扬，"指挥能事回天地，学语小儿知姓名"（谭延闿撰联称颂），"小诸葛"之名从此不胫而走。

在随后的北伐岁月里，白崇禧任第四集团军前敌总指挥、代理总司令，率军北上，灭孙传芳，克直鲁军，下京津，战滦河，从长江流域一直打到接近山海关，最终完成北伐。

北伐完成，国民党内部纷争遂起。因遭蒋介石迫害，白崇禧只身从唐山逃离，历经艰险回到广西，与李宗仁、黄旭初一起经营广西，其时李宗仁长驻广州，广西事务实际由白崇禧主持，他以自创的"三自"（自卫、自治、自给）、"三寓"（寓兵于团、寓将于学、寓征于募）政策为核心，探索三民主义"广西化"的道路。

白崇禧的"三自"、"三寓"政策，源自他对孙中山三民主义的独特理解："总理的民族主义，要民族能独立自卫，不

---

① 贾廷诗、马天纲、陈三井、陈存恭访问：《白崇禧先生访问纪录》（上册），"中央研究院"，1984年，第22页。

受欺侮，使民族能自决，地位提高；民权主义是要行地方自治，使下层基础组织稳固；民生主义要中国同胞生活所需能自给自足，不需依靠外人生存。'三自政策'就是根据三民主义规定出来：以为要能自卫，民族才能自由；要能自治，民权才能实行；要能自给，民生问题才能解决。所以三民主义可以说是'三自政策'的理想，'三自政策'可以说是三民主义的实行"，"'三自政策'的演进，是由自卫到自治，由自治到自给，同三民主义的演进由民族主义到民权主义，由民权主义到民生主义有一样的程序"①，而为了要"自卫"，就必须实行"三寓"政策——也就是说，"三寓"其实是为"三自"服务的，而"三自"则是三民主义在广西的具体实践。白崇禧在广西实行的"三自"、"三寓"运动，得到了中山先生哲嗣孙科的高度赞赏，认为"总理手创三民主义，殁世未见有何处实行。本人走遍中国，亦未见有何处能够实行。今至广西，已见有实行三民主义的省份"②。可见白崇禧以"三民主义"为宗旨，结合广西实际，用"三自"、"三寓"践行"三民主义"，已产生了深远的影响。

正当白崇禧用自己的理念和智慧，将广西建设成公认的"模范省"之际，抗战全面爆发。在民族危亡之际，白崇禧坚决主战，并响应"中央"号召，在地方实力派中率先赴京与蒋介石共商抗日大计，受命担任军事委员会副参谋总长。当 1937

---

① 白崇禧：《白崇禧先生最近言论集》，转引自张学继、徐凯封：《白崇禧大传》（上册），浙江大学出版社，2012 年，第 236 页。

② 白崇禧：《白崇禧先生演讲·引言》，广西日报社 1937 年编印，转引自张学继、徐凯封：《白崇禧大传》（上册），浙江大学出版社，2012 年，第 253 页。

年 8 月 4 日白崇禧抵达南京的时候，日本各大报纸头条登载：
"战神莅临南京，中日大战不可避免"。①

抗战期间，白崇禧除了担任军事委员会副参谋总长之外，
还兼任军训部长，代理过第五战区司令长官，1938 年 11 月至
1940 年 2 月任桂林行营主任。全面抗战八年，白崇禧赞襄、指
挥了淞沪会战、徐州（台儿庄）会战、武汉会战、桂南会战，
指导了南昌会战、长沙会战，取得了台儿庄大捷和昆仑关大
捷，并在抗战期间提出了他独特的战略、战术思想，那就是：
战略上的"持久战"和战术上的"游击战"加"总体战"。
1937 年 10 月，针对中日两国的国力差距以及中国军队的实际
战斗力水平，白崇禧及时提出了"积小胜为大胜，以空间换时
间"的持久战战略方针。1938 年 1 月，他在军委会会议上再次
提出：在战略上，中国军队应采取消耗持久战；在战术上，应
游击战与正规战配合，加强敌后游击战，扩大面的占领，争取
沦陷区民众，扰袭敌人，使敌局促于点线之占领，同时，打击
伪组织，由军事战发展为政治战、经济战，再逐渐变为全面
战、总体战，以收"积小胜为大胜，以空间换时间"之效。②

抗战胜利，国共内战。就在国共激战方酣之际，台湾发生
了二二八事件。身为抗战胜利后的首任国防部长（也是中国历
史上的首任国防部长），白崇禧受命在事件发生后前往台湾宣
慰，这次十六天的台湾之行，使白崇禧与台湾结下了不解之缘

　① 参见白先勇：《父亲与民国》，时报文化出版企业股份有限公
司，2012 年，第 108 页。
　② 参见张学继、徐凯封：《白崇禧大传》（下册），浙江大学出版
社，2012 年，第 426 页。

——他在台湾的各项举措，使他成为二二八事件后台湾民众的福星。

当白崇禧于 1947 年 3 月 17 日来到台湾的时候，二二八事件刚刚过去两周多，经历了整编二十一师 3 月 8 日登陆后的军事镇压，当时的台湾一片肃杀，笼罩在一种恐怖氛围之中，以当时的台湾警备司令部参谋长柯远芬为首的一班人主张大开杀戒，"宁可枉杀九十九个，只要杀死一个真的（暴民）就可以"①。白崇禧在赴台前即通过各种途径了解情况，并基本确定了"大事化小，小事化无"的宣慰方针，到了台湾之后，当晚即发表广播讲话，宣布"对二二八善后从宽处理的原则"②，在短短的十六天里，白崇禧发表广播讲话七次，针对不同听众对象训话二十五次，这些广播和训话，对"稳定民情，约束军警"③ 产生了极大的效果，而他到台湾发布的"宣字第一号"国防部布告，也宣布"参与此次事变，或与此次事变有关之人员，除煽惑暴动分子外，一律从宽免究"，这些广播、训话和公告，以及随后下达的"禁止滥杀，公开审判"的命令，有效地遏止了"宁可枉杀九十九个"的势头，挽救了许多台湾人特别是青年学生的性命。据《关键十六天——白崇禧将军与二二八》一书根据各种史料的综合判断，由于白崇禧宣慰台湾时秉持"从宽"原则，使得"关在牢里的死刑犯""免于死劫

---

① 白先勇：《关键十六天——白崇禧将军与二二八》，广西师范大学出版社，2015 年，第 4 页。

② 白先勇：《关键十六天——白崇禧将军与二二八》，广西师范大学出版社，2015 年，第 3—5 页。

③ 白先勇：《关键十六天——白崇禧将军与二二八》，广西师范大学出版社，2015 年，第 5 页。

者，可能有数百人之多"。①

　　发生在 1947 年的二二八事件在台湾历史上无疑是个悲剧，但是对当时裹挟在这一历史事件中的台湾民众来说，白崇禧赴台宣慰的种种举措，显然在很大程度上减轻了这一事件对他们的伤害程度——就当时的历史语境而言，说白崇禧是台湾福星，可谓名副其实。台湾著名作家吴浊流在自传体小说《无花果》中这样写道："为了处理这个事件，中央公布说要派白崇禧将军担任特使来台湾，六百万岛民才吁了一口气。大家都相信白部长一定像小孔明一般，能够好好给我们处理。"② 果然，白崇禧到了台湾之后，"在广播中发表处理方针。于是秩序因此而立刻恢复了"③。吴浊流的亲历和感受，可以说代表了当时台湾民众的普遍心声。1966 年，白崇禧仙逝，台湾著名文化人李建兴（瀛社社长）和庄幼岳（栎社成员）在挽联中表达了他们对白崇禧的感恩之情："宣慰初来，急定危疑，处变救民，千万家一时生佛；哀矜不喜，尽行切实，歌功颂德，士君子有口皆碑。"而一位普通台湾民众的挽联，则以朴实的语言，道出了台湾人民对白崇禧的崇敬之情："无病善终，各界于今

---

　　①　白先勇：《关键十六天——白崇禧将军与二二八》，广西师范大学出版社，2015 年，第 13 页。

　　②　吴浊流：《无花果：台湾七十年的回响》，转引自白先勇：《关键十六天——白崇禧将军与二二八》，广西师范大学出版社，2015 年，第 52 页。

　　③　吴浊流：《无花果：台湾七十年的回响》，转引自白先勇：《关键十六天——白崇禧将军与二二八》，广西师范大学出版社，2015 年，第 5 页。

哀上将；有恩未报，台胞此后必尊神。"①

夏志清在评论白先勇的《台北人》时，说"《台北人》甚至可以说是部民国史"②。如果说《台北人》中的人物、故事是民国史的一种艺术写照，那么白崇禧的一生，则是民国史的真实"书写"——白崇禧以自己的人生，参与了民国历史的书写：从辛亥革命肇始民国，到北伐抗战取得胜利，从宣慰台湾安抚民心，到退居台湾，20 世纪前半叶民国历史的重要篇章，白崇禧都参与"书写"并留下了"浓墨重彩"。白崇禧终其一生，追随中山先生的三民主义，坚执自己的政治信仰，不离不弃，其人格，令人敬佩；其轰轰烈烈悲欣交集"仰不愧天"的一生，令人感动而又神伤。

白先勇：慈悲心怀·文学大师·昆曲义工·文化使者

白先勇在纪念三姐白先明的散文《第六只手指》中，曾引用白先明的好友卓以玉的一首诗《十只指儿——怀先明》，在那首诗中，卓以玉用回环往复的诗句"你有那菩萨心肠，最善良 最善良"来指代白先明。其实，如果我们了解了白先勇的为人为文，我们也可以说，白先勇也是一个有着菩萨心肠的大善人！

---

① 转引自白先勇：《关键十六天——白崇禧将军与二二八》，广西师范大学出版社，2015 年，第 380—381 页。

② 夏志清：《白先勇早期的短篇小说——〈寂寞的十七岁〉代序》，白先勇：《寂寞的十七岁》，远景出版社，1976 年，第 4 页。

白先勇的菩萨心肠，主要表现为一种慈悲心怀，它的核心主体是以文学创作表达对人类的同情和悲悯，它的连带体现是以文化推广唤醒中国人的文化自豪感和文化自信心，它的社会表现则是对弱势群体（同性恋者、艾滋病患者）予以充分的关怀并为他们发声。白先勇是举世闻名的华文作家，他的文学创作，从早期的短篇小说集《寂寞的十七岁》，到后期的散文集《树犹如此》，从舞台剧作品到影视剧作品，尽管题材千变万化，体裁涵盖不同文类，主题表达也各有侧重，但白先勇文学世界的最终指向，却大致可以概括为"同情"和"悲悯"这两大维度。在白先勇的文学作品中，从将军到士兵，从贵妇到妓女，从教授到艾滋病患者，在这些人物的身上，我们都能感受到白先勇对他们在情感、历史、文化、命运、道德、政治、疾病等力量面前的那种无力感所寄予的无限同情与深切悲悯。这种"民胞物与"之同情心与"不忍人"之悲悯情怀，不但成了白先勇文学世界的内在特质，而且还贯穿了白先勇文学创作的全过程。

　　白先勇的家庭环境和教育背景，使他在成长过程中，受到过多种宗教思想和宗教文化的影响，这使得白先勇的文学世界，是个融合了多种宗教元素的结晶体。儒、释、道、伊斯兰、基督等宗教观念和宗教元素，在白先勇的文学世界里，都有着或隐或显的体现，不过，就宗教对白先勇的影响而言，佛教的影响无疑最为强烈也最为深刻，佛教教理中的"三法印"、"四圣谛"、"八正道"以及大乘佛教的"普度"精神，在白先勇的笔下就化为了一种俗世化的"慈悲心怀"，这种"慈悲心怀"在白先勇文学世界中的具体表现，就是无论作品中的人物是什么阶层什么地位什么身份，也无论作品中的人物有什么样的遭遇有什么样的命运有什么样的结局，白先勇都对他们怀有一种深深的同情和痛惜的悲悯。这种将"慈悲心怀""众生平等"、"一视同仁"地无差别"布施"于笔下的人物身上，昭示的其实是白先勇对人、对人类既怜又惜的大爱之情！白先勇能成为文学大师，原因当然有很多，但他在自己的作品中灌注进"慈悲心怀"和大爱之情，无疑是非常重要的原因之一。

白先勇的"慈悲心怀"和大爱之情，并不只限于体现在作品中的人物身上，而且也推广到现实世界：20世纪60年代，白先勇号召、团结同学一起，创办了在台湾文学史乃至在20世纪中国文学史上具有重大影响的文学刊物《现代文学》。办这份刊物，白先勇心怀的是对文学宗教般的热爱，他的初心和志愿，是要给青年作者们提供一个展示自己文学才华的园地，为振兴台湾文学贡献自己的一份心力。为此，他不惜付出金钱、时间、精力和心血，团结志同道合的师友们一起支撑这个刊物十几年。自20世纪70年代至今，白先勇从未停止过对中华文化复兴的呼吁，小到中、小学课程的设计（让中国的传统艺术如民族音乐、传统戏曲和中国绘画进入课堂），大到国家文化战略的制定（重视自己的传统文化并努力使其走向世界），他以写作、演讲、授课（在台湾大学讲授《红楼梦》课程）、接受访谈等各种方式，在世界范围内的华人社会，几十年如一日，不断地呼吁、号召人们应该尊重并珍惜自己悠久的传统文化，应该让足以令我们自傲的传统文化在现代社会散发出炫目的光芒。他的这份为中华文化复兴"鼓与呼"的热切心情和急迫愿望，情见乎辞，让我们看到了白先勇的那份"慈悲心怀"，是如何在文化领域——重新振兴中华文化并推动中华文化走向世界——持久而广泛地发生着作用的。

2003 年开始，白先勇将自己的"慈悲心怀"，化为"昆曲义工"的行动，通过对中国文化后花园中最精致美丽的花朵——昆曲的浇灌、呵护和培植，实现自己的艺术追求和文化理想。这一年白先勇着手制作昆曲青春版《牡丹亭》，在制作青春版《牡丹亭》的过程中，白先勇的"慈悲心怀"以"昆曲义工"的形态在几个维度同时展开：第一，在尊重昆曲传统（表演程序、唱腔）的前提下，用现代理念和方式（从剧本整理、舞台设计、灯光效果，到舞蹈编排、服装设计、音乐编曲等各个方面）去制作这部昆曲大戏。第二，起用青年人担纲主演这部三天二十七出的大戏，为古老的昆曲表演艺术注入青春的活力。第三，请老一辈昆曲艺术家出山传、帮、带，让他们训练青年演员并为演出的艺术水准把关，并请他们将自己的"看家功夫"传给下一代，以使昆曲表演的艺术精华能薪火相传，昆曲表演艺术能可持续发展。第四，在将昆曲推向社会的同时，以更大的规模将昆曲推向校园，在中国大陆、台湾和香港地区乃至北美进行昆曲的校园巡演，这一（战略）举措不但扩大了昆曲的影响力，而且为昆曲的可持续发展，培养了观众（市场）。第五，将昆曲教育引入大学，在北京大学（2009）、苏州大学（2010）、台湾大学（2011）、香港中文大学（2012）等著名学府设立"白先勇昆曲传承计划"。这个计划由白先勇募款，给以上几所大学的学生开设昆曲课程，与一般课程设置不同的是，这个课程不光是课堂讲授，而且是既请著名昆曲研究者讲授昆曲历史、理论方面的知识，也请著名昆曲表演艺术家在课堂上当场演唱、示范，让学生从"案头"到"场上"，从理论到实践，都能对昆曲有比较深入的认识和了解。第六，密集出版相关学术著作（十数种），召开昆曲研究的国际会议

（美国、中国大陆及台湾），从学理上对传统的昆曲艺术进行现代阐释。第七，通过青春版《牡丹亭》的国际演出（美国、英国、希腊、新加坡），让世界了解中华文化的瑰宝（昆曲），让世界通过中华文化（昆曲）了解中国悠久灿烂的文明（爱情观、生死观、艺术观、美学观），将中华文化推向世界。

从 2004 年 4 月青春版《牡丹亭》在台北首演，至 2007 年 5 月在北京举办百场演出，再到 2011 年 12 月在北京国家大剧院举办第二百场庆演，二百场演出中，在台湾演出十四场（其中大学演出七场），在港澳演出九场，在大陆演出一百五十三场（其中大学演出七十五场，占了一半），在国外演出二十四场。在二百场演出中，光是两岸的大学巡演，就有八十二场，占了百分之四十一，将近二百场演出的一半。这种将昆曲与青年人（演员和观众）并联、与中国大陆与台港澳地区串联、向国际（欧美、东南亚）延伸的做法，不但大振了昆曲的气势和影响力，而且将昆曲推向了国际，让外国观众和学者张开眼睛，了解并认识中国传统文化的瑰丽和神奇——就此而言，白先勇不但是中国传统文化的坚定拥护者、战略规划者、艺术践行者、热心倡导者，还是中国传统文化的国际推广者。当我们面对一个在中国大陆及台湾、香港、澳门之间乃至在太平洋两岸之间、大西洋两岸之间来回奔走的白先勇的时候，说他是个在全世界推广中华文化的文化使者，应该不算过分吧。

文武父子的共性：坚守信念·勇于担当

白崇禧在国民党失败以后，没有留在大陆，也没有像李宗仁和黄旭初那样流亡海外或滞留香港，而是去了蒋介石退守的台湾。以自己与蒋介石在历史上的恩恩怨怨，特别是 1948 年之后，两人关系屡起冲突，对于自己将来在台湾的处境，有"小诸葛"之称的白崇禧不可能不意识到会十分艰难——以后的事实证明，白崇禧到台湾以后，郁郁不得志，且一直受到监视、跟踪。那么，"明知山有虎"，为何他还要"偏向虎山行"，坚持去台湾呢？

对于这一点，历史学家们有各种不同的解释，因为按照"趋利避害"的常人行为准则，白崇禧去台湾似乎与此准则相违——多少国民党的高官大吏（特别是与蒋介石关系不太和谐的高官大吏）最后都选择不去台湾。对此，白崇禧自己的解释是"对历史负责"①。这一解释，有些历史学家并不认同，但在我看来，这个解释，可以在逻辑上完整地说明白崇禧一生的作为。白崇禧是中山先生的信徒，信仰三民主义，参与民国缔造，完成北伐，打败日本，宣慰台湾，对国民党忠心耿耿，以及他的反蒋，都可以在这个思想逻辑下找到依据——白崇禧反蒋，是因为在白崇禧看来，蒋介石并不等同于国民党。当国民党的利益与蒋的行为发生冲突的时候，白崇禧就站在国民党的利益上反蒋——要么因为觉得蒋的当道妨碍国民党的团结②，要么因为觉得国民党的一点本钱，都要给蒋介石败光了③，在

---

① 参见程思远《李宗仁先生晚年》及聂佐林《忆念白崇禧上将》，台北《广西文献》第六十期，1993 年，均转引自张学继、徐凯封：《白崇禧大传》（下册），浙江大学出版社，2012 年，第 606 页。

② 参见张学继、徐凯封：《白崇禧大传》（上册），浙江大学出版社，2012 年，第 120 页。

③ 参见张学继、徐凯封：《白崇禧大传》（下册），浙江大学出版社，2012 年，第 525 页。

白崇禧的观念中，国民党不是蒋介石的党，国民党的利益高于蒋的利益，在历史的重要关头，反蒋其实是为了维护国民党的利益，是出于对国民党的忠诚。同样，白崇禧最终决定去台湾，也是出于对国民党的忠诚——他去台湾，就是追随三民主义，就是追随国民党，而不是去追随蒋介石。白崇禧所说的"对历史负责"，应作如是观：他是要对自己的政治信仰负责，是要对自己在中华民国有一份责任负责，是要对自己参与的民国历史负责。

正是这样的一种对信念的坚守，对历史的担当，成就了白崇禧，使他成为一个在历史面前，对得起自己的信仰，对得起自己的人格，承当起应有的历史担当，"仰不愧天"的人。

同样的，对于白先勇以一个作家的身份，耗费十余年，花费巨大精力，"跨界"去制作青春版《牡丹亭》（后来还有《玉簪记》），许多人也觉得难以理解，认为白先勇不值得，如他将这些时间、精力用于自己的创作，岂不是比"累人"的昆曲制作，能取得更大的成就？然而，如果了解到、意识到白先勇对人、对人类、对传统文化的那份"慈悲心怀"，那么就能理解白先勇为什么会在自己的作品中对人类中的弱势群体（失败者、同性恋者、艾滋病患者）给予那么多的关注，对人类的共同命运寄予那么强烈的同情与悲悯，对传统文化的振兴和未来投入如此巨大的心力，因为在白先勇看来，通过文学作品写出人类心灵中无言的痛楚，是他应有的责任，而通过自己的努力，拯救、复兴传统文化（昆曲）并将之推向世界，更是他该有的担当。如果说用一支笔创作自己的文学作品（个人化行为），还是"小乘"，那么投身制作昆曲大戏，推动中华文化的复兴和走向世界（社会化行为），则是"大乘"。

正是这种为了中华文化的崛起、复兴的愿望和理想，正是这种自认对中华文化的崛起、复兴有一份责任的担当，使白先勇从"小乘"走向"大乘"，从书斋走向舞台，以十年工夫，为中华文化的瑰宝——昆曲的精粹化、现代化、青春化、国际化，作出了别人难以完成也难以替代的贡献！

《仰不愧天》这本散文集，汇聚了众多白先勇书写父亲白崇禧的重要篇章——这既是一个作家儿子向将军父亲的致敬，也是这对文武父子在精神上的一次历史呼应与互动共振！从白崇禧的"对历史负责"，到白先勇的"让文化复兴"，体现的是这对父子在坚守信念和勇于担当上的惊人一致。白崇禧和白先勇这对父子，以相同的精神特点，从"文"、"武"两个方面，在 20 世纪中国历史和中国文化的发展进程中，刻印下难以磨灭、永驻史册的印记！这本散文集，就是一个印证。